2023
第十九辑

诗学

吕　进　向天渊◎主编

图书在版编目(CIP)数据

诗学.第十九辑/吕进,向天渊主编.—重庆:重庆出版社,2024.6
ISBN 978-7-229-18711-8

Ⅰ.①诗… Ⅱ.①吕… ②向… Ⅲ.①诗学—中国—文集 Ⅳ.①I207.2-53

中国国家版本馆 CIP 数据核字(2024)第 098775 号

诗学（第十九辑）
SHIXUE（DI SHIJIU JI）
吕　进　向天渊　主编

责任编辑:程凤娟
责任校对:何建云
装帧设计:程　颖

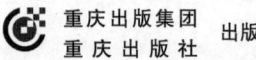出版
重庆出版集团
重庆出版社

重庆市南岸区南滨路162号1幢　邮政编码:400061　http://www.cqph.com
重庆长虹印务有限公司印刷
重庆出版集团图书发行有限公司发行
全国新华书店经销

开本:889mm×1194mm　1/16　印张:17　字数:270千
2024年7月第1版　2024年7月第1次印刷
ISBN 978-7-229-18711-8
定价:72.00元

如有印装质量问题,请向本集团图书发行公司调换:023-61520678

版权所有　侵权必究

《诗学》编辑委员会

主　办

西南大学中国诗学研究中心/中国新诗研究所

主　任

吕　进

委　员（按姓氏音序排列）

白　杰	陈　剑（新加坡）	陈本益	段从学
蒋登科	李应志	梁笑梅	林于弘（中国台湾）
陆正兰	骆寒超	毛　翰	朴宰雨（韩国）
蒲华清	邱雪松	邱正伦	童龙超
万龙生	王　珂	王　毅	魏　巍
向天渊	熊　辉	许金琼	岩佐昌暲（日本）
颜同林	姚　溪	余祖政	宇　秀（加拿大）
曾　心（泰国）	张传敏	张德明	张立新
周俊锋			

主　编

吕　进　　向天渊

副主编

梁笑梅　　魏　巍

编辑部秘书

杨晓瑞

目 录

鲁迅文学奖诗歌奖获奖作家作品研究

- 自然的生命与话语的风景——论沈苇的诗　卢　桢　刘沙沙 / 003
- 在西域流沙中研炼人性：从《在瞬间逗留》看沈苇诗歌的诗学内核　白　杰　陈喜梅 / 018
- 于瞬间抵达永恒——论沈苇诗集《在瞬间逗留》中的生命意识　田文兵　李佳茗 / 028
- 诗的"辩证法"——读沈苇的《在瞬间逗留》　许　聪 / 040

中国现代诗学

- 新诗史料的搜集与整理问题论略　张立群　王瑞玉 / 055
- 一分为七：中国现代新诗的起点认定　薛世昌 / 071
- "夜"的多副面孔——论朱英诞新诗"夜"之体验与书写　罗　樟 / 093
- 论西南联大诗人群的现代"自我"审视　邓招华 / 110
- 词性活用与偏离规范——再论新诗语言艺术的智慧与疏拙　向天渊 / 131

西方现当代诗学

- 虚构的诗学：魏尔伦古典主义诗学的精神分析　李国辉 / 149
- 无法抵达的灯塔：格丽克《野鸢尾》中亲密伦理的诗学阐释　张锦鹏 / 163
- "心脏狂跳的越野赛跑者"——20世纪欧美诗歌的经验表达及其转轨　张静轩 / 176

当代诗歌研究

- 文化记忆视阈中的黑陶诗歌——兼论黑陶诗歌、黑陶散文之间的互文性　陈义海 / 191
- 《诗探索》与20世纪80年代诗歌史的"重写"　宋　敏 / 211
- 郑小琼诗歌中底层书写的意象呈现与性别关怀　王怀昭 / 223

新诗教育研究

- 问题·策略·评价——基于"创意表达"的新诗教学思考　韩一嘉 / 237
- 核心素养视域下小学新诗教学的实践探索　晋　彪　马文明 / 250

鲁迅文学奖
诗歌奖获奖作家作品研究

自然的生命与话语的风景

——论沈苇的诗[1]

□ 卢 桢 刘沙沙[2]

内容摘要：沈苇是一位书写经验十分丰富的诗人。从烟雨江南到西北戈壁，再到回归故园，来自生命内部的声音和自然的主体意识建构起他独特的写作视域与想象空间。作为江南诗人，他的"新疆书写"突破了固化的主流观念藩篱；作为西域游子，其故乡观照又摆脱了低吟浅唱的审美局限。自世纪之交以来，在传统与现实的非连续性经验书写中，沈苇凭借双重透视的精神潜流，以具有切身体验感的诗行呈现出地方经验的独特性与永恒性，多维度展示了生命世界的差异和丰富，在意象择取、抒情向度及话语诠释上启发着当代汉语诗写对自然、历史、生命与文化的整体关注。

关键词：沈苇；生命书写；精神地理学；复现诗学

沈苇出生于浙江湖州，1988年移居新疆，以跨地域（离乡）经验作为诗歌创作的主要面向。1995年，诗人出版了第一部诗集《在瞬间逗留》，并于1998年荣获首届鲁迅文学奖。他的诗歌着眼于"对人类各种生存侧面和

---

[1] 本文为中央高校基本科研业务费专项资金资助项目（项目编号：63233117）的阶段性成果。

[2] 卢桢（1980— ），男，天津人，南开大学文学院教授、博士生导师，主要研究方向为中国新诗研究；刘沙沙（1994— ），女，河南驻马店人，南开大学文学院中国现当代文学专业博士。

生存意义的探索，对善良美好人性的描绘，立意深刻，气势博大"，凭借着对生存世界敏锐的现代性体察，沈苇将水乡的柔美与西北的宏阔融为一体，"以强烈的主观性和较大的跳跃性，形成了独特的诗风"[①]。2018年，沈苇回到浙江，随后出版了诗集《诗江南》。诗人以立足"此在"的书写态度，将对故乡遥远的审美想象转化为现实及物的诗学表现，文本流露出诸多新的特质。尽管在不同的时期和地点，沈苇创作的审美侧重不尽相同，但他却始终保持着对自然生命的关注和对话语风景的探索。在三十多年的写作实践中，诗人自觉地收集生活里的碎片光影，主动与自然环境确立精神联系，呈现出多元而丰富的日常生命体验。本文即从植根自然的生命书写、精神地理学视阈下的双重透视和直觉书写与"复现诗学"三个层面，分析沈苇诗歌的艺术特质与思想内涵。

一、即景会心：植根自然的生命书写

作为移居者，沈苇对自身漂泊者的身份有着清醒的认同。当诗人像一只"无国籍的绵羊""以潮湿的方式进入干旱和坚硬"[②]，在一座"混血的城"中生活、写作时，他最先捕捉到的是西域独特而张扬的风情。现实的自然环境与以往的经验形成强烈反差，蕴含其间的那些无处不在的生命运动，给诗人以直观的美感刺激，使之从异在的氛围里体味到存在的鲜明与多样。诗集《在瞬间逗留》中，诗人以"太阳对面的新疆"为章节标题，开篇就写道："中亚的太阳。玫瑰。火／眺望北冰洋，那片白色的蓝／那人依傍着梦：一个深不可测的地区／鸟，一只，两只，三只，飞过午后的睡眠。"[③]新疆作为中国日落最晚的地方，一天中的绝大部分时间都在与太阳共处，特殊的地理位置与自然环境带来的生理触感，让诗人着迷。

在20世纪90年代的写作中，沈苇着力塑造了"太阳"意象，为其赋予

---

① 沈苇：《在瞬间逗留》，百花文艺出版社，1995年，封面。
② 沈苇：《沈苇诗选》，长江文艺出版社，2014年，第85页。
③ 沈苇：《在瞬间逗留》，百花文艺出版社，1995年，第35页。

了神圣的形态和内涵。《太阳诗人》①是其中最为特殊的一首。诗歌以"他的面孔朝向太阳的方向,太阳里/有他真正的故乡"起笔,试图以澄澈大气的光芒荡涤周遭迷乱的处境。28岁的诗人在年少的梦中醒来,带着乡愁远走他乡,他把太阳化作"一枚小小的纽扣"戴在胸口,在复杂多变的环境中,希望手执太阳之火,将"秘密国度的灯塔依次点亮"。他勇敢地与光明对视,感受文明的创始,寻找内心的澄明,又将个体生命短暂的灵魂升腾向太阳确证着真实的永恒。

在沈苇的诗中,太阳意味着自然的时间,也是自然的方向。在开都河畔,太阳向每个生灵公正分配阳光,为边远无望的州县带来"慷慨的火种和火种里的惩罚"②,它照亮未知,指向坦途。《拍地毯的妇女》"向着太阳,抖落灰尘"③,《奔驰在夏日燃烧的大地上》中"太阳、玫瑰花和一只杏子瞄准了我"④,当诗人"在沙漠的无垠中独自移动"⑤,阳光又成了精神的食粮和秘密大道,其中包孕着"毁灭和再生"……诗人寻找倾听者的旅途,也是朝着太阳行进的路途。太阳映射着西域的瑰丽与神秘,抵御着随漂泊而生的无边无际的虚空感,为诗人带来灵魂的欢愉和轻快,它是光明,是希望,也是诗人在无数瞬间能够留住的永恒。

和太阳的热烈相反,荒野地区独有的冷酷与神秘也让诗人向往。对诗人来说,沙漠荒野是充满生命历史之谜的遗迹,也是毁灭与重生的循环。面对沙漠(废墟)浩远的历史、丰盈的内在,诗人以一种自然的整体意识将自我放逐其中,对新疆进行超越地域的哲思体验与美学观照,在"忘我的辽阔"中,生发出对时间、死亡、虚无等一系列终极问题的思考。如《罗布泊》中关于时光的游移与生命的轮回,《沙漠残章》中"我"与楼兰的前世今生,《沙》中放大又归于细小的自我等。即使面对一个已然消失的世界(《东方守墓人》《楼兰》等),诗人依旧能将其归置于历史的时空背景,从泥塔、磐石、废墟与墓园意象着手,将荒漠与过去的时间、记忆重

---

① 沈苇:《在瞬间逗留》,百花文艺出版社,1995年,第60—61页。
② 沈苇:《在瞬间逗留》,百花文艺出版社,1995年,第39页。
③ 沈苇:《在瞬间逗留》,百花文艺出版社,1995年,第43页。
④ 沈苇:《在瞬间逗留》,百花文艺出版社,1995年,第57页。
⑤ 沈苇:《在瞬间逗留》,百花文艺出版社,1995年,第66页。

叠、再现，以之为想象的母体，孕育出新的生命和文化，并通过自然与历史的辩证哲思，呈现缺失与现存的神秘联系，将诗人作为旅者的审美体验上升到对自然、文明、生命的考量之中。

与此同时，沈苇的诗写又是一种真切的生命体验。诗人敏锐、细腻地体察着自然生命的消长荣枯，并以诗化的形式呈现。他的诗歌中有对动植物的注视，也有对沉默的人群的声音传达，他将视角植入生命形象的内部，倾听与触摸平凡生命的律动，触发、唤醒真实的自然主体（人的本性），在"非人类中心""非自我中心"的平等基础上进行着审美对话。如《开都河畔与一只蚂蚁共度一个下午》中对一只蚂蚁的生命活动记录，作为被太阳公正地分配阳光的生灵，它与别的蚂蚁或生物并无区别，其渺小与脆弱使之生死无关人类悲喜，更无关宇宙进程，只有诗人注意到了这只蚂蚁和它身上自在自然的生命延续，独自俯身倾听它对世界的看法。再看《向大白菜致敬》[①]，诗人可以说："所谓丰收，意味着更多的白菜烂在地里"，但"农民的愤怒充满了节制，他们的叹息／从来只是自言自语——"。漫长游历归来之后，重新面对将一生都埋在地里的农民，一生都在产出的土地，诗人站在生命共同体的立场之上，反思自我作为社会主体的生存经验，以深深的谢意和一种强烈的大地意识，向生于斯长于斯的农民致敬，向静默无声无息给予的土地致敬。

与人类存在的整体历史相比，个体生存不过是短暂而有限的过程，但在碎片化的历史时空中，自然微小的生命，在诗人眼中恰是宏大的最鲜活的见证。无论是蚂蚁、羔羊还是协奏的蚂蚱、深秋的白菜，沈苇都以平等的姿态注视并表达着它们。这类意象的存在，一方面是写实复现，一方面又是诗意象征。具象化的生命图景，暗含着诗人自我伦理价值观念的敞开。他以自然姿态呈现了生命活动的特殊性与完整性，在一定意义上弥合了人与自然的精神裂隙。

当沈苇的目光转向人群，沉默的主体则成了他诗歌中燃起的"生命的火焰"，她们的细腻、复杂和敏感使诗人认识到生命的另一种状态。如《三

[①] 沈苇：《我的尘土 我的坦途》，新疆人民出版社，2004年，第62页。

个捡垃圾的女人》①,黎明时分,以昏暗的天色遮挡外地口音的女人出现在城市,她们背着比身体大一倍的装着旧报纸、破皮鞋、干瘪的苹果与虫蛀大米的编织袋,在异乡说笑但目光躲闪,路过妇联大院,"年长的一位/捡到一枚漂亮的发卡/将它别在/最小的一个的头上"。诗人看似只描述了女人们捡垃圾的行为,但爱美的女性天性与捡垃圾的工作、专门保护妇女儿童的妇联与靠捡拾为生的女性群体等细节处的对比,却呈现出生活的琐屑与困顿、生命的现实感与差异感。

这种淹没于现代人潮的边缘生命活动在《一个老人的早晨》②中得到了更为客观化的表达:"一个老人从床上爬起来/他茫然四顾/庆幸自己再次逃脱噩梦的吞噬/和死神的追捕//在床单、被套、枕头、布鞋/茶杯、烟缸、抽屉、地板缝中/他寻找日复一日丢失的力气的残屑/将它们重新放进体内/像放进一只祖传的旧陶罐。"就像一大早就落下去的太阳,老人经年日久重复的,不过是早就消失的生命激情,和外面无人关注的日子一样,"老得不能再老"。但生命的内在价值不应仅以外在需求和感受为参照,每一个生命都有作为主体的存在与美学意义,这些平凡、琐碎、卑微甚至无望,正是个体生命体验中历史真实的另一面。

在某种程度上,一切具有生命的自然风物,对诗人来说,都具有存在的价值。他对写作真实性的追求,对生活世界变化的切入,在呈现自然的同时也道出了自然赐予万物的困苦、寒冷、贫穷的"生的艰难",以及精神漂泊者在城市文明高速发展背后的孤寂、荒凉。沈苇在诗歌中记录着旅途中的几株枯树,孤独远行的黑色公狗,关怀着盛开的花、寂寞的鸟,思考着风的意义,畅想着玫瑰的未来,与植物做亲戚,但又"放弃了飞翔的念头,爱着整个大地"③。他在滋泥泉子听收葵花的农民说着土地和老婆,看高高的酋长在只有牲畜和几个人的沉默荒原代表大地说话,注视着被遗弃在山上的穷人的避难所(《加拉加斯贫民窟》),写下隐身在库尔德宁山谷的老人的一生(《住在山谷里的人》)……在对包括植物、人物、荒漠、

---

① 沈苇:《沈苇诗选》,长江文艺出版社,2014年,第40页。
② 沈苇:《沈苇诗选》,长江文艺出版社,2014年,第78页。
③ 沈苇:《在瞬间逗留》,百花文艺出版社,1995年,第72页。

太阳等各类自然存在物不同侧面的描绘中，沈苇建构起植根自然的生命诗学。

"个人作为肉身生命的孤单与唯一，所面对的生死问题也是一切人的现实"①，诗人对每一个个体自在自为生命之路的倾听和发现，恰恰是对人类、自然生存最直观的见证与呈示。哲学家卡西尔曾说："真正的诗不是个别艺术家的作品，而是宇宙本身——不断完美自身的艺术品。"②其实早在作于1992年的《自白》③中，诗人就已写道："我正不可避免地成为自然的／一个小小的部分，一个移动的亮点／并且像蛇那样，在度过又一个冬天之后／脱去耻辱和羞愧的皮壳。"如同一条蛇四季穿梭，终归山野，自我也不过是自然中渺小的个体。正是在与自然、万物的关联之中，在死生的转换之中，人的生命才有无限的可能性。诗人的敏锐与细腻，使之能够更加深入地感受自然、表达自然，并用诗的语言将生命的内在本质形象化，将生命的神圣与隐秘、脆弱与强大、丰富与芜杂，以具象表现出来。沈苇的诗写以基于当代性的生命思考，呈现了人类融于自然整体的运动轨迹与精神动态。

二、此在即故乡：精神地理学视阈下的双重透视

提及江南诗人的西域地理诗学，很容易让人想起最近一位从浙江远赴西域边疆，同样在"地域分裂症"之中完成写作并获得鲁迅文学奖的诗人——陈人杰。如果说陈人杰的《山海间》从诗题便站在雪峰，以地域风情本土化的书写"抵达并融入高原的宏阔与苍茫、奥秘与神圣"④，那么沈苇一开始就是在故乡与异域的双重透视中呈现自然生命的丰富和复杂。诗人有意识地保持着南国蛙皮的湿度在西域写作，并真正在创作中结合起了

---

① 张清华：《石头与镜子与风景及其他——散谈几位当代诗人的诗作》，《南方文坛》2023年第4期。

② 转引自刘小枫：《诗化哲学》，山东文艺出版社，1986年，第113页。

③ 沈苇：《在瞬间逗留》，百花文艺出版社，1995年，第23页。

④ 沈苇：《诗歌如何内置"高原"——评陈人杰诗集〈山海间〉》，《西藏文学》2021年第6期。

"水"与"火"的文化元素。这也是他的诗作虽然地域色彩浓郁,但却显得立体丰满的原因。

从1988年到2018年,沈苇在新疆居住了30年。与大多数离乡者不同,沈苇的异域书写似乎天然地携带着故土风情,他的江南观照又总是渗透着异质的视角。空间的流动为沈苇提供了复合想象的文化视野,他经常是在故土与异域这双重图景的对撞和对比之中,以一种交相映照、互文互释的互动性思维持续更新着自我,从而开拓出独特的精神境界与诗歌版图。在沈苇看来,西部不是一个地理概念,而是一种精神向度,一门心灵地理学。以往的诗人们或吟诵沙漠、仰望群山,或纵横草原、书写辽阔。初到新疆的沈苇却自成一体,将沙漠荒滩、高山草甸写得细腻而亲切。在《从南到北》[①]的跋涉中,诗人一边聆听着"遥远的波斯湾古歌",一边将南方谦卑的记忆低垂,用从平原绵绵细雨中吸吮的一滴水"迎接全世界的雨水",用此刻脚下滚烫的一粒沙"迎接全世界的沙漠"。江南的烟雨竹林,藤椅菜畦与荒滩上的孤树、沙漠中的羔羊交织,组合成诗人"一半火焰一半水"的独家印记。与此同时,江南的水土也氤氲着"太阳对面的新疆"。在这里,他写下了《黄昏散步到一株香樟树下》《南浔》《月亮的孩子》《墙是不存在的》等"望江南"的诗篇。"烟雨与黄沙"看似割裂,实则血脉相连。在诗人的眺望中,沙漠成了故乡的另一片海,他以苍凉的高歌在西域为江南祈祷,以肉体的缺席保持着生命体验的到场。于诗人而言,"他的激情缘于血液中不灭的火种/而家园,只是外在、多变的显现"[②],游历唤醒诗人另一面的自我,双重视角的交叠、错落,勾勒出他心中精神家园的完整面貌。

而当诗人回归江南,面对湖州城外的《骆驼桥》时,他写道:"向西,骆驼的肉身已是合金/从荒寂到繁华/一条黄沙路似乎没有尽头/仿佛你凌乱一脚/就踏入了西域的隐喻。"[③]行走在沙漠的"骆驼"与伫立在江湖之上的"桥"本应无交集,但诗人将骆驼桥作为"一个水乡隐喻"与离去的西域相对话和关联,又把波峰的驼背喻为心灵的雅丹,将两幅图景超越时空

---

① 沈苇:《在瞬间逗留》,百花文艺出版社,1995年,第15页。
② 沈苇:《沈苇诗选》,长江文艺出版社,2014年,第86页。
③ 沈苇:《骆驼桥》,《文学教育》2022年第8期。

融为一体，重新组合起沙漠与水乡的记忆。而在《吉美庐》①与故人围炉饮茶、寒暄时，诗人更是习惯性地"持久凝视火焰，直到看见 / 丝绸的狂舞，火焰的豹纹"，看到"自己心中涅槃的凤凰"。幽谷的静、乡愁的慢与火焰的急、凤凰的舞彼此对照，既是诗人的审美畅想，更是"两个故乡"的灵魂交融。怀揣着双重记忆的诗人，即使后来被江南的落英环绕，却还是会止不住地挂念西域的飘雪，他以江南"燃烧的油菜花"接纳着"西域的雪花"②，也以"混血的思想"填充着缺失的历史。西域的自然，可以说是异域的视野，于无声之中早已融入诗人的江南文学空间。因此，流寓迁徙的体验，使沈苇拥有了更广阔的生活与写作空间，更丰富的地理和文化体验，也使其对两地的记录，超越了一般意义上的乡愁地理，从对地域的片段观察走向完整的精神地理学建构。

在沈苇行走的诗写中，自我与自然（地理）是一个相互发现、相互成就的过程。生命活动场域的转换及其带来的差异性体验，不断更新着诗人的感官，使其避开了审美的疲倦与书写的固化。在很多诗作中，诗人都表达了这种地方与主体的相互影响，比如作于1998年的《克制的，不克制的》："你是一座干燥的四面漏风的葡萄晾房 / 而心依然挂在体外，任凭风吹日晒 / 像一件苦行僧的袈裟，破烂不堪 / 会的，会有一件新的袈裟，一颗新的心。"③移居西部多年，全新的生活对应物、历史文化习俗逐渐侵入内心，成为诗人习焉不察的日常品质，但故乡依旧以情感、思想等隐性要素和景观、人事等显在要素继续发力，反之亦然。沈苇在精神地理学视阈之下，对故乡和西域的双重透视，恰恰揭开了文学惯性对新疆的误读和遮蔽，复活了江南的创造与包容力，释放出了"被看"的地域本身的主体性，也使传统的风景书写在当代焕发出新的生机。

其实，早在《眺望》一诗中，诗人就曾说过："如果我只专注于个人的痛苦 / 那是一件多么羞耻的事。"④从故乡到异域，从撕裂到融合，根本上是

---

① 沈苇：《吉美庐》，《文学教育》2022年第8期。
② 沈苇：《此刻》，《星星》2020年第6期。
③ 沈苇：《沈苇诗选》，长江文艺出版社，2014年，第38页。
④ 沈苇：《沈苇诗选》，长江文艺出版社，2014年，第60页。

从"无我"到"有我"、从随物宛转到与心徘徊的过程，诗人将地域从物理境转入心理场，尽管他的身体似乎始终处于悬置的状态，但他的诗歌却由扎根自然的生命书写走向了更加丰盈的成熟境界。诗人由初到新疆时"两个故乡"撕裂的复杂感怀，经过"将他乡作故乡"的锻造融合，逐渐走向了"此在即故乡"的精神自洽。他以"对称"法则将故乡与异域、自我与现实并置一体，放于"左右心房"，使诗歌成为应对漂泊感受、寻找生命根源的有效手段。诗人在文本中呈现着双重的西域、双重的故乡与双重的自我，自然的意象与话语的风景交叠转换，成就了沈苇独特的诗性写作与精神表达。

三、话语的风景：直觉书写与"复现诗学"

与以往相比，当下诗歌的言说方式更加多元，内涵指涉也愈发开放。诗歌中大多包含着由时空架构转化而来的审美动态、主体情绪升华而成的精神思考、社会体验催化而生的价值取向等复杂元素。在叙事或抒情的过程中，诗人们以综合的诗艺扩张着自己的言说空间，试图由语言、意象的自然简洁抵达意义的无限丰富，以表现普遍性、本质性的生命存在形式、人类情感与精神意蕴。沈苇的诗歌则以回归生命本真的地理与人文想象，打开文明的地域局限与存在的区域划分，他以直觉的话语呈现自然的风景，以复现的诗学，捕捉生命的显现动态，在历史与现存、语言与符号之间，构筑起双重透视的经验世界。

沈苇一直是旷达与内敛并存的诗人，从初入新疆开始进行诗歌创作便获得首届鲁迅文学奖的《在瞬间逗留》，到2018年回到浙江后出版《诗江南》，他总能准确地捕捉到自己对诗歌的感觉，包括语言、意象、情思的传达与意蕴的再生。无论是烟雨潋滟的江南水乡还是西域的沙漠骄阳，诗人的书写几乎都呈现出一种"直觉式的心灵感应"，即透过具体事物和日常生活，将存在按照它们本来的样子来体悟。沈苇诗歌的魅力就在于诗人能够让读者同他一道从真实的人生经历中体验自然，又从自然之中感受到生命存在的意义。其中语言既是诗人的对手，又是诗人借以传达主体自我的工具,诗人将语言化为一切存在事物和人类经验本身,并将自身融进其中,使个人的生命与自然万物共同成为言说的主体。

当新疆被作为地域整体来书写时,诗人选择具体的物象,用其中存在过的生命主体来完成。在他看来,"新疆的荒凉和灿烂,本身就是诗的直喻,一种启示录式的背景"[1]。对"瞬间"的敏感和艺术的直觉让诗人把握住了西域风情的各色能量,他的新疆诗写中有被死去的文字爬满的楼兰、被墓地一天天占领的吐峪沟、消失在书中的喀什噶尔,有叶尔羌的花园、阿吾勒的集市和江布拉克的牧猪……地域环境及其组成部分作为生命的一种存在状态,在沈苇的诗中以直觉的语言与及物的书写铺展开来,使人如在其中,亲历其境。他在《新柔巴依集》中写道:"大玫瑰和向日葵下,亚洲的心脏/跳动如新生的处子,如不倦的羯鼓"[2],"从天山到昆仑,永不停息的是沙漠的浪涛,/是大鸟的飞翔和新夸父的逐日运动"[3]。与以往的"新疆""中亚""丝绸之路"等主题大不相同,诗人尝试以柔巴依的呈现,唤醒自由的可能,换言之,就是以语言的在场使人看见新疆,以直觉的话语和诗人瞬间生命体验的律动,共同生成具有现代质感、能与读者产生灵魂共鸣的新疆舞曲。

在对西域风景进行复现的同时,他也让每片土地上的主体说话:抱琴而至的东方守墓人,在诗中沙哑着为一个沦落的时代歌唱,"塞种人将自己的形象保留在石头上/女的丰乳肥臀,男的有着夸张的性器"[4]……沈苇诗中的个体以及他们的生命活动是生动、形象、肌理鲜活的,诗人褪去了他们身上繁缛的修辞和灿烂的神话,更加注重内在连贯性的真实和历时性的衍变。由此出发的诗写,在解决诗歌语言与扩大了的经验版图之间紧张矛盾关系的同时,也使他的诗歌话语"更有力地在生存和历史语境中扎下根来"[5]。

沈苇还在诗中直言地域变迁对其肉体与灵魂造成的撕裂感,他写道:

---

[1] 沈苇:《亚洲腹地:我们的精神地理》,《名作欣赏》2016年第4期。
[2] 沈苇:《芥子须弥:柔巴依论稿及创作》,国家图书馆出版社,2021年,第156页。
[3] 沈苇:《芥子须弥:柔巴依论稿及创作》,国家图书馆出版社,2021年,第163页。
[4] 沈苇:《沈苇诗选》,长江文艺出版社,2014年,第82页。
[5] 陈超:《诗野游牧》,陕西人民教育出版社,2015年,第141页。

"异乡人！行走在两种身份之间""你已经被两个地方抛弃了／却自以为拥有两个世界"①，写"作为受难者留在这里""水仙并不留恋胡杨／盆景也从不认同沙漠"②，又在故乡与他乡造成的分裂之中，自觉地弥合着地域文化、传统的裂缝，将自我对生命与自然的观照纳入人类整体之中加以言说。他向故土探寻永恒，在将一切冲走的流水中寻找故乡，终于在缄口不言的时间中发现"永恒在羊眼睛的黄夜里／是黄夜的星辰，是星辰和星辰的凝视／是星辰消逝前有限的努力／我看见水底锁着沉思的村庄"③。这首作于1991年的《故土》，与其说是诗人现代语言的智性与巧思，不如说是沈苇自觉话语意识的复现。他在西域的羊群中确证存在，也在江南的水底回到故乡，在裸露的语言风景之中敞开的是诗人孤独但日益丰盈的灵魂。"水底锁着沉思的村庄"是形象，是呈现，它强烈地作用于我们的感知、想象和情思，引导着我们从复现的诗学中捕捉生命存在与运动过的轨迹，从而将有限的生存经验转化为无尽的诗意言说。

然而，语言的局限意味着人生的局限，沈苇诗歌语言的撕裂与融合，印证着其思想的嬗变和成长。如他所言："从地域出发的诗，恰恰是从心灵和困境出发的。语言是唯一的现实和可能的未来。"④新疆令诗人着迷的地方，在于它历史、文化、风土、族群上与内陆故乡的差异性，因对这种"差异美"的迷恋和对本土审美的稔熟，沈苇提出了"混血的诗""综合抒情"等概念，并身体力行地实践着"差异美学"的诗写。但诗人并非再现事物的一个方面和瞬间，而是展现出了事物连续的内在性。随着年深日久的行走与写作，诗人渐渐地与所处之地形成了一种无法抗拒的矛盾又亲密的复杂关系。从这个层面上来看，沈苇也许并不是突然"厌倦了做地域性的二道贩子"⑤，他所注视的一直是地域之下隐藏的普遍的人性和自然的生命本体，而地理时空对于生命认知与自我建构的作用恰恰存在于诗作内部，也存在于语言对诗人的呈现之中。

---

① 沈苇：《沈苇诗选》，长江文艺出版社，2014年，第192页。
② 沈苇：《沈苇诗选》，长江文艺出版社，2014年，第201页。
③ 沈苇：《在瞬间逗留》，百花文艺出版社，1995年，第6页。
④ 沈苇：《沈苇诗选》，长江文艺出版社，2014年，第231页。
⑤ 沈苇：《沈苇诗选》，长江文艺出版社，2014年，第232页。

直至2018年，沈苇回到故乡，他才对自己的写作有了更完整的归纳。从对"沙"的注视到对"水"的解剖，江南元素与或隐或显的西北文化元素融合之后，变得更加清晰、直观。他在《诗江南》中写道："远行者已是他乡故人、故乡异客/在丝竹和隐约的胡乐中/一再默祷：/此岸，彼岸；彼岸，此岸/揭谛，揭谛，波罗僧揭谛。"（《骆驼桥》）诗人把握住了风景内化于心的意象组合规律，将抒情主体与审美客体在大众熟知的新疆、江南代表物象上汇集。此时的语言在保持直陈本体的及物性同时，更具有了思想的穿透力，其中蕴含着诗人对移居进行深度体验之后，对故乡愈加坚定的回应。

无论是在新疆时期的创作还是回到内地的经验总结，沈苇的书写表达的是一种内心的真实，他的诗歌语言并不晦涩、缠绕，在保持高度精准和直入其神的同时，还带着语言自身的明快和生成性趣味。他以"复现诗学"将我们的目光引向看见的过程，将意义的呈现转变为诗写的经验，并以语言内在的连贯性，深化着艺术诗写自然的整体性。正如耿占春所言："诗歌的言说最终所到达的自明性的沉默，总是让解释者的言说陷于尴尬。一首诗总是尽可能使用少量的话语，以便让沉默的声音显现，让世界的自明之物显现。"[①]这其实是对诗人自身的生命体悟、语言造诣、情思表达极高难度的考验，而沈苇恰恰是一个具有真实生存之磨砺感的诗人。站在"无边的现实主义"之中，诗人将传统的自然主义与现代生命哲学相融合，将生与死、阔大与微小、瞬间与永恒、直觉与顿悟相结合，同样也将语言的直白与蕴藉、话语的纯粹与精致相结合。他的书写跳脱了语言的局限，以真实的具象性、饱满的情感性、界域的模糊性、生存的整体性以及个体的微妙性呈现出了精神地理学视阈下独特的审美观照。

"诗，是个体生命和语言的瞬间展开。"[②]好的诗歌语言不只能传达普遍的生命经验，更具有日常细节的鲜活、真实，能够呈现个体人性的本然，既有深思熟虑的审慎，又保持着即兴的触感。张光昕便这样评价沈苇的诗

[①] 耿占春：《当代诗歌中意义的逻辑：呈现与象征》，《江汉大学学报》（人文科学版）2005年第5期。

[②] 陈超：《诗野游牧》，陕西人民教育出版社，2015年，第14页。

歌:"像牧羊人的皮鞭,轻轻落在他笔下的事物上,又能发出清脆洪亮的声音,把赞美和批判散播在广袤的新疆旷野和沙漠上。"[①]由此可见,沈苇诗歌的艺术直觉不是抽象的概念,而是看得见摸得着的、及物的实在,它由植根自然的生命意象、触手可及的身旁之物开始,从每一处生命的脉络与纹理之中认识自然,又以行动的诗学在语言中把握自我的边界,他的诗写真正"使词回到了物,使抽象重新拥有形状、重量、色彩、声音、气息,重新拥有温暖和人性"[②]。《在瞬间逗留》等诗集与其说是诗人与地域紧密关联的代表作,不如说是诗人与自我、与自然之语的坦诚相见。他以及物的艺术直觉使无言的地域拥有了多彩的声音,以语言的包容与伸缩丰富着西域的人文、历史内涵。同时,又因为远离中心、远离城市,所以他能够更加近距离地贴近自然和生命本源,也更加能够以个人化的话语方式参与建构整体诗学的"历史想象"。

四、结　语

沈苇是一位相当自觉且自知的诗人,两个故乡在他血液里的撕扯与交融,使他从地域的片段走向灵魂的整全。无论是早期创作的《在瞬间逗留》,还是《我的尘土　我的坦途》《诗江南》等不断深入历史、回到现场的诗作,沈苇都在以自然的生命流淌记录着走过的风景,他的言说带有与生俱来的生存诗意。

对诗人来说,自然意识、生命意识以及自我主体建构意识一直是具有终极意义的创作动因。综观沈苇的诗歌创作,对自然生命存在本质及其状态的呈现与追索,使诗人对自我的体认与思考不断深化。沈苇总是对世界充满敏感的观照,他以一种强烈的艺术直觉,将生命运动的所见与所感在瞬间融合,使诗写在把握事物具体形态的同时又能呈现出深层的意蕴。如其所言:"不存在'西部诗歌',只存在一个个具体的诗人写下的一首首具体的诗。在羊群的合唱中,更值得我们倾听的是每一只羊的独唱,饱含了

---

　　① 何言宏、王东东、张光昕等:《谈沈苇》,《名作欣赏》2015年第1期。
　　② 沈苇:《西域记》,新疆人民出版社,2014年,第224页。

牺牲和隐忍、经验与天真的'咩——'。"①每一个地区生活着的人们，每一条路上不能采撷的过客的光芒与尘土的芬芳，都是丰满而独特的。从具象出发，以内在的生命伦理立场关注生命本体的悲欢、困厄与存亡，在植根自然的生命意象之中，在此地与旧居的双重透视之中，沈苇写出了生命的细腻与辽阔。

从浙江到新疆的诗写历程，也是诗人的生命旅程。沈苇借寓所的移动所寻找的不是一个既定的渡口，而是生命、自然、主体与文化传统的现代性转换场或者重建地。他的诗歌创作在地理之异、时空之隔中，以植根自然的意象、双重透视的触感、直觉的语言，重塑生命的意义形态，其创作既保持着地域书写的鲜明姿态，又对接并融合着悠久的中国诗歌传统。在某种程度上，他的诗写提供了对所在世界、所知自我更为广阔的观察视野。

陈超曾说："诗歌忠实于世界本然的性质，但它更倾向于从更远更开阔的中介性语言视角观看，倾向于由'浓缩'带来的自足的语言世界的鲜明性。"②无论是西域还是江南，撕裂抑或融合，都是诗人"此在的境域"，作为主体的诗人，在创作体验（或者说是精神思考）这一中介活动中，倾注了更为持久的思想、情感和经验。他一边以粗朴、自然把诗歌的风景呈现给所有可能的人，一边以庄重、细腻重新审视文化、历史与生命个体之间的关系，以辩证性思考重建自我的价值。他将地域性与整体性、江南性与当代性相结合，以移居完成了一场长途的精神跋涉。诗人由最初的热烈、踟蹰归于如今的平和自足，而这正是地域与游子、生命与话语之间的潜在关联，它们共同组成诗人走过的人生，路过的风景，组合成诗人的美学观与生命观。

时隔多年，沈苇终于回到浙江，他的远足也许并未结束，其诗歌中强烈的主体色彩和个人化的历史想象力，已更多地倾注在"文化母体"的本土场域之中。在跋涉与折返途中，诗人对生命、自然、历史以及文化进行了共时性的综合观照，又以介入的情怀，将思考延伸拓展到时间深处。他在不同的自然环境中更新血液，甄别生命的真实与幻影，捕捉普遍的人性

---

① 沈苇:《西域记》，新疆人民出版社，2014年，第219页。
② 陈超:《诗野游牧》，陕西人民教育出版社，2015年，第85页。

差异，寻找诗性的家园，重塑精神的自我。因此，他的诗歌不仅呈现出西域和江南的自然生命、地理经验、伦理情感，也呈现出地方对主体的建构与主体对地方的话语诠释。这种交互影响的书写使零散、神秘、多元的异质元素规整为完整的生活经验，成为诗歌对当代新诗历史、文化与精神的一种对话和传承。

在西域流沙中研炼人性：从《在瞬间逗留》看沈苇诗歌的诗学内核

□白 杰 陈喜梅[①]

内容摘要：在中国当代诗坛，沈苇有着极强的艺术创造力和鲜明的个人风格，其写作技艺与诗学理念在三十余年的创作实践中持续突破与超越。本文从他的首部诗集《在瞬间逗留》出发，在历史回望中深度发掘诗人强烈的个体性精神力量和诗歌文本的独异性色彩，着力彰显其身处不同地域而又超越地域的日常书写、智性书写和人性书写。沈苇在诗歌创作领域的长期坚守与现实世界形成一种难能可贵的调适关系，其中对"自我"的珍重和对诗歌与文学的信任，对当代诗歌的创作具有充分的启发意义。

关键词：沈苇；经验世界；《在瞬间逗留》

诗人往往围绕自己最真切的生命体验，去构筑新一重超越历史与现实的彼岸之境。对于沈苇而言，尽管在青年时代就凭借首部诗集《在瞬间逗留》（1995年版）摘得了鲁迅文学奖的桂冠，但他所设定的艺术彼岸似乎非常遥远，需要耗尽全部的生命方可逼近。只是，如此的艺术雄心在《在瞬间逗留》的集子里已经得到诗学观念和诗歌技艺的双重支持，并在此后的创作实践中得到进一步强化。诗集《在瞬间逗留》分九辑，容纳了他初期

[①] 白杰（1981— ），男，山西榆社人，文学博士，太原师范学院文学院教授，主要研究方向为中国新诗；陈喜梅（1998— ），女，宁夏固原人，太原师范学院文学院比较文学与世界文学硕士，主要研究方向为比较诗学。

创作的各个方面。诗人将自己独特的切身体验融于诗行，其中关于故土、新疆、四季、爱情等，都浸染了独特诗思，迸发出强烈的主体性力量和广博的创作视域。在此不妨从沈苇的创作起点出发，途经其独特的经验世界，在时间流逝中回看诗人与诗歌之间坚韧的精神关系。

一、守护"青年性"与生命实感

沈苇用诗歌确证、维护着自己的"青年性"和自在独立的生命姿态。20世纪80年代末，大学毕业的沈苇离开江南故乡，远赴新疆工作，携带着里尔克的教诲"一个人只有在第二故乡，才能检验自己的灵魂的厚度和承载力"[①]，主动拥抱新的风土和文化，以潮湿的心灵，感悟生命的成长，深思历史与政治带给人的苦厄，释放心情、叩问灵魂。与同时期的其他诗人一样，他将视点转移到内心世界，关注爱、悲痛、恨、死亡这种更普遍的主题，使诗歌文本成为思索与反刍的载体。

青年人往往更加敏感于时代新变，对"从来如此"的历史传统保持高度警惕，对既往的沉疴积弊有着本能的抗拒。他们在探寻历史真相、生命价值、社会意义的航程中确认自己的坐标，然而当面临现实风雨对理想旗帜的吹刮、撕扯，又不可避免地要承受无可名状的阵痛。《我的手放在一片安详的光中》[②]这首创作于沈苇24岁的诗作，就深刻折射出一个初入社会的青年人的生命状态。他渴望思考、渴望对话，他将自己的情思转移到荒漠上空的"大鸟"，并视这种孤独的忧伤为一种使命，一种与祖国命运相连的"生命的疼痛"。

> 我的手放在一片安详的光中
> 正午，新疆沙漠，一只大鸟缓缓飞翔
> 仿佛在视察大地的荒凉，而忧伤
> 是它的最高天职

[①] 沈苇：《新疆词典》，百花文艺出版社，2005年，第83页。
[②] 沈苇：《在瞬间逗留》，百花文艺出版社，1995年，第19—20页。

……
在遥远的新疆，我独自承担我的中国命运
面对孤独这杯透明的水
我一口一口饮用，直到
喝出火焰的味道
现在，我将手放在一片安详的光中
焦虑放在光中——整个沈苇都放在光中

沈苇的早期诗歌，携带着青年的纤细心绪，在粗粝的大生活之中，执着于对诸种细微战栗的记录，在矛盾和痛苦的分裂中，创造了一种自我的新起源。就大多数人而言，年岁越长，越容易坠落于生活的某一轨线中去，而像沈苇这样心性敏感的诗人，一直在努力保留着自己身体里青年时期最初生成的敏感与锋利，对世界抱有多样的思考。尽管说"文学青年"一度沦为冥顽、清高、不合时宜的身份象征，但综观沈苇的人生经历与创作实践，我们会真正理解"文学青年"的内涵，为艺术道路上的"青年性"致敬。

诗歌创作是诗人对自我生命的想象、经营、彰显与坚守。沈苇拥有的两个地域给了他"双倍的爱、疼痛和欢喜"[1]，也赋予了更加丰富的生命色彩与精神风姿。很多关于沈苇的诗歌评论都集中于对其两个"家园"的确认上，并以诗歌中呈现的事物与意象来证实地域因素的实体性存在，但也在无意中淡化了诗人在浓厚地域油彩中的自我突围。对于20世纪八九十年代的青年诗人来说，"自我"是深植于内心的信仰图腾，是高扬于时代上空的精神旗帜，是对抗历史惯性、实现新旧彻底分界、绽放个体生命和东方民族光芒的动力牵引，挣脱历史枷锁和社会藩篱的精神流亡由此成为一种时代风尚。

在精神流亡的时代风潮中，沈苇主动切入他乡的路径在当时似乎显得顺理成章。只是置身地域色彩极强的新疆，个人很容易混同于幕景，但沈

---

[1] 沈苇：《江南游子30年西域归来，浙传即江南》，《浙江传媒学院报》2018年10月27日。

苇几乎从一开始，就异常清醒地保持着独立意识，努力实现时代与地域的双重突围。在他看来，个体生命之于地域文化仍保持着主动性。他直言，赴新疆是"为了蒸发掉自己身上多余的水分"，但又提醒自己，"在西域的干旱中，要保持'蛙皮的湿度'，否则就会变成木乃伊"。[①]

不可否认，地域给人以无法剥离的生命实感和情感根基，但是人的精神状貌会随着生命体验的丰富而呈现出非常个人化、多元化的特点。正如被土地滋养的种子，在基因和繁复环境的共同作用下将成长为一株独一无二的植物。"向西！昆仑诸神举起荒路巨子／啜饮他并造就他"[②]，沈苇作为一名自由的闯入者，不畏以"无知"的姿态面对广袤西域，在持久挖掘与深入体验的过程中，展现出了强大的探索欲与文化溶解力，不断催生、丰富着自我。同时他以傍观见审的态度察知、记录着自我心性的再造过程，并完成了一系列心智相融的诗作。

诗人臧棣在写给沈苇的诗中坦言："我们未必不是全部的孤独，我们未必不是人如大雁，生动于浩渺。"[③]这是合力护守"青年性"的同人知己间的惺惺相惜，饱含以荒凉和孤独为底色的自我意识。谢冕评论20世纪90年代的个人化写作时称："九十年代最大的完成是诗的个人化"，"个人化使诗最后摆脱了社会意义的笼罩"，但又不无忧患地指出，"自此而后，诗人关心的只有自己，而对自己以外的一切淡漠而疏远"[④]。毋庸讳言，个人化写作大潮在一定程度上动摇了宏大叙事的根基，也伴生出一批无病呻吟、自我抚摸的副产品，但沈苇并没有将"自我"封闭在自说自话的狭隘天地。在抚触日常生活皱褶、开掘灵魂幽深之时，沈苇坚持将自我置放在宏大的历史坐标系中加以观摩，并将自我与社会、历史、政治等暗自关联，对于时代中诸多隐性伤痕也有独特呈现，努力以爱与正义之名去感知万物、重建秩序。在"青年性"的精神向度上，他的"自我"始终保持着强烈的主体性、现实感和介入意识。

---

① 沈苇：《新疆词典》，百花文艺出版社，2005年，第83页。
② 沈苇：《在瞬间逗留·向西》，百花文艺出版社，1995年，第46页。
③ 臧棣：《臧棣诗系：沸腾协会》，广西师范大学出版社，2019年，第73页。
④ 谢冕：《诗歌理想的转换》，《郑州大学学报》1998年第1期。

二、将瞬间剪辑为永恒

对诗人的一切解读，都应下沉到创作中，以得到文本的有力支持。诗集《在瞬间逗留》就已显露出诗人尝试建立个人风格的某种努力，并贯穿于日后的创作中，那就是在闪跳的抒情剪影中把握恒久人性。瞬间本是难以捕捉的，然而诗人竭力从琐屑生活中感受灵魂的战栗，进而铺展开一幅宏大深远的艺术图景。在瞬间逗留，每一个有战栗之思的瞬间的集合，构成了沈苇的诗歌世界。

诗集拥有现代主义的跳跃诗风，众多看似毫不相关的意象伴随着跃动的神思而串连、簇拥在一起，在巨大的诗意张力中创造出独特的艺术空间。诗集首篇为《东方》：

> 我想，在文明深处一定有一双看不见的巨手
> 操纵我们朴素的马车穿过无数长夜
> 将烛灯，移进葡萄酒飘香的黎明市镇
> 这样，我才迎风将种子洒向大地
> 稼穑、休憩、生儿育女
> 以适当的冷落，以加倍的耐心活着
> 为一百年后的你们留下一两声歌唱

抽象的"东方"穿越深邃时空洒落在眼前，幻化为一个个触手可及的鲜活形象，相互交谈、嬉戏，组合出朦胧温馨的日常化场景，也闪耀着脉脉温情的人性光芒。在历史时空恣意翻飞的文字，既不局限于一地之实景，也不囚禁于一己之悲欢。

代表作《向西》一诗更为典型地呈现了这一风格。诗作大开大合，气象万千。每节开头均以"向西！"开头，对遥远西域的渴盼跃然纸上。紧接着，从"红布"到"灯笼"，再到"白羊"，再延伸至"沙漠""姑娘""坟茔""众鸟""公马""寒风""孤军""鼓点"……直到诗人自喻的"荒路巨

子",看似纷杂的意象将前往西域的沿途景色与跌宕情感勾连融汇在一起，点染出一幅神秘辽远的历史画卷。

诗集不乏有散文化的日常叙事，时常将对话、内心独白纳入诗篇。但这些散文化、日常化的叙述并未流于生活表层，而是运思点化，极有分寸地把握着诗意流淌的节奏，显露出纡徐舒缓的状貌。这种平和气息出现在二十多岁的青年人笔下，着实鲜见。

在《开都河畔与一只蚂蚁共度一个下午》中，"我俯下身，与蚂蚁交谈／并且倾听它对世界的看法／这是开都河畔我与蚂蚁共度的一个下午／太阳向每个生灵公正地分配阳光"；《滋泥泉子》一诗开头就是一幅非常日常的画面，"在一个叫滋泥泉子的小地方，我走在落日里／一头饮水的毛驴抬头看了看我／我与收葵花的农民交谈，抽他们的莫合烟／他们高声说着土地和老婆／这时候，夕阳转过身来，打量着／红辣椒、黄泥小屋和屋内的全部生活"。无论是与一只小小的蚂蚁交谈而感知万物齐一，还是在滋泥泉子遇到农人，感悟他乡与故乡一样踏实的日子，诗人都通过质朴平静的日常生活画面，精妙地传达自己抚触世界的细微感受。在广阔的地域中展开生活，沈苇关注的依旧是"一天一天的日子"，体验的仍是内心"隐隐约约的疼痛"，这种日常性包含了日常事物和日常情绪。诗人从个体本位出发，将生活经验的碎片缀合，覆盖诗人特殊的地域经验而成为人类普遍的经验本身。或许与年岁增长、岁月沉潜有关，这一特点在后期创作中表现得尤为明显。

三、智性介入的日常化书写

诗集《在瞬间逗留》集结了沈苇25—30岁的作品。在此人生段落，诗人的内心敏感而活跃，再加之时代交错下社会结构的剧烈调整、思想文化的激烈碰撞，沈苇习惯携带形而上学的哲思突入现实生活，思想与生活的搏斗、思想自身的裂变，迸发出一串串智性的火花。面对苍茫亘古的宇宙，渺小卑微的个体却拥有充塞天地的信仰梦想、自由无羁的灵魂，"我用一滴水迎接全世界的雨水／我用一粒沙迎接全世界的沙漠"（《从南到北》）；"一旦梦想得到释放，就像传说中／不断变大的小矮人，占领天上人间"

（《歌唱》）；"在沙漠的无垠中独自移动 / 我翅膀疲倦，我意志没有暗淡 / 我灵魂轻如羽毛"（《飞鸟，以及远方》）。在人生困厄中，生命之坚韧就是美丽的诗篇，"我，一名投降者，一个长跪不起的人 / 奋笔疾书，将美和它犯下的罪行 / ——记录在案"（《果园》）；"风胁迫我的青马：孤独的马 / 我从黄昏摸出琴和笛 / 音乐有一双火热的手，穿过寒风 / 抚慰我紧张的情欲"（《自恋主义者的黄昏》）。

不过从整体来看，沈苇的"搏斗"并不过分炽热浓烈，而更偏于敛制，有高浓度的智性因子。即使是抒情诗，与同时代的海子相比，沈苇的诗歌也明显多了一份智性光泽。譬如同样使用散文化叙述，沈苇语意凝练，海子则铺陈恣肆。沈苇的《初春》和海子的《春天》，都在春天看到了黑暗与残酷，沈苇在思维与语义的回旋中质问自己的未来，颇有抽离远观与审视的意味——"当绿色如此肤浅而放肆地包围了大地 / 那深处土豆种子的嫩芽催促着 / 更深处黑暗王国的脚步 / 初春没有歌，我迎接的是什么。"海子则用情感体验浸泽每个字词，情绪的尾音绵延无止境——"风是这样大 / 尘土这样强暴 / 再也不愿从事埋葬 / 多少头颅破土而出 // 春天，残酷的春天 / 每一只手，每一位神 / 都鲜血淋淋 / 撕裂了大地胸膛。"如果说海子长于以自我为主体的情绪投射，那么沈苇则有着更加自觉、强烈的交谈愿望。海子对待自己的故乡持有虔诚的皈依，浸入村庄、麦地、亲缘之中，并在故乡世界体验到一股强大而无助的悲悯。而沈苇对于故乡，有一种复杂的进化思维。他笔下的乡村，渐然失去了山水田园的宁静美好，而充斥着细微的躁动和不安，有着旧世界的衰颓气息。离乡对他而言，是自觉性的"逃离"，是要主动成长为归根四海的人，远方的辽阔西域呼唤他完成了生命的再造。

一般来讲，诗歌是主情的文体。但沈苇的抒情背后总有一股强大的理性力量，保持着清醒者、救世者的姿态，在经历困顿与挣扎后继续探寻生存的希望和力量：在故乡，"我或许是村庄里唯一的行动者"[1]，离开故乡，"仿佛我是来清点各地渺茫的灵魂"[2]。不同于海子那样狂揽并沉积古老世

---

[1] 沈苇：《在瞬间逗留·故土》，百花文艺出版社，1995年，第8页。

[2] 沈苇：《在瞬间逗留·旅途》，百花文艺出版社，1995年，第55页。

界给全人类的负担，沈苇总是努力跃出深渊，用自己的信仰在黑暗中燃起篝火，"马匹、速度、追忆似水流年——驰骋！请释放出荒原的光荣/我们以为那是永恒，然后恰恰是不朽"。于灰烬中看到希望，在艰苦中发掘力量，"搏斗"的心性品质支撑了沈苇长久的诗歌创作路程。生命与诗歌相互救赎，信仰与智性相互校验，艺术创造"应该包含了宇宙之密与尘世之火、天空的上升与大地的沉沦、个体的感动与普遍的战栗、灵的高翔与肉的沉吟……它有一个梦想：包含全部的地狱和天堂！"①

沈苇的艺术创造有很强的移植力，既然迁到了边疆地域，那就扎根在这块新的土地，努力汲取滋养心性和认知的养分。诗评家耿占春在《诗人的地理学》一文深刻揭示了沈苇与西域之所结成的新的意义结构，"展现了自我逐步地把外部空间改写为自我的疆域的构成过程"②。这与沈苇所秉承的诗学理念相一致——"地域性是立足点，但不应该成为写作者的囚笼，从地域出发的诗，恰恰是从心灵和困境出发的。在好的诗人那里，我常看到他们的'地域性'是虚晃一枪。他们揭示了地域性掩盖之下的普遍人性。"③沈苇正是在此理念的导引下，将不同地域文化的深度融合，将西域的地理文化与生命经验融入血液。如此看来，仅以"风景化""地域化"的认知结构去评论和阅读沈苇，显然是不全面的。

沈苇习惯将不同的地域及人群，都安放在日常化场景中，善于从平淡无奇的日常生活中发见隐匿在土地缝隙中的广博人性。在一次采访中，他谈道："新疆的五十二个民族，两千多万人在那边生活，他们要吃饭睡觉、种地放羊、谈情说爱，这种日常性是更真实的，这种日常性就像天山和昆仑山一样，是不可颠覆的。"④

沈苇的平民意识和日常生活气息，似乎与他毫无社会身份地进入一个全新地域有关。他入疆后的诗歌书写，就是要在新的地理文化空间内发现普遍的人类意义，地域性让位于人本位，而人又与自然平等均齐。在《酉

---

① 沈苇：《我所理解的诗与诗人》，《诗探索》1996年第4期。
② 耿占春：《诗人的地理学》，《读书》2007年第5期。
③ 徐兆涛、闫倩：《丝绸之路上的诗人》，清华大学出版社，2017年，第239页。
④ 参见中国纪录片网《一本书一座城》第四集《乌鲁木齐的夜与昼》中沈苇的自述。

长》《拍地毯的妇女》两首诗中，诗人呈现了两个生活在西域的人，在诗歌中演绎和揣测各自的"人类情感"。诗作直刺生活本相，毫无异域的猎奇和距离感。尽管他后期的诗歌中，有很多新疆事物、景物的呈现，诗人也经常被划归到"新疆诗人"的队列，但他对地域书写的诗学认知却没有太大的动摇。

带着对时间流逝的感受、对人事生发的洞察力和独特的感知力，沈苇巧妙捕捉着一个个闪光瞬间，将边疆地域的见闻习得融入自我，内化为独特的生命体验和诗学观念，实现了从地方性向人性的飞跃，完全超越了地域化、风景化的传统范畴。

四、边缘处的言说

20世纪90年代以后，诗歌的边缘化倾向愈加明显，文学队伍也发生了严重裂变，"那些并没有淡出的，继续写下去的诗人，实在是醒得更早，或始终保持清醒的诗人，他们从一开始就埋首专注于自己与众不同的'个人写作'，并且在坚定的'个人写作'里不缩小为个人的"[①]。沈苇称得上是在当时清醒且沉默坚守的一员主将，只有内心拥有足够强大的定力，才能在商业浪潮最为澎湃的时代依然执守诗歌。在出版《在瞬间逗留》之后，沈苇又持续推出了四本诗集，直到2014年出版了《沈苇诗选》。此时，他已陆续获得了鲁迅文学奖、新疆青年文学奖、十月文学奖等。2023年出版的诗学论集《论诗》则以诗论诗，探讨诗歌的历史源流、情感、伦理、技法等诸多问题，张清华评之具有"一种纵横驰骋的贯通感，一种百感交集的大觉悟"。

跨地域的人生经历，难免会给沈苇带来一些角色定位的困惑。但他心怀"两个故乡"，打破地域的围墙，冲破时间的局限，细致呈现了一个关于游魂与归魂向身体里的安放的调适过程，一种自我修正和救赎。沈苇诗歌的个人化创作，迥然相异于一度风行的私语写作、隐秘写作，而是坚持以个体生命的独立姿态去重建与社会历史的复杂关系，为一个时代、一段历

---

① 陈东东：《我们时代的诗人》，东方出版社，2017年，第206—207页。

史刻录下难以磨蚀的精神凭证。写诗是"生命中昂贵的娱乐"①，沈苇从喧嚣的第三代诗歌中脱离出来，将自我与社会血脉相连，一方面保持了自在平静的生命状态，另一方面又积极介入社会生活中、不厌其烦地打磨诗歌技艺，"一种真正意义上的高度个人化的写作是值得用毕生的精力去追求的"②。

"诗歌的存在是要告诉我们，在俗常的生活之外还有另一种生活，在凝固的精神之外还有另一种精神的可能"③，对俗常、对地域、对此岸的持续超越，让沈苇的生命力延续至新世纪的今天，且仍然充满生机。诗歌是人类精神苦涩捶打后的留存，是集简约、厚重与伟大于一体的文体。诗歌创作可以被认为是一种对于信仰的探索行为，与它相关的"生与死、有限与无限、死亡后的归宿和生之命运的掌握"等主题，都与宗教有着相近的精神向度，"宗教是对时间的流逝和人生的有限的消解"④，而诗歌则是在二者的关系到达消解之前对意义进行苦探，于沉默的言说过程中建设着个人的诗学观。

重探沈苇青年时代的首部诗集《在瞬间停留》，凝望艺术种子初始的生根发芽，能真切感受到诗人对于诗歌创作的真诚与执着。经历二三十年的边疆生活与创作经历，他始终自觉疏离于世俗功名与集团式写作潮流，静心体味、记录一切流经草原荒漠的人性人情，用身处边缘的诗意言说，烛照倔强生长在社会角落的个体生命，努力用诗歌去纠偏工具理性日益强大的畸态世界，"我热爱真正意义上的'偏僻'"，"我愿意坚定地与'偏僻'站在一起，从帛道到沙漠、废墟与蜃楼中，探索自己的身世、起源，从草原行吟者和高原隐修者身上，辨认精神的兄弟，这大概是我置身偏僻得到的一点馈赠与回报"⑤。

---

① 沈苇：《在瞬间逗留·娱乐》，百花文艺出版社，1995年，第22页。
② 沈苇：《高处的深渊》，新疆少年出版社，1997年，第171页。
③ 谢有顺：《乡愁、现实和精神成人——论新世纪诗歌》，《文艺争鸣》2008年第6期。
④ 董琳：《宗教文化中空间的符号表征和实践》，中央民族大学，2013年。
⑤ 沈苇：《沈苇诗选》，长江文艺出版社，2014年，第232页。

于瞬间抵达永恒
——论沈苇诗集《在瞬间逗留》中的生命意识

□ 田文兵　李佳茗[①]

内容摘要：作为一个常年生活在西域的江南人，沈苇的诗歌创作兼具江南的细腻多情与西域的奔放豪壮。诗集《在瞬间逗留》是沈苇双重身份下的独特生命体验，其中凝结着诗人关于生命的瞬间与永恒的思考。诗人用边地生命的热烈与壮美来消解自身的孤独和虚空，以一种积极的、求索的、思辨的态度，在自然和平常的生活场景中寻找生命的意义，诗歌传达了对生和死形而上的思考，即生死都是一瞬间的表象，"灵魂的升腾"才是永恒的延续。

关键词：《在瞬间逗留》；生命意识；瞬间；永恒

作为一个常年生活在西域的江南人，沈苇游走在地域与情感寄托的两极，豪放的大漠与柔婉的水乡这两个截然不同的景观，在其"他乡的本土主义"[②]理念之下融为一体。对于沈苇来说，无论是江南还是西域，也无所谓"故乡"抑或"异乡"，都已内化为其灵魂的一部分。沈苇1995年出版，

[①] 田文兵（1975— ），男，湖北仙桃人，文学博士，华侨大学文学院副教授，主要研究方向为中国现当代文学；李佳茗（2001— ），女，湖北利川人，华侨大学文学院中国现当代文学硕士研究生。

[②] 舒晋瑜：《沈苇：新疆是我的"翅"，江南则是我的"根"》，《中华读书报》2022年11月23日。

并于1998年获鲁迅文学奖的诗集《在瞬间逗留》，真实呈现出他作为一个长久"逗留"在西域的江南人，过往的江南记忆与当下的西域经历带来的思想冲击。这部诗集可以说是沈苇在汲取两地的精神灵气后，独特生命体验的抒写，其中凝结着诗人关于生命的瞬间与永恒的思考。

一、身份意识及生命体验

"如果30年前不到新疆，我同样会写诗，但绝对不是现在这种写法、现在这个沈苇。"①离开浙江的时候，23岁的沈苇对于边疆抱有热烈的期待和憧憬，江南一带白墙青砖，已经不能满足他探索世界的欲望。"我身上与生俱来的水分太多了，要去新疆沙漠把自己身上多余的水分蒸发掉一些"②，青涩的江南诗人如愿来到新疆，见识这片辽阔大地的自然景观和人文历史。显然，新疆在沈苇的诗歌创作当中无疑扮演了重要角色，蒸发掉来自温婉水乡的多余水分，也激发了独具一格的诗情。

（一）炽烈的新疆与根深蒂固的江南

"这是火焰袭击过的国度／这是头枕不毛之地的国度。"（《奔驰在夏日燃烧的大地》）初到新疆，所见之处是火热的，也是苍凉的，一望无际的戈壁仿佛宣告着这里是一片不毛之地。火热的太阳照耀在这片大地上，给予新疆人最广博而直接的阳光，阳光虽然是生命和希望的象征，但过于激烈的阳光的炙烤也会带来灭顶之灾，炽烈的阳光给这片土地补给能量，同时也投射下一片阴影，阴影里满是悲伤、苍凉，甚至是死亡。

但当诗人走过这里更多的土地，了解到当地的历史变迁时，沈苇意识到新疆有着许多江南所没有的奇幻与绚丽多彩。它历来是多种文化的交汇之处，是丝绸之路的必经之地，拥有众多文明留下的历史遗存；它还是自然地理研究的胜地，是一座天然的地质博物馆。"最初被天光照亮的是石

---

① 沈苇、张杰：《沈苇访谈：一个读诗的人比一个不读诗的人更难被打败》，《诗歌月刊》2018年第5期。

② 舒晋瑜：《沈苇：新疆是我的"翅"，江南则是我的"根"》，《中华读书报》2022年11月23日。

墙、屋顶、水池/接着是玉器、经籍、头颅/毛茸茸的文字渗出香味,弥漫四周/当歌声从天而降,使我们匍匐在地的/冰凉世界,用热情把我们扶起/一切都改变了/一个前方,敞开无涯的家园/一个声音,打磨粗糙的大地/一个幻象,改变风景的颜色/一旦梦想得到释放,就像传说中/不断变大的小矮人,占领天上人间。"(《歌唱》)历史文化和地理环境的特殊性,造就了这片土地无比的热烈、奔放和自由,如同玫瑰一样的热情、鲜艳、迷人,新疆无疑是一片神奇的土地。

苍凉广袤的新疆从来不缺少生命,这里的一草一木都是在顽强的挣扎中生存着,历史的遗迹代代相传,带给一代又一代人生的启示。生命存在于这里,带着一种高昂的、激烈的反抗的精神,它们从长久的黑夜的沉寂中醒来,发出古老的低吟,以其固有的激情唤起人们沉睡的灵魂,然后不断成长壮大,力图为世界增添一抹属于自己的风景。"我翅膀疲倦,我意志没有暗淡/我灵魂轻如羽毛/正午的欢愉洋溢周围/没有麦粒,没有水/阳光是我的食粮。"(《飞鸟,以及远方》)处在太阳之下的新疆,生命不会受到拘束,灵魂是轻盈的,自由的灵魂从太阳中汲取力量,于风沙中挣扎,然后发光、发热,散发自身所有的能量,只为争取一种生命的激情,不知疲倦、孜孜以求。"我的额头高高抬起/我的双手要为太阳戴上花环。"(《蓝色抒情》)青年的热情澎湃与西域的热烈明媚一拍即合,在这里,诗人的理想与现实得到高度重合,沸腾的血液激荡,青春的旋律昂扬,蓬勃在心中的热情甚至想要"为太阳戴上花环"。

新疆固然是沈苇诗歌创作的灵感源泉,但身处西域的诗人却并没有将江南抛诸脑后。因其长期生活在西部,诗歌的抒写对象也主要是西域,所以被很多学者称为"西部诗人"。生活在边疆,所见均为边疆景色和风物人情,诗里自然多了对于边疆的表达。但文学除了地域性之外,还有永恒不变的存在。正如有研究者所言:"地域性只是虚晃一枪,他要揭示和表达的是被地域性掩盖的普遍人性和诗性正义。"[①]《在瞬间逗留》的西域书写中隐藏的是故乡对于他根深蒂固的影响,以至于多年后重返江南,再重新用

---

① 沈苇、张杰:《沈苇访谈:一个读诗的人比一个不读诗的人更难被打败》,《诗歌月刊》2018年第5期。

诗歌创作来感受江南。"故乡是人随身携带的东西,就像我们随身携带着语言和诗歌。"①江南贯穿了沈苇的诗歌创作,而且哪怕是身处边疆,被大漠戈壁的炽热所吸引,诗人也时常表达对江南这片土地和对亲人的牵挂,"雨水倾向劳作,倾向村庄,缓慢着车轮的转动／我的祖先在雨水中洗脸,向着土地诉说衷肠……母亲在道场上晾晒菊花,乳汁的芳香／至今弥漫我记忆的空间"(《故土》)。

(二)双重身份下的生命思考

沈苇曾说:"我曾用30年时间'在异乡建设故乡',试图成为'他乡的本土主义者',也用30年做了一个长梦。人生如梦,西域似幻,它已经内化了,化作我灵魂的一部分了。"②尽管故土江南与西域边疆的自然环境和风土人情天差地别,但也正是这互为参照的情境使沈苇能更深刻地领悟到文学与人生的基本主题,探寻"时间、痛苦、生存、死亡"等重要命题。

如果说江南是沈苇诗歌创作得以立足之"根",新疆则是他翱翔于诗歌广阔天地间的"翅膀"。告别故土,来到边疆,尽管来时意气风发,但难免会因孤独而思念家乡。诗人在《故土》中写道:"手持一支火焰／明丽我的家园／这是孤独的守夜人在苦苦表达衷情／在劳动和财富之余,照亮／真理、智慧、梦和飞翔……这是我离开故土的第三个冬天／月色照旧,风景照旧／我的马在寒霜里哆嗦着前进／小酒馆的旗幡耷拉着,猫在灶台打盹／——一切都没有动静／但我知道:沦落之处便是再生之地。"诗人面对故土,追问永恒何在,所能触及的一切都在流走,就连时间缄口不答,但远逝的时光化作故土的景色迎面拍打在诗人身上,激起还乡游子的寸寸乡愁,也激起诗人关于沦落与再生的思考。沈苇对待故园的态度无疑是警醒的,他以二月的村庄作比,表达人生起伏辗转的理解与期望。冬日里曾经香甜的果实、美好的幸福都在土地中腐烂了,村庄里的一切都处在寒冷与沉睡之中,曾经诗人生活的痕迹也已经渐渐被磨灭,但执着的守夜人仍在夜晚点起火把,

---

① 臧继贤、刘瑞:《专访诗人沈苇:不能把新疆仅仅当作审美消费的对象》,https://www.thepaper.cn/newsDetail_forward_1374986,2023-08-09。

② 舒晋瑜:《沈苇:新疆是我的"翅",江南则是我的"根"》,《中华读书报》2022年11月23日。

照亮黑暗，辛劳的村民将会在春天来临时继续耕种，播撒生命的种子，现在死气沉沉的大地不久又将生机盎然，正如人生的境遇，只要步伐不止，就能在原地爬起来并再次攀上高峰。

新疆给他带来的则是生命的质地与厚度，是与大自然的融合和在自然景物与日常生活中对人生意义的求索。自浙江到新疆，横跨中国地理版图的东西，诗人"用一滴水迎接全世界的雨水／用一粒沙迎接全世界的沙漠"（《从南到北》），行万里，见万事，包容万象。小小的江南水道里鱼虾成群，广阔的新疆风沙里镌刻着古今的足迹。只有走过中国的万里河山，感悟到边疆的辽阔与包容之后心中才能有如此的容量，这是诗人仅仅生在江南或待在新疆所不能感悟的。同时，这段经历也给了沈苇关于万物的体验，作为一位异乡人，诗人并未得到注目，受到宽待或薄待，就如同这片苍茫大地上的一只蚂蚁，"当它活着，不会令任何人愉快／当它死去，没有最简单的葬礼／更不会影响整个宇宙的进程……太阳向每个生命公正地分配阳光"（《开都河畔与一只蚂蚁共度一个下午》），正如他"自从我的第一声啼哭，并不比／世界的一片落叶带来更多的东西／我随时都会失踪／就像秋风里的一声呜咽"（《回忆》）。生命都是平等的，无论是人、蚂蚁还是落叶，都是随身携带着生命和死亡的载体，其生命都会经历绚烂到失落的过程。

二、消解孤寂与对抗虚无

从江南来到新疆，诗人内心的孤独和虚空与辽阔大地进行了激烈的碰撞。在诗集《在瞬间逗留》中，诗人多次用"孤独""虚空"等来表达内心的孤寂之情。但诗人并未消沉，也并非仅仅只是低吟徘徊，而是将诗歌创作当作是一场修行，即写诗就是通过语言行动起来，将世间的美好和罪恶、欢乐和痛苦用诗歌的方式记录下来，并且通过写诗的过程，进行自我观照，不断修行自身，考验自身的心灵，最终消解生命中的孤寂和虚空，完成对生命本质的探索。

（一）消解孤寂

《在瞬间逗留》这本诗集里的诗大多作于1990—1994年，正值沈苇初入新疆期间。从熟悉的家乡到一个完全陌生的地方生活难免觉得孤独，加之西域疆域辽阔，人烟稀少，诗人大多数时候是在与自然对话。低头是一望无垠的沙漠戈壁，抬首是苍茫无际的浩瀚苍穹，孤寂之感便更加旺盛。"荒凉躺在脚下，海躺在看不见的地方 / 一天咬着一天，一代紧跟一代 / 人类的寂寞是无边无际的 / 时间将来取走所有人的眼睛 / 告别呵告别，向人群告别 / 再向世界告别。"（《是和不》）人生是注定孤独的旅程，在这首诗中，诗人脚下是无边无际的荒凉，而象征着壮阔生命的海洋则不知道在哪个地方，诗人由自身的孤独和寂寞上升到人类整体。"时间将来取走所有人的眼睛 / ……向人群告别，再向世界告别"，最终曾经活在这个世界的痕迹也被时间抹去，人群簇拥之地犹如此，更遑论大漠边疆。

虽然孤独始终环绕着诗人，常常令他感到寂寞，但他对孤独的认识很清晰，这种感觉只能给他一时一地的感伤，如果长久地处于其中，诗人反而会从中汲取生命的力量。"面对孤独这杯透明的水 / 我一口一口饮用，直到 / 喝出火焰的味道"（《我的手放在一片安详的光中》）；诗人善于进行自我宽慰和自我磨炼，他从不畏惧孤独，时刻清楚自己的使命所在，以一种积极的态度直面自己的孤寂，一步步挑战自我，从孤寂中跳脱出来，用日月星辰装点行囊，坚定不移地向着目标出发，去发现世界和生命的坚强美好，对未来充满期待。"向西！孤军上路，日月从口袋掏出 / 像两只最亮的眼睛。"（《向西》）

沈苇消解孤寂的方式是多元的。首先，沈苇是自然的沈苇，他生于自然、长于自然，诗性的萌发也得益于自然，他一生为自然界的景物和植物、动物等写过不少诗文，如散文集《植物传奇》等。自然界以其千变万化的奇幻和包容给予不同性格、不同遭遇的文人以精神慰藉，对于沈苇来说，消解孤独的一个最好方式就是亲近自然。"我打开门窗，万物涌进房间 / 那是日月、花木、鸟兽 / 是遐想中的天使、遥远时代的荣光 / 神的鞭子抽打我，如春光抚慰羔羊 / 我轻轻推开孤独和绝望 / 它们已在光芒中溶化。"

（《流年》）写作《在瞬间逗留》这本诗集期间，他绝大多数时间身处新疆，这里地广人稀，有更多的机会得以拥抱自然。于是，当诗人感到孤独和绝望的时候，便去寻找日月星辰、花木鸟兽的抚慰，因为阳光、星夜、沙漠、田野是万古不变的自然现象，它们能从生命的最本源揭示万事万物存在和继续的价值，即传承、永续、生生不息。

沈苇消解孤寂的另一种方式是热爱生活，让生命焕发光彩，让灵魂更为丰满。在《故土》一诗中，冬天的寒霜让村子里的一切都凝滞，草木摇落，充满死寂，行进在小道上，仿佛村里只有诗人一个人。在季节带来的孤寂当中，是人的劳作带来了生机，劳动人民在火焰里击打铁器，奏出了生活本来的天籁之音，村庄由此"活"起来。劳动是人生存的表达，代表着生活的责任、延续的动力和繁衍的能力，诗人喜爱这种艰辛的美，认为劳动带来财富之余，还给人们送来了真诚、智慧等美好品质，而这也正是人们能够摆脱孤独，聚集在一起的有利条件，就如同诗人所说，"我小小的爱要与伟大的爱汇合"（《流年》）。

（二）对抗虚空

什么是虚空？《大智度论》说，"虚空非可见法"，虚空就是不可为人所见的、空茫无际的东西，它既是自然界固有的法度，也是存在于人心中能够被感知但却无法捕捉的一种意识。在沈苇眼中，虚空与荒芜联系在一起，是人心中的孤独、无助、彷徨，"我歌唱至今，何处有我的倾听者／没有倾听者，哪怕一位愤怒的猎人／在我下面，荒凉依次掠过／除了虚空还是虚空，无边无际的虚空"（《飞鸟，以及远方》）；人也是虚空的一部分，面对命运的齿轮而怯弱逃避的更是在走向虚空，"看不见的你们，都对命运干了些什么？／虚构？背叛？命中注定的遗忘？／或者用泪水刚刚擦亮一双皮鞋？／你们，虚空中的虚空，片断中的片断"（《夏日歌谣》）；虚空是抓不住的无际，是广博自然的任意一个东西，是一整个时代，"他身上有整整一个沦落的时代／一座巨大的虚空，那里；沉默深处／秘密在怀孕，美在怀孕"（《东方守墓人》）。

"语言是对虚空的等待"①，沈苇诗歌中大量表现的这种虚空是给予他写作动力的源泉之一，他曾在访谈中提道，"一首诗诞生于虚无，是对虚无的反抗，是诗人终于抓住了虚无中的那么一点点光"②，诗人身处虚空之中，感受到了世界和人类的空虚，由于不甘于深陷这种虚无的空洞中，他便要见识更加丰盈的、有活力的生命，与实在的现实世界进行碰撞，然后寻找到生命的意义，否定现世的虚妄。这种反抗和挣扎促使诗人从浙江来到新疆，因为新疆拥有一种名叫"正午"的态度。"意义不会主动来到你身边 / 要看你有没有一根灵光魔棒、一双卓越的手 / 当你向着世界俯身，是不是 / 怀着伟大的柔情……假如你真的站在秘密的中心说话 / 说出：真诚、勇敢、善良。"（《抚摸》）诗人始终致力于破除虚空，怀着一腔柔情欣赏世间万物，用自己的双手创造幸福，达到对生命至真至诚的追求。人生的意义在哪里？沈苇给出的答案是前进、奋力前进，在前进中追寻自由，摆脱自我的桎梏，完成人类的目标——"手持火焰，远离虚无的镜子 / 在朔风中行走，用酒精杀死一路灾难。"（《十四行》）"正午精神"与沈苇对生命的价值追求不谋而合，如同正午时分的太阳，强烈地放射出光芒，驱散除开热烈和光明以外的其他东西，积极而又直接地反抗虚无和死亡。于是在长达几十年的时间里，他一直生活在边疆，从这片亚洲腹地汲取对抗虚空的精神力量，达到对生命本质的探索，对人生意义的追求，对人类自身的凝眸。③

三、生死瞬间的辩证思考

古往今来，时间与生死总是彼此纠缠，密不可分，春去秋来，激起人关于生死轮回的感慨。新疆作为过去与现在、虚幻与真实、消失与呈现的

---

① 刘阳：《虚空-外部思想与意义阐释难题——兼谈文艺批评方法论更新》，《文艺研究》2023年第3期。

② 舒晋瑜：《沈苇：新疆是我的"翅"，江南则是我的"根"》，《中华读书报》2022年11月23日。

③ 周呈武：《生命的独特体验与奇异表达——沈苇抒情诗解读》，《中国文学研究》2010年第3期。

同在，时间与空间的混容，给了诗人一种感伤的快乐，在消解个人的孤寂与虚空的同时，也使其从空间的辽阔与时间的瞬息之中获得了关于生存与死亡真理式的启发。

（一）于瞬间把握生死

瞬间与永恒是一对长久以来对立统一的命题。沈苇笔下的瞬间总是和记忆、生死联系在一起，他善于捕捉时光流逝过程中现在或者过去某个时刻自己内心一瞬间的感觉，并通过这种感觉将世界的流动、生死的交替、生命的价值展现出来。"看哪，嫩绿的日子正赶往贫寒的家乡 / 赶往坍塌的老屋、不在的童年 / 一座废园在灵魂深处歌唱 / 一座废园总结好时光……在世界边缘醒来，徜徉 / 抱着暗淡的决心 / 从零回到零，从创伤回到创伤 / 从源头回到源头，从沉默回到沉默……一瞬间，使我恍惚经历了 / 从海洋到沙漠的一亿年 / 目睹海枯石烂、沧桑巨变、生死轮回。"（《流年》）诗人将童年的记忆、自然的变迁全部糅合在一个瞬间里，人类的生存仿佛是一个短暂的瞬间，包含着时间的过去和现在，从不断的消失、死亡和遗忘中挣扎复现，挣脱这些非连续性的瞬间，企图总结过去的时光重新开始，然后从零到零，重现过去的经历。这样的生死轮回并不是完全消极的，时间永远流逝，但天地轮回，生生不息，生命在代代延续，总有嫩绿取代枯黄，然后创造新的价值。

尽管瞬间永远在逝去，但万物是永恒的，沦落之处即是再生之地，"时间有它的翅膀，碰撞我的额头 / 啊，流逝，总是轻如羽毛 / 死亡已来过多回，每次都空手而归 / 它的到来，它走动的脚步声 / 使我蓦然发现自己，——生命的疼痛 / 居然令人暗自喜悦和感动"（《我的手放在一片安详的光中》）。生命的流转带给人的不仅仅是年岁的增长、死亡的忧虑和悲痛，它更是人处在世界上的一种标志，正如故土和童年给人后半生带来的悠长的回味，代表着人生多彩的经历，这是一个个瞬间丰富的蕴藏，是每个活生生的人所不可缺少的生命的春天。所以当诗人认识到这一点的时候，他感到，生命的疼痛令人暗自喜悦和感动。当他真正经历过生命的春天，在节日与习俗中见识历史的厚重、人类的延续，亲眼见到旺盛的生命再次从雨中发芽，开放的花朵如同生命盛放的灯阻断通往生死的路，崩溃轮回的瞬间停止，生命得到升华，死亡也不复存在，"我正经历着生命的春天……啊，请举起春天的花朵之灯／太感动了，以至于没有了泪水／太明亮了，以至于没有了死亡"（《巴音郭楞变奏》）。

沈苇的诗中经常提到死亡，有的是以死亡来展现生存的美好，"在冰雪之下，有河，有树，也有死亡……时间就此打住，拐了个弯／沿着来的方向返回……那时，春天毛茸茸的幸福已在远处将我包围／一种寂静冲着另一种寂静叫喊／体内的血渐渐站起身，我轻轻一跳／从冰的一极跳向火的一极，仿佛借尸还魂"（《冬：在冰雪之下》）。诗人将死亡放在冰雪之下，生存放在与冰雪相对的春天里，冰天雪地包裹着死亡，只有冻僵的少女和孩子苍白的脸，荒凉、沉寂；对面的春天也是寂静的，但完全不同于死亡的白，而是闪耀着斑斓的色彩。诗人一开始站在冬天的冰雪中，以死亡的角度看向春天的生存，更加体会到生命的温度，时光辗转，冬日逐渐消逝，仿佛一个微不足道的瞬间，春天占据时间的主战场，给生活带来暖融融的幸福。诗人并未真实地感受过由死向生的过程，但自然界生命的明灭轮回，也实实在在地给他带来生命的感动，让他更加珍惜生命的每一个瞬间。

有的则是表达了对于死亡本身的从容，"死亡不是什么新闻，正如生命常被忽略……生命啊，小小的如此易碎的生命／一起转过身来，面对同一个世界"（《诗人之死》）。生与死是在同一维度之上的，人一出生就意味人注定会死亡，生死是生命的界限，是人类无法抗拒的宿命。人们往往追求生存，抗拒死亡，但趋避死亡的过程中又常常忽视了生命的美好。诗人认为，生死是不可避免的，不应该将死亡看得太重，如果太过忧虑死亡，那么生命也会丧失它原本的意义。"向西！鼓点咚咚，持续到天明／赴死的死亡迎向蜃楼奇观"（《向西》），不如乐观面对死亡，因为从某种意义上来说，如果生死注定像四季一样轮回，那么死亡就是生命存在的原动力。

（二）让瞬间逗留

人类处于生命的长河之中，自有生老病死，个人是无法达到肉体上的永恒的，就连生命的瞬间也难以保留，于是怎样把握生命的瞬间便成了诗人恒久以来追寻的目标。"我们热爱的事物每天都在离去 / 这并不意味心中的某些部分正在死亡 / 我们只是过程的孩子。"（《十四行》）生死总是处在意外之中，其终点不可预见，只有享受生命的过程。抓住生命的瞬间并去细细体味它，就是诗人对于痛苦和死亡的一种抗争，他试图通过这种方式，改变他精神层面的时间的秩序，将瞬间定格。"花园里的妹妹已是果园里的姐姐 / 抱住我快要凋零的头颅——瞬间在持续 / 哦，欢愉，欢愉，推翻了既定的法则 / 我，一名投降者，一个长跪不起的人 / 奋笔疾书，将美和它犯下的罪行 / ——记录在案。"（《果园》）春天的花持续生长，化为秋日的果实，冬天的冰雪融化，蒸腾进入大气，万事万物在消逝的瞬间转化为另外一种形态，走进下一个瞬间的世界，当瞬间极其接近的时候，人类就能够从其缝隙中把握生命的具体形态。作为诗人而言，沈苇抓住世界的一个重要方式就是写诗。写作虽然不能抗拒时间、抗拒死亡，但是至少可以缓解人对于死亡的恐惧，给人以精神层面的力量，所以诗人企图用笔尖墨水推翻生死、瞬间固有的法则，将生命的某一时刻记录在纸张上，让瞬间逗留。

"伟大的运动从不罢休 / 大陆沉入海洋，海洋高过山峰 / 一种疯狂盖过另一种疯狂。"（《望乡的人》）恒久的生命离不开不间断的运动，正如自然界海枯石烂，沧海变桑田。不断变化的生命形式，是生存对抗死亡的独特方式。在沈苇的诗歌中，自然界可以通过运动改变生命形式达到永恒，但人类寿命有限，化作一抔黄土之后并不能算是生存形式发生了改变，而是真正进入肉体的死亡。"我触及的一切都在流走 / 永恒在哪里？时间缄口不言 / 永恒在羊眼睛的黉夜里 / 是黉夜的星辰，是星辰和星辰的凝视 / 是星辰消逝前有限的努力。"（《故土》）肉体已然消亡，那么生命的意义是什么？沈苇的答案——生命的意义藏在生命里，"星辰消逝前有限的努力"能够帮助人抓住时间，让这些瞬间得到永久的逗留。无数逗留的瞬间，则组成了世界和生命的永恒。从这个意义上来说，这种"努力"，这种灵魂的升腾才是能够得到延续的东西，能够给予后代生生不息的能量以至于达到人类所追求的永恒。正如诗人诗中写的一样，"死亡并不是真实的 / 雨水一滴不多，阳光一点不少 / 落在尘土飞扬的大道上"（《旅途》）。诗人怀抱着一种对于生死平淡的、从容的态度，从大漠的历史中、人们的热情里、前路的辉煌上感受到生命的意义是上升的，死亡是另一种新生，总有人从前人手里接过接力棒，旧日事物的远去并不会给后面的人带来不好的影响，反而能让他们从以往的人和事中获取新生的力量，增加生命的厚度。

四、总　结

沈苇是一个擅长捕捉世界生命状态并将其融入自我灵魂写作中的诗人，他诗歌中所表现的孤独虚幻的生命意识、时间与生死观以及针对二者而言的强烈的上升与反抗精神，展现了他通透的生命思考和积极、宏大的生命追求，充满了思辨的色彩。而他由江南到新疆的经历，不仅增添了他思想的深度，更促使他跳出自我的圈套，为消解孤寂与虚空提供了助力。

诗的"辩证法"
——读沈苇的《在瞬间逗留》

□ 许　聪[①]

内容摘要：沈苇的诗集《在瞬间逗留》中，有对似乎截然相反的事物及其矛盾的呈现。世界在作者内心的映象，通过多种"辩证"关系的构造加以再现，从"瞬间"与"逗留"，到"物质"与"精神"、"有限"与"无限"、"循环"与"超越"……这些又都可视为"大地"与"太阳"这一对核心关系的变形，表现了作者将自己一个时期的生命体验进行哲理化的努力。它的二元对立的文学想象方式，"束缚"与"冲决"的意象表征，"挣脱"的渴望与"徒劳"的自觉，使诗集带有鲜明的时代印记与微妙的象征意味。

关键词：沈苇；《在瞬间逗留》；"辩证法"

一

《在瞬间逗留》是沈苇1995年出版的诗集，也是他的第一本诗集，它表现了一个南方人遭遇"西部"的心灵震撼，那"启示录式的风景"所唤起的诗性。从题材和主题来说，诗集中有从新的地域、新的经验与认识的基

---

① 许聪（1988—　），男，山东济宁人，广西民族大学文学院讲师，主要研究方向为中国现当代文学。

础上对"故乡"的重新体察,对新疆"风景"、人的生存的"本质"性的描摹,有对孤独的体验,独语,"自白",也有朦胧多义的哲思,热烈的追求与赞歌。

如果从一位特定诗人及其诗歌的经验展示方式来说,这本诗集最引人注目的特点,自然是其名字所标示出的"瞬间"与"逗留"的关系。那压倒"死了"的"还活着"的声音(《故土》),从尘埃中仔细辨认出的面孔和"元素"(《还乡》),被无限延长、显得可怕的"每一分钟"(《在边远无望的州县》),"停在原地",只在无数瞬息闪过后"稍稍挪动了那么一点"的万物(《夏日歌谣》),催醒记忆、唤起流逝、淋湿悼词的雨水(《雨水》)……都在"瞬间"与对"瞬间"的驻留、凝视的关系中彰示。如论者所说:"在匆忙的生活时间中,诗人需要那种巨大的静止的片刻,向瞬间生成,使我们超出时间之外。"①

带有浓郁的哲理意味及诗人艺术灵性的对自身、外部世界的思索与呈现方式,也不能被"瞬间"与"全部"这一对关系所尽含。引起注意的还有诗集中对物质/精神关系的书写。如《自白》中的一段:

我从未想过像别人那样度过一生／学习他们的言谈、笑声／看着灵魂怎样被抽走／除非一位孩子,我愿意／用他的眼光打量春天的花园／要不一只小鸟,我更愿／进入它火热的血肉,纵身蓝天……

又如《回忆》:

他们教我吃食、计数、给祖宗叩头／扳着指头赞美生活／像他们一样空洞地哈哈大笑／而我躲进被窝哭泣／一边想念那位眼睛发亮的姑娘……

"我"摒弃世人"庸常"的、被"抽走灵魂"的生活,要以与漠然习以为常的实用性眼光判然有别的视角打量事物,参与到"更高"的精神世界

---

① 耿占春:《瞬间在持续——读沈苇诗札记》,《诗探索》2000年第1期。

的活动中去。这种选择通过将"吃食""计数""祖宗",以及与这些活动密切相关的"指头"、口腔和声带,同"哭泣"的"眼睛"相对比而加以表现。

对精神的单向度追求,使诗人的心灵获得某种纯粹,同时也带来紧张。在《风有什么意义》中,诗人自己提出了疑问:

风有什么意义 / 它往南刮,又往北吹 / 它走东又闯西
……
它破坏,不建设 / 风有什么意义 / 它抓住树叶,又放开 / 将尘埃从这里赶到那里 / 风有什么意义 / 它走到路的尽头 / 趴在灰烬哭泣 / 风有什么意义 / 它吹灭山上的灯,像一次爱情 / 转眼就消失得无影无踪……

无实体、无固定方向的"务虚"的"风",无法达成物质性的"建设",只能做类似"抓住树叶,又放开"之类看似"无意义"的事。这表现了"精神"的"欠缺"。然而,诗人随即揭示了它的"长处",穷途当哭,哀悼与抒发的作用终为"物质"所难,即使物质生活基本的繁衍活动,也需要"精神"做底。这种关于物质与精神的"辩证",尤其鲜明地体现在《拍地毯的妇女》中:

抱出地毯 / 向着太阳,抖落灰尘 / 轻轻地拍,像爱抚熟睡的婴儿 / 用花枝,拍打出飞鸟 / 也拍打出白马和城堡
抱出这张旧地毯 / 她的嫁妆 / 她的爱情园地 / 伴她苦度时光 / 飞向遥远的梦乡
她,疯狂地拍打地毯 / 她要拍打出歌声,拍打出激情 / 也拍打出流逝的年华 / 她要拍打出一张簇新的地毯 / 比春天的花园还要迷人
拍呀拍 / 在阳光下不停地拍 / 地毯累了,拍地毯的妇女累了 / 躺在地毯上,被地毯俘虏 / 她像地毯一样铺展开去 / 铺展到春天之外

拍地毯本是一件日常小事，使用外力将物质（地毯）与物质（灰尘）分离的"物质"活动，诗人却恰在这里用力，赋予其强烈的精神意义。拍地毯可以拍出"飞鸟""白马""城堡"之类浪漫的精神象征，拍出对爱情与年华的观照，拍出"比春天的花园还要迷人"的新地毯。而当妇女"被地毯俘虏"后，她又"像地毯一样铺展开去／铺展到春天之外"，看来诗人所理解的物质与精神之间的关系，远比通常的认识要幽微奥妙。

物质／精神的这一对，联系着沈苇诗中的另一对概念：有限和无限。既然不能满足于物质性的庸常，就势必寻求突破浮于生存表面的皮相的观察与体验方法，在有限度的事物中体认"无限"的光热。如《少女们开遍了大地》中：

我沿着高塔一步步上升／那么多灿烂开放的少女／收割了一茬，又是一茬……

这里当然在表达时间、历史的"行进"与"相似"的"悖论"，也可以读出对个体生命有限性的慨叹；但值得注意的还有"我"，"我"在"高塔"挪升的步履，居然和"少女"们的生命轮替同调，这种视角当然是试图摆脱时空限制，从"无限"衍生出的"诗人之眼"。《玫瑰的未来》中的慨叹，那"你摘下的那朵／就是所有的那朵，正如你热爱的女人／就是所有的女人"的说法，"玫瑰就是玫瑰／当它近在身旁，就是一座炼狱／当它远在天边，就是一个天堂"中"身旁""天边"的对立，都有将具体、有限的"个"与整全的"类"、当下的"此在"与无穷远的"彼处"置入同一观察框架的意味。再来看看诗人在《风景》中的相关思索：

具体的人从梦中醒来，抓住生锈的工具／醒来的菜园发出低低的尖叫／抽象的人在月下行走，怀抱吉他／世上的歌女，总是如泣如诉

"好像一盘石磨压着我们，／旋转，并且下沉；／真重啊，以至于没有了感觉，／这向下的力要把我们带到哪个深度呢？"

他走出他，抽象的人走出具体的人 / 奋力一跃，抱住空气中的闪光 / 星星的语录洒落下来，在他黑发中燃烧

只要想起真理的方向，风景就会流出血来 / 不是飞翔的泪水，不是基本的盐 / 不是死者的眼睛或生者的音乐 / 是元素从风景中升起，展开翅膀 / 穿过水、土、空气，领导我们 / 进入光辉的市镇

"具体的人"，"此在"的、受制于特定的时空环境、为物质需求所摆弄、为生活的艰辛而劳形的有限的人，辗转于大地，构成具象的"风景"，然而这也就是"我们生活的地方"："白色栅栏和绿色草地"，这些"都是需要的"。不过，这一片世俗风景也是"我们最终离开的地方"，当"风景"摆脱了它的具象景观，摆脱了它的一切外在特征而以基本的"元素"形态"升起"时，"抽象的人"也可能挣脱生存的铁链，"抱住空气中的闪光"。这一"有限"与"无限"关系的展示，也体现在下面的几行诗中：

降落到我手上的不是鸟，只是一片羽毛 / 不是全部的悲伤，只是一点点疼痛 / 夏日在枝头爆炸，我弯下腰 / 从整体之躯捡到一两块碎片

——《夏日歌谣》

或者是：

每一天，道路带着我狂奔 / 天空的河流渐渐关闭 / 大雨就是没有放声痛哭 / 在漫长的旅途上，我尝到的 / 不是全部，仅仅是神圣的几滴

——《神圣的几滴》

读着这样的句子，我们应也心有所感：生活呵，你给所有，我用掌接。

二

可以看到,《在瞬间逗留》沿着"瞬间"与"驻留"的关系,不断衍生新的、似乎截然相反的二元关系,呈现诗人试图在对立中寻找更高层面的"统一"、在"冰与火"的"结合"中探寻事物秩序的努力。于是,循着存在于"瞬间"的"永恒",越过物质与精神、有限与无限的复杂缠绕,我们发现了"辩证"关系的另外一对:"循环"与"超越"。从诗歌表现诗人的存在方式、表现他对历史、现实的认识与否思来说,瞬间/逗留,物质/精神,有限/无限,似乎正可以做循环/超越这一命题的子题。"循环"存在于哪里?在这本诗集中,它几乎无处不在:它在东方这块"严肃的土地",在"被丝绸和流水裹得颓败"的"皇帝的形象"上(《东方》);在"猫眼睛诡秘的闪烁"映照出的"花开花落,四季轮回"上(《故土》);在暮色来临,人群消散,"大地辽阔的床榻,睡眠连着睡眠/如一串串泛着幽光的兽骨项链"的场景里(《黄昏二题》);在和"他们""呼吸同样的空气"、拥有一样的肤色和血液,"然后像他们一样地死去"的"无法更改的事实"中(《回忆》)。"循环"就在中亚的这块土地上,甚至可以说,这里本身就是可以用一次次的"原样复述",用看似不同的词语来抵达的同一件事物:"高高的酋长在高高的骆驼上眺望风俗/整整一天,天空的一角只有略微的变化"(《酋长》),"中亚的太阳。玫瑰。火""鸟,一只,两只,三只,飞过午后的睡眠"(《一个地区》),而"鸟飞翔时的努力",我们知道,只能是"改变了古老秩序的那么一点"(《东方》)。甚至在一只蚂蚁那里,诗人也发现了反复出现于"凡人"与"凡物"身上的宿命般的"前定":"但是,有谁会注意一只蚂蚁的辛劳/当它活着,不会令任何人愉快/当它死去,没有最简单的葬礼/更不会影响整个宇宙的进程。"(《开都河畔与一只蚂蚁共度一个下午》)

这种对"循环"的关注,特别体现在"四季歌"小辑中。或许可以先从夏季开始,在《夏日歌谣》中,用"最饱满的一颗"显示"大地"的生长之后,诗人很快转向对"存在"的诘问。追寻的结果是,"高度尚未诞生"，"万事万物停在原地，稍稍挪动了那么一点"，在硕果、光、火种、幸福的背后，"匆忙撤退的月亮将沉思／留在那里，像留下一件闪光的睡袍"，而：

  荒凉，这大地的教父，正在警告／旷野上一丛瘫痪的荨麻

秋天当然是收获的季节，《秋歌》中，诗人描绘草地上的母牛安详的神态，赞美收获者"高举双臂，欢呼新的一天到来"，但随即有了转折：

  半路上，轰响的果酱打劫行人的队伍／推开光的栅栏，我们前行，叩问远方／却惊讶于周围的事物：低矮、粗糙、乏味

于是，秋天这本该属于"丰盈"的季节，其实也"置身越来越严重的荒凉"。秋天过后，就是严冬。"在冰雪之下，有河，有树，也有死亡""时间就此打住，拐了个弯／沿着来的方向返回"，冬天虽意味着前方将有春的降临，但这"冰雪之下"的世界，仍是一派"荒凉"意象：

  我写下交叉的歧路、燃烧的迷津／一轮端坐屋顶的太阳，一只葬身空中的鸟／我向世界递交公开的自白书／将秘密的手插入四周的荒凉

由夏入冬，时间转了一大圈，不变的居然是彻骨的"荒凉"感，时光轮替下恒在的悲冷主题，令人心惊。最后，我们抵达了《初春》：

  二月银白的天空看上去有点肮脏／枝头小小的寂静在爆炸／道路在泥泞中挣扎、游动，奋不顾身／冰的骨头碎裂了，河水不是运走了苦难／而是运送它们去远方继续革命／当绿色如此肤浅而放肆地包围了大地／那深处土豆种子的嫩芽催促着／更深处黑暗王国的脚步／初春没有歌，我迎接的是什么／新的空气，新的爱情，还是新的厌倦／

> 只有光，高大的光，赤裸的光／站在跟前，注视着我们从噩梦中醒来

初春也不过是这样，"有点肮脏"的天空，转移苦难的河水，肤浅的绿色，无歌的黎明——仿佛只有"厌倦"才是"新"的。的确，初春之后，人们将要面对的无非又是"虚空中的虚空，片段中的片段"（《夏日歌谣》），又要重临"最后的盛宴，最后的狂欢"（《秋歌》），时间又"拐了个弯""沿着来的方向返回"。面对这种"循环"，这种"永远如此"的"崩溃、轮回、再生"（《巴音郭楞变奏》），当然要在"初春"里保持足够的审慎、戒备，而"超越"的努力，就在对世界严冷、酷烈的一面，对它的周而复始的充分自觉中，生长起来。在《初春》里，这种超越就是"光"——"只有光，高大的光，赤裸的光。"

三

那么，什么是"超越"呢？为了弄清楚这个问题，就需要对上文作出一些笼统描述的"循环"继续澄清——在诗人那里，究竟什么是"循环"？已经看到，它可以是四季，是暮色，是"东方"，是肤色和血统；其实，除了上面所展示的之外，它还在诗中以其他形态存在，它可以是《还乡》中的"尘埃"，是《黄昏二题》中忙碌的"农人和耕牛"和沉默的"路上的石头"，争吵不休的那对老年夫妇和"伸出雄辩的舌头"的白菜，是《自白》中"别人"那样的生存方式，是《在边远无望的州县》中"空旷而干燥的山谷"和"屏住呼吸，习惯于石头静卧的姿态"的人们……物质的、有限的、"此在"的、不完美而又为生命所必需的一切，当被放在诗人的视角，"从一盏灯的高度"（《夏日歌谣》）加以审视时，似乎都显露出它们的"现实"性、因具象而导致的残缺性。而"超越"，似乎就是在"更高"的层面，对"此在"加以审视和"总结"，并求得在"特殊"的、"地域性"的素材中，发现"普遍"和"完满"的、类似"真理"一类的东西。于是，"循环"／"超越"这一对（也包括"物质"与"精神"、"有限"与"无限"），可以转化为沈苇的《在瞬间逗留》诗集中最核心的一对关系："大

地"和"太阳"。

似乎可以在这本诗集的大部分作品中,找到这对关系或者其变形。又直接以两者的形象出现的,如:

当我向着塔克拉玛干靠近 / 感到自己正成为砂砾的一分子 / 而太阳是天空唯一的皇帝 / ……当旅行者的双手随便伸进哪个角落 / 都能抓出大把大把的苦难 / 神说,这就是你们的土壤

——《旅途》

我知道,这漫过山岗的阳光也会抬走我 / 连同我尘世的爱、我的宇宙乡愁 / 一起装上,像一支娶亲的队伍 / 走在荒凉的午后

——《午后》

在我下面,荒凉依次掠过 / 除了虚空还是虚空,无边无际的虚空 / 我影子的一点:唯一的精华 / 在沙漠的无垠中独自移动 / ……没有麦粒,没有水 / 阳光是我的食粮 / 阳光中有秘密大道 / 阳光中也有毁灭和再生

——《飞鸟,以及远方》

一些偏叙事的、并未在形而上层面直接展现"大地""太阳"的比照关系的诗,在这种视角看来,也焕发新的意义。如《滋泥泉子》中,虽然对毛驴的眼光、农民的言谈、当地的情状做具体的书写,但那些裂口的土墙,"红辣椒、黄泥小屋和屋内全部的生活",就在夕阳的辉照中被审视打量着,外来者"我"更是从始至终"走在落日里"。《开都河畔与一只蚂蚁共度一个下午》里面,借一只微小的存在,复现"太阳"的"普照",毕竟"大地"就是由无数微小细碎所组成:"大地"和"太阳"的关系,以隐曲的方式表达。

除了直接的展示之外,这一对"辩证"也以变形的方式加以展现。它们在《还乡》中,表现为"果园"与"源泉":

久违了的微不足道的果园 / 我认识其中红润的几位，正带着 / 腐败的气息，滚向秋天饱满的唇边

我来自岁月的下游，死亡如波浪起伏的 / 蔚蓝之地，我来自我的乌有之乡 / 神圣源泉晶亮的一滴

在《自白》中，"大地"与"太阳"，转换成了"人群"与"自然"的对立：

我看不见灰色天气中的人群 / 看不见汽车碾碎的玫瑰花的梦 / 我没有痛苦，没有抱怨 / 只感到星辰向我逼近 / 旷野的气息向我逼近 / 我正不可避免地成为自然的 / 一个小小的部分，一个移动的光点

有时，它们以"大地""天空"这一对出现：

星光灿烂，大地向着天空敞开 / 自由的国度眺望着海洋

——《敞开》

或者，呈现为残忍的"流年"与"伟大的爱"的关系：

流年在剥削万事万物，我的愤怒我的宽容 / 与我一起攀登、上升 / 在一个看不见的地方，一个仁慈的所在 / 我小小的爱要与伟大的爱汇合

——《流年》

质言之，"大地"是一切"此在"，是深沉的重量，是向下坠引的力，是物质的各种表现形式，是"必然"与"约束"。即使它在诗中以各类具体面目出现，其本质却是不变的：它是物质 / 精神中的前者，是"有限"的存在，它是一个个划定事物秩序又给人深层厌倦的"循环"，它的内里是：

荒凉，这大地的教父

——《夏日歌谣》

寂静是大地出色的教母

——《晨光中的抵达》

请看诗人对"大地"的"否思"：

鸽子的哨音里，时光明灭，生命明灭／一次风雨过后，熟透的梨子／纷纷砸向紧张的羯鼓／崩溃、轮回、再生，永远如此／在大地上，在依次打开的风俗和节日背后／日子涌上枝头，花朵之灯高高举起／啊，请举起春天的花朵之灯／太感动了，以至于没有了泪水／太明亮了，以至于没有了死亡

——《巴音郭楞变奏》

乍看起来，诗人仿佛在赞美这盖过了"泪水"与"死亡"的"感动"与"明亮"，但既然"感动"与"泪水"因果相关，"明亮"与"死亡"必然前后相叠。用"以至于"来连缀，终究暴露了"感动""泪水"背后的"崩溃、轮回、再生"。

与之相对，"太阳"则是精神性的存在，是"向上"与"超越"，是"永恒"的"上界"与神秘的天国，是四季轮回之外的"第五季"（《火焰》），是"世界之外"（《巴音郭楞变奏》）的"世界"、"春天之外"（《拍地毯的妇女》《流年》）的"春天"，更是诗人借以挣脱绳索的仰恃。"请允许我从广大的事物中升起／为我的所爱梳妆、命名／请允许我穿过荒原，到达灵魂的故乡"（《蓝色抒情》）——在我们现在所讨论的话题、意义上，这恐怕是诗人最直白的抒情了。这种"挣脱"，就靠与"太阳"的不断对话，靠蘸着"此岸"的"蜂蜜与黄连"，书写"彼岸"的澄澈与"通明"：

正午，新疆沙漠，一只大鸟缓缓飞翔／仿佛在视察大地的荒凉，而忧伤／是它的最高天职／我将手放在一片安详的光中，为了更好地／看清自己的思想，并与太阳作一次长谈

　　　　　　——《我的手放在一片安详的光中》

　　我一点点吃着自己思想的面包屑／用人间的蜂蜜和黄连／我吮吸夜半的墨汁／直到身体通明

　　我追赶我的名字，一个蛹，一只飞蛾／我与我的影子搏斗，直到精疲力尽／我变成一只玻璃球，滚进人群的草丛

　　　　　　——《娱乐》

将这一倾向表现得最明显的，当是这首《太阳诗人》：

　　他的面孔朝向太阳的方向，太阳里／有他真正的故乡，他畅饮光芒的盛宴／将如此迷乱的表情埋入澄澈大气／／他的衣衫飘逸翻飞，其间的线条流芳溢彩／乡愁居住于华丽的图案和闪耀的亮点／挡住了多少内部的暗夜与哗变

　　……

　　有时，太阳是一枚小小的纽扣／戴在他胸口，解开复杂的衣衫／那秘密国度的灯塔依次点亮／／是的，对太阳的长久凝视会夺走眼睛／他摸索前方，低声说出他看见的／他说到了荷马、老子、内心通明者……／／而有时，太阳停留在墓园上空／鲜花与挽歌簇拥葬礼的哭泣／他的骸骨化作青烟，上升，与太阳见面／／太阳！太阳！是否终于看见了他／他拥有的入场券如此谦卑／他行走，太阳紧紧跟上了他

不过，诗人有时好像又清楚地了解，这种向着"无限"的精神"超越"，毕竟也是一种虚妄："我们只是过程的孩子／手持火焰，远离虚无的镜子"（《十四行》）——没有"太阳"和"天国"，有的可能只是手持虚无

的火焰,"完成了普通的生活"(穆旦《冥想》)。况且,"个体"的"有限性""本质",也不容许这种"超越"彻底完成:"而你是一个被局限的人/仅仅发出了昆虫的一两声低鸣/谦卑而孤傲,应和着最高的天籁。"(《抚摸》)"仿佛我乘上了驶向遗忘的木舟/只有内心某个角落,鲜花/开放成几朵火焰"(《自恋主义者的黄昏》)——这是更深邃的孤独体验。诗人可能只能在"是和不"之间,将"思辨"的礼物分赠众人:

说"是的。"早晨醒来,公鸡啼鸣/生活在窗外迈着欢快的小步/……

荒凉躺在脚下,海躺在看不见的地方/一天咬着一天,一代紧跟一代/人类的寂寞是无边无际的/……

娶亲和丧葬的音乐里,我来到此地/我带来"不",作为礼物分送众人/分送深处的同类

——《是和不》

这是诗人在"现代"姗姗来迟、在"自然"而充满"启示"的中亚那或酷烈或柔情的阳光"普照"的"大地"上,舒展出来的又一对思想的"辩证",就像《在瞬间逗留》诗集里的其他那些"辩证"一样。就像诗人在"写作"中"捕捉""瞬间"时,无数个"瞬间"也正在诗人身边川流不息一样。

中国现代诗学

新诗史料的搜集与整理问题论略[①]

□ 张立群　王瑞玉[②]

内容摘要：新诗史料搜集与整理是新诗研究的前提与基础，但就其实践本身而言，却是以往研究中易被忽视的内容。结合已有的经验，本文选择从新诗史料搜集与整理的"观念"与"原则"、具体方法、近年来呈现的新思路与新策略和意义价值四个主要方面予以阐述。新诗史料的搜集与整理需要相应的理论化，因为其是包括新诗史料问题在内的全部新诗研究起点，同时也是新诗史料学建设的重要方面。

关键词：新诗史料；搜集；整理；新诗史料学

搜集与整理是史料研究的前提和基础，蕴含着史料的价值判定和研究的可能。但从以往的研究来看，新诗的搜集与整理似乎并未得到应有的重视。究其原因，大致与搜集、整理工作世所皆知、不存在什么难度有关。除此之外，绝大部分新诗史料都是通过文字来呈现，而现代出版印刷的发展及技术的日新月异，造成每一种新诗史料存量较多，易于查找也是一个潜在的原因。然而，无论就理论还是实践而言，围绕新诗史料的搜集与整理还是有许多话题可以探索：且不说搜集与整理虽在表述时有顺序的先后，

---

① 本文为国家社科基金一般项目"新诗史料学建设研究"（项目编号：18BZW168）的阶段性成果。

② 张立群（1973— ），男，辽宁沈阳人，山东大学人文社科青岛研究院教授、博士生导师，主要研究方向为中国现当代文学；王瑞玉，（1988— ），女，山东济南人，山东大学人文社科青岛研究院博士，主要研究方向为中国现当代文学。

但在实践中却很难分开，搜集中包含着整理，整理可以进一步促进搜集；单是围绕一个诗人的创作进行史料搜集与整理，就有许多方法可以总结。幸运的是，现代文学领域的一些学者如朱金顺、解志熙、谢泳、李怡、付祥喜、刘福春、易彬等都曾从不同角度谈论过现代文学史料的搜集与整理问题，他们的论述为新诗的同类实践提供了宝贵的经验和启示。在此前提下，本文以理论与实践相结合的方式探讨新诗史料的搜集与整理问题，可以丰富新诗史料问题研究及推动新诗史料学的建构。

一

新诗史料的搜集与整理，作为一种具体的实践，一直包含着目标确立、方法制定和具体实践等环节。按照这样的逻辑，搜集与整理工作可从一种称之为"观念"与"原则"的概念谈起。此处的"观念"主要指开展史料搜集与整理之前应有的思想意识；此处的"原则"主要指为达到目标和效果而设定的一些基本策略。新诗史料搜集与整理"观念"与"原则"的确定，基于业已形成的一些共识性经验，同时也基于对对象现有状况的把握，且由于个体不同、环境条件不同，其理解与把握程度也会有所不同。

在具体搜集之前，搜集者肯定会对搜集对象的数量、类别有一个基本的判断，而后才会进入具体的实践工作。在此过程中，思想意识层面的"观念"与"原则"可以说是同时建构的，很难说有明显的界限。在《中国现代文学史研究法》中，谢泳曾专论过"搜集史料的意识"："史料搜集是一切学术研究工作的基础。搜集有两个含义：一是把与研究对象相关史料的出处搞清楚；二是把这些搞清楚的史料找出来。意识到史料的可能出处是搜集史料的意识，找到史料是搜集史料的结果。有意识，不一定有结果，但没有意识，一定不会有好的结果。所以在史料搜集工作中，我们先要解决的是一个阅读基础问题，或者说要先解决阅读量问题。"[①]搜集肯定要有目的性，这一指向就逻辑展开至少包含熟悉对象、设计方案、占有材料、分门别类等环节。史料搜集不是简单的"剪刀加糨糊"、机械复制，毫无技

---

① 谢泳：《中国现代文学史研究法》，广西师范大学出版社，2010年，第69页。

术含量，为了能够更好地实现搜集，搜集者本身就要先成为一个资料信息的掌控者，对搜集对象有着相当程度的了解。不仅如此，搜集者还应做到有的学者所总结的"四心"，即"有心""多心""慧心"和"恒心"[①]，使史料的搜集、整理和研究融为一体。

首先，就具体工作而言，搜集、整理资料要力求做到大量、详细、全面地占有。对于这一点可用一个字进行简单概括，即为"全"。任何一次研究都需要全面、扎实的史料，以获取更为丰富的信息。这样的前提在客观上要求史料搜集必然要全、整理必然要详细而合理，而后才能顺利、有效地进入研究并得出令人信服的结论。当然，要做到"全"并不容易，需要进行辩证的理解。其一，"全"是一种观念，一种理想，需要在实践中有步骤地实现。史料分散于各地、处于客观静止的状态，需要通过查询、探访才能汇聚在一起。这个过程说起来简单，实则困难重重、费时费力。以郭沫若研究为例，最权威的、最直接的史料当属《郭沫若全集》"文学编"20卷，此全集虽名为"全集"，实则"遗漏的文学作品至少有1600篇"[②]。为了将其全集之外的佚文搜全，研究者要查阅大量资料特别是相关研究成果，知道这些散落的史料存于何处，而后将其找出来，在汇聚一起的过程中整理出一份目录名单。当然这是从文字史料角度上说的，如果研究本身涉及实物史料及口述史料，则搜集工作必然还要包括走访郭沫若故居、访谈其后人等过程。围绕《郭沫若全集》散佚史料展开的工作，说明史料搜集、整理必须有一种整体性观念，而在具体实施过程中搜集和整理是有步骤地同时进行的。其二，"全"的相对性、层次感。"全"虽是一种理想，但却是一个相对的概念。由于主客观条件的限制，搜集的结果往往只能是相对的"全"或者说是阶段意义上的"全"。"全"不仅是一种程度，还是一个过程。仍以郭沫若的史料搜集为例，除《郭沫若全集》的散佚之文外，郭沫若史料至少还有版本问题。一般来说，在具体研究中，除了专门的版本研究外，很少有人在搜集过程中将同一部作品不同时期的版本全部搜全。

[①] 付祥喜：《问题与方法：中国现代文学史料研究论稿》，中国社会科学出版社，2017年，第65—68页。

[②] 魏建：《郭沫若佚作与〈郭沫若全集〉》，《文学评论》2010年第2期。

但事实上，由于主客观原因，诗人不断修改自己作品并于不同时期、不同阶段出版新版本是一个普遍现象。《郭沫若全集》第11—14卷是《沫若自传》，从其每卷之前的"说明"中，我们会看到编者大致列举了"自传"每一个单行本出版概况，如初版本时间、书名与出版社，修改版的出版时间、更名情况等。但从《全集》选择的底本来看，其具有唯一性，即主要依据"一九五八年五月"于人民文学出版社出版的《沫若文集》版本收入，"并根据各集初版本及其他版本作了校勘，重大改动处加注说明"①。应当说，这种编辑方法在相当程度上呈现了《沫若自传》的全貌，但对比完全意义上的"全"又显然是不够的，因为惟有看到每一次版本和其封面、目录、版式、版权页等，才能感受到版本的生命力。从这个例子可以看出，绝对意义上的"全"始终与相对意义上的"全"紧密相关，且本身是一个多层次、多结构的问题，只是在此过程中，我们已转入郭沫若史料的发展史和可以独立探讨的版本问题研究。

其次，秉持开放的视野，熟悉相应的历史，及时跟踪研究动态，形成持之以恒的学术品格。搜集、整理史料，不仅要搜集诗人的作品，还要搜集与之相关的各种文献。这要求搜集者必须有开放的视野，熟悉相应的历史，及时跟踪相关的研究动态。鉴于中国现代诗歌史、现代文学史和中国现代史是一部交织在一起的历史，搜集、整理现代诗歌史料，不可能不涉及现代的历史。正如我们在研究一位诗人的创作时，还会翻阅他诗歌之外的著述以获得更多的信息、资料。一个诗人留下来的文字越多，他创作的丰富性往往会越大。这样的例证若要从具体角度上说仍可以郭沫若为例，在搜集关于郭沫若的史料时不仅要搜集、整理其全部的诗歌作品，还应当搜集包括其自传、各类文论及至史学等方面的著述，从而最大限度地掌握郭沫若生平各阶段的信息、解析其心路历程；而郭沫若作为20世纪的文化名人、政界名流，成就覆盖诗歌、戏剧、小说、考古、金石、书法、史学等多个方面，因此这是一项浩大的工程。上述过程从更为抽象的逻辑上说，可概括为"一时代有一时代之文学"：时代塑造了文学的种种面相，文学通

---

① 郭沫若：《郭沫若全集·文学编》（第11卷），人民文学出版社，1992年，"第11卷说明"第1页。

过写作反映了个体在不同时代认知的水平和高度。"研究中国现代文学，不要把眼光只放在中国现代文学史方面，而要放在中国现代史方面。"①这个结论不仅适用于新诗史料的搜集、整理，而且还间接对搜集、整理者本人的视野和学养提出了要求。

除熟悉相应的历史外，搜集史料还需及时跟踪研究动态。考虑到文学研究专业分工越来越细、从业者越来越多，对于同一对象的研究从共时性的角度上说往往会有很多不同的发现。为此，搜集者要及时关注最新的研究动态，既要关注搜集对象最新佚文的发现，又要关注搜集对象的最新研究成果，而后者一旦涉及生平考证、传记研究则往往会提供新的信息，从而提供搜集史料的线索。以《冰心全集》（海峡文艺出版社，2012年第3版）为例，"本社自1994年出版《冰心全集》初版以来，至今已有18年。这期间，冰心研究有了长足的进步，通过研究者、学者的不断努力，新发现了许多冰心的佚文。1999年，本社增补了部分冰心的书信，推出修订珍藏版。这次再版，增加了新发现并可以确定为冰心的佚文以及新征集的书信等……新增的书信，大部分是由陈恕和周明先生征集的；家书部分则由李志昌先生收集、编辑。方锡德、解志熙教授查阅了大量资料，发现冰心佚文多篇；日本的几位学者，搜寻出一些冰心在日本报刊上发表的文章，并将其译成中文，此次酌情收入集中……"②出自"第3版出版说明"这段话，很能说明搜集史料及时跟踪研究动态的必要性和重要性。

新诗史料的搜集、整理肯定是一个长期的过程，需要锲而不舍的精神和坐"冷板凳"的恒心与信心。成功者的经验告诉我们"靠突击，靠短期的搜集，往往成效不大；相反，没有恒心、缺乏毅力的搜集者，哪个专题都不会出成果"③。与此同时，搜集与整理切忌中途变换选题、见异思迁，搜集者只有持之以恒、日积月累，才会在不断取得成效之余，发现新的问题，进而深化、拓展自己的研究。

---

① 谢泳：《中国现代文学史研究法》，广西师范大学出版社，2010年，第29页。
② 卓如：《冰心全集》（第1卷）（第3版），海峡文艺出版社，2012年，"第3版出版说明"第1页。
③ 朱金顺：《新文学资料引论》，北京语言学院出版社，1986年，第16页。

最后，在比较中选择，去芜存菁。随着史料搜集的深入、整理的开始，选择也逐渐成为一个重要环节。选择意味着搜集史料有层次的高低，意味着需要通过比较淘汰一些并不重要的部分，这一过程似乎与求"全"观念相悖，但实际上并非如此。史料固然是一个不断生长、丰富的过程，但在实践中还有一个应用价值高低的问题。对于某个专题工作如某个诗歌流派、社团的史料搜集与整理，如已有的《延安文艺丛书·诗歌卷》《中国抗日战争时期大后方文学书系·诗歌》《中国解放区文学书系·诗歌编》等，与之相关的史料并不都具有很高的价值，有的则有重复之嫌，这样的客观前提决定只能有选择地搜集、展示"全"的"相对性"。当然，在涉及这一问题时，搜集工作显然已走过搜集阶段，进入整理环节。通过整理，既会发现很多内容详尽、需进一步鉴别的材料，又会发现史料搜集、整理其实同样是一个人为的遴选、排列组合的过程。此时，材料出现的先后、内容的变动以及是否为再版、翻版等，都需要通过鉴别、比较完成。选择工作，同样体现搜集、整理者的认知能力，只是此时已开始步入史料的研究阶段。

二

在《新文学资料引论》中，朱金顺曾谈及"搜集资料的方法"："搜集资料，原也很难说有什么方法，想方设法取得资料就是。那途径，不外是设法买到。过去有些专家，喜欢到旧书店寻找需要的资料，成为'淘'得，言其寻之不易。买不到，则去图书馆、私人藏书中去借抄，现在利用先进的手段，是复印或者拍照了。"[1]之后，朱金顺总结了九条搜集资料的"方法和门径"。从此后近40载的光阴里，很少看到有人如此全面地探讨资料的搜集方法。但时过境迁，随着新媒介、新技术的出现，对比当年史料搜集与整理的方法肯定会有所变化，而本文正是在此基础上"重提"这一问题。

其一，"因类以求""因代以求""因人以求"。"因类以求""因代以求"

---

[1] 朱金顺：《新文学资料引论》，北京语言学院出版社，1986年，第16页。需要指出的是，1986年版这段文字中的"淘"印为"掏"，是别字，2018年5月，朱金顺在海燕出版社出版《新文学史料学》（上编为《新文学资料引论》）时将其改为"淘"。

"因人以求"的说法出自唐弢的《八道六难》。"从前的人大都把买书包括在求书或者访书里面,因而有八道六难之说。"其中"八道"就是宋朝郑樵所说的"八求":"一即类以求,二旁类以求,三因地以求,四因家以求,五求之公,六求之私,七因人以求,八因代以求。""八求"既包含着方法,也说明了目标。按照唐弢的说法,"八求及其补充大部分已经过时,不过作为方法,买书的因类以求、因代以求和因人以求,却可以有新的含义,仍不失为积储资料的一个门径"[①]。相较于现代文学史料,新诗作为一个具体的类别,可依据搜集的目标与方向,制定相应的方法。因此,"因类以求""因代以求""因人以求"就本质上说都可以归入"因地制宜法"。其中,"因类以求"主要着眼于研究对象的类别、范畴,像流派、社团以及网络诗歌等都可以纳入"类"的范围之中。"因代以求"主要着眼于年代,新诗已有百年历史,可分为现代、当代以及更为具体的"某个十年",像《中国新文学大系·诗集(1917—1927)》《东北现代文学大系1919—1949·诗歌卷》《中国沦陷区文学大系·诗歌卷》《1931—1945年东北抗日文学大系·诗歌》都属于此列。"因人以求"主要是围绕诗人研究展开的,如搜集徐志摩的作品,首先要搜集其全部作品,而后是亲友回忆录,再次为评论他的文章和著作,以徐志摩为重,逐级扩展,可以得到丰富而又有层次的史料。"因类以求""因代以求""因人以求"侧重点不同,都是搜集新诗史料的方式方法,从讲述的角度来看三者是各自独立的,但在实践中,为了能够使搜集工作科学、合理,三者常常共同使用,只在仅存使用程度上不同而已。

其二,充分利用各种工具书。新文学发展至今,在文献搜集和整理方面已取得了很大的成绩,有大量的工具书可备查询,如在辞典方面有《中国现代文学辞典》《现代派文学辞典》等;目录索引方面有《中国新文学大系·史料索引》、《中国现代作家笔名索引》、《中国现代文学总书目》、《1872—1949文学期刊信息总汇》、《中国现代文学期刊目录汇编》(共七卷)以及《中国现代文学期刊目录新编》(上中下)等。此外,如果着眼于作家作品、流派社团,"中国现代文学史资料汇编(甲种)"即"中国现代文学

[①] 唐弢:《晦庵书话·八道六难》(第2版),生活·读书·新知三联书店,1998年,第388—389页。

运动·论争·社团资料丛书"，"中国现代文学史资料汇编（乙种）"即关于现代作家的研究资料，"中国当代文学研究资料"即关于当代作家的研究资料以及"中国新文学社团·流派丛书"等，都可以提供丰富的史料信息。值得指出的是，除上述各类工具书可以为新诗史料的查询提供信息之外，新诗自身这方面的著述也有很多，且部分已取得突出的成就。郭志刚主编的《中国现代文学书目汇要·诗歌卷》（书目文献出版社，1994年），刘福春编撰的《中国新诗书刊总目》（作家出版社，2006年），刘福春、徐丽松编的《中国现代文学总书目·诗歌卷》（知识产权出版社，2010年），刘福春编的《中国新诗编年史》（人民文学出版社，2013年）都是具有代表性的著述，仔细阅读，往往会获取新的信息。

其三，充分利用多种资源和先进技术，熟悉"特色文本"获取渠道，有的放矢。新诗史料的搜集、整理要充分利用现有资源和技术。对于民国时期的珍稀文献和一些出版数量较少、一时不易看到的文献，按图索骥是一种实用的方法，其具体实现是要充分利用各种目录、索引以及网络技术。而一旦涉及网络技术，那么必须了解的是，诸如"古籍网""孔夫子旧书网""读秀"以及各大图书馆网站等都可能成为史料信息获得的重要来源。对于当代特别是20世纪80年代至21世纪第一个十年生成的史料，可充分利用各类图书馆的馆藏，且要了解在具体查阅时该图书馆对于各种史料的分类方式。在不设定搜集、整理时间下限的前提下，对于晚近出现的新诗史料，则应及时跟进其发表和出版动态，需要常常亲临阅览室、书店和网上书店，及时发现、查找。对于港澳台以及海外华文地区的新诗史料由于涉及出版数量、规模以及专项收藏等，可采取通过网络了解最新出版信息、及时购买和到拥有特色馆藏的图书馆查找等多项结合的方式，最大限度地占有[①]。

[①] 结合笔者经验，港澳台及海外华文版新诗史料较多的图书馆除国家图书馆外，北京大学、复旦大学、南京大学、中山大学、厦门大学、暨南大学、汕头大学的图书馆均有数量可观的特色馆藏，它们或在本校图书馆辟有专室、专架，或存于相应研究院所的资料室。对于那些传记类文献或生平资料较少的诗人，一般其家乡的文化馆、纪念馆以及图书馆会有一些相关文献，其形式虽多为一些内部发行的小册子，但却有很重要的参考价值，应在搜集、整理中予以关注。

其四，实地调查法。调查法在具体展开时主要包括访谈、实地考察。实地调查法建立在实物史料和诗人家属、亲朋的回忆以及存留资料的基础之上。作为序曲，调查法要求搜集者熟悉资料的所在地，并在具体搜集、整理过程中随时做好记录，建立相应的信息分类。调查法虽是间接完成的，但由于或是与诗人的亲属、朋友见面，或是到故居、纪念馆等地进行实地考察，其直观的效果较强，且获得的信息有时也常常超出预想之外。比如去徐志摩故居可以了解诗人当年的生活情况、家庭背景，同时也可以看到一些遗物及徐志摩墓、徐志摩居住的卧室等。因为故居、纪念馆相对于诗人来说属于专项意义上的实物史料，所以其中存有的文献资料、作品版本、信札日记等，往往属于第一手文献，有独特的价值，故调查法也是扩展史料的重要方式之一，且由于调查的方式不同，还会衍生出其他线索与路径。

其五，随时记录，信息完整，排列有序。搜集虽能不断获得新的史料、实现史料的增加，但与此同时，如何对其实现知识控制、便于查找和使用也随即提到日程上来。一般来说，对于搜集到的史料可采取随时记录、逐步完善的方法。在纸媒时代，这种记录可以采用"札记册子""摘要和卡片"的形式，先按搜集的顺序，待到资料越来越多，则采用分类的方式。进入电脑时代，记录的方式更加方便、灵活，可以不断建立新的文档、作表格进行分类整理。对于搜集到的资料信息，无论采用卡片还是电脑文档，都力求信息完整，至少包括著者、篇名（含主副标题）、写作时间、出处与时间以及在哪里可以找到原件等；更为详细的则是记录其主要内容、章节目录以及存有封面和版权页的照片。在分类的过程中，可以采用"以人为经，以时为纬"的方式，有序排列、利于查找。对于搜集到的信息不全的史料，则遵循实事求是原则，查到多少信息就记录多少信息、不加回避。

除以上五种基本的方法之外，新诗史料的搜集与整理，还会因为实际操作过程中遇到不同的情况而采取相应的方法，不仅如此，由于实践主体的不同，新诗史料的搜集与整理工作还会在具体应用过程中呈现不同程度的差异性。只是限于篇幅，无法一一列举。在此，我们只是总结了基本的方法或在实践过程中常见的几种。值得指出的是，上述几种方法虽历时性讲述，但在实际运用中极有可能是共时性进行的。对原则、方法的总结，使我们看到新诗史料的搜集和整理，可以作为一个独立的课题且与具体的实践紧密相连，而建设中的新诗史料学编纂、鉴别、校勘之法，也正是在此基础上总结而来的。

三

对新诗史料搜集、整理的基本原则和基本方法的总结，有助于新诗史料问题研究的进一步展开。但必须看到的是，新诗史料是一个不断生长的过程，这一客观前提要求新诗史料的搜集、整理工作也处于变化发展的态势。除此之外，新诗研究范式的变化也会对其资料搜集、整理提出相应的新要求。上述几点内容其实都对新诗史料的搜集和整理提出新的要求，而随着时代的发展和技术的进步，搜集与整理工作也需要有新的思路或新的应对策略，以完成这项"永久的使命"。

为了能够呈现新诗史料搜集、整理过程中的新思路与新策略，本文主要结合近年来研究的某些新成果和新趋势，围绕文献史料本身进行阐述，以补充的方式提出新诗史料搜集与整理工作中某些新的可能与路径。首先，所谓"文献本身"之"文献"主要集中于"书"与"刊"两部分，在考虑到许多重要文献的内容已广为人知的前提下，就文献本身发现新思路和新线索可以采取"形式→内容"的"逆向顺序"。出于对学术史的梳理，新世纪以来对于文献自身形式的关注进而得出新的线索可从张泽贤的《书之五叶：民国版本知见录》（上海远东出版社，2008年）讲起。在这本书中，张泽贤将"封面设计、书籍插图、出版标记、书籍广告、版权之页"称之为民国版本"五片可爱的叶子"[①]。2006年6月，金宏宇在《人文杂志》第6期发表《新文学版本之"九页"》一文，认为"一个完整的版本应该有九种因素，即封面页、扉页、题辞或引言页、序跋页、正文页、插图页、附

---

① 张泽贤：《书之五叶：民国版本知见录》（修订版），上海远东出版社，2008年，"自序"第2页。需要说明的是，《书之五叶：民国版本知见录》的修订版是在原书前增加64幅彩色书影，而在文字上，"除订正了几处错别字外，其余未动"（见该书第345页）。

录页、广告页、版权页。我们可以称之为'九页'"①。从"五叶"到"九页",新文学史料的版本内容确实得到了形象而完整的归纳:"五叶"到"九页"是形象的说法,未必都真的占有"一页",也未必每本作品中都数页俱全,但有一点,"五叶"或"九页"确实通过自身的形式为史料的扩张提供了不少线索②。

  以"封面"为例,像金宏宇就曾在文章中围绕"提供大量的文学史料,丰富新文学的研究及文学史的写作"的观点,举例提到图书作品的封面,"这些图像中甚至可能暗藏着关于作家的一些故实。如徐志摩散文集《自剖》初版本的封面画似与徐志摩的飞机失事有关,徐志摩的学生赵景深就把它看成一幅有谶言意义的封面画。叶灵凤为郭沫若的诗集《瓶》初版本所作的封面画则肯定暗示了郭沫若的一则爱情绯闻"③。相较于图书,期刊的封面可举《晨报副刊·诗镌》的封面图画是飞翔的奔马,《新月》封面则在天蓝的背景下印着黄色的刊名"新月","容易让人想起一轮金黄的新月悬挂在深蓝的夜空中,这个封面设计直观诠释了刊名'新月'的象征意义,表明了编办者通过贡献微薄之力('纤弱的一弯'新月)迎接美好光明未来('未来的圆满')的信心和期待"。④其他著名的刊物如《现代》,几乎是每期封面都换一种设计,但其主题无一例外体现了"摩登"的风格和意蕴。新文学作品和期刊封面设计透露出来的寓意,从史料的角度上说可以称之为通过图像表达一种主旨,而这种表达有助于读者对史料史实层面的理解。与这种情况相比,"封面"还可以在类别上提供线索,这一点在图书上体现得尤为明显。新文学的作品许多是以系列丛书的形式出版的。此时,

---

 ① 金宏宇:《新文学版本之"九页"》,《人文杂志》2006年第6期。
 ② 张泽贤《书之五叶:民国版本知见录》之"五叶",主要针对民国作品版本。金宏宇在《新文学版本之"九页"》中也有"这里所说的新文学版本主要是指作品的版本,不包括期刊的版本,期刊的版本构成有所不同"之说,由此可知:"五叶"和"九页"都是针对新文学作品版本,并不涉及"期刊"。不过,从广义的角度理解"叶"与"页"并结合新文学期刊,作品与期刊在涉及这些要素时,并无本质差别。故本文在论述时没有特殊情况,就将二者放在一起并说。
 ③ 金宏宇:《新文学版本之"九页"》,《人文杂志》2006年第6期。
 ④ 付祥喜:《问题与方法:中国现代文学史料研究论稿》,中国社会科学出版社,2017年,第70页。

每一部作品在封面上均印有"某某丛书"字样，而循着这一线索往往可以查到更多史料。以"七月诗丛·第一集"鲁藜的《醒来的时候》（1947年1月再版）为例："第一集"的每本诗集封面名字旁边都印有红色的"七月诗丛"，而"七月诗丛"究竟包含哪些具体的作品呢？从诗集最后一页可以看到，"七月诗丛·第一集"包括胡风选《我是初来的》（合集），艾青《向太阳》，胡风《为祖国而歌》，孙钿《旗》，田间《给战斗者》，亦门《无弦琴》，鲁藜《醒来的时候》，天蓝《预言》，冀汸《跃动的夜》，绿原《童话》，邹荻帆《意志的赌徒》，艾青《北方》。而这一目录旁边的一行小字则起到补充说明的作用："本集中之《北方》，印过桂、渝两版，现已由文化生活出版社收入文学丛刊，不再印，但仍存目录。"①这一说明表明艾青的《北方》在此只存目录、未出版，但其归入文化生活出版社的"文学丛刊"，则又为读者全面了解"七月诗丛·第一集"提供了新的信息。同时，既然是再版，那就要看初版本，从再版本书后版权页可知，鲁藜的《醒来的时候》初版为"1943年7月桂初版"。而由此查找，所谓"桂初版"实际为桂林南天出版社，显然由于出版社的改变，又有新的信息被发现。

以版权页为例，我们可以发现新的史料线索直观体现在版次上。民国出版的图书由于销售情况和出版社变换的原因，很多书多次出版且每次都在版权页有所体现。此时，"再版""修订版""三版""普及本""沪几版"等，都可作为相对于初版本的新史料。如田寿昌、宗白华、郭沫若的《三叶集》1920年5月在上海亚东图书馆出版初版本之后，至1941年5月已出版第15版。从具体出版情况可知：每次出版时其版权页并未将每次出版的时间和版次全部记录，而是常常只印有距离最近的前一版或是仅印有初版本时间。但如果研究其版本演变，那么，势必要将这些版本搜集起来，而其线索就可以结合各版本时间记录加以搜集，不仅可以发现每版之间的不同，而且还能发现一些新信息和新问题。如上文提到的鲁藜的诗集《醒来的时候》，在初版本与再版本之间不仅有时间的不同，还有出版社的变化。至于由于编辑的失误，造成的版权页印刷时间与实际出版时间不符，如冰心《寄小读者》开明书店"民国三十六（1947）年10月5版"，会造成真正初

---

① 鲁藜：《醒来的时候》（再版），希望社，1947年，最后一页（无页码）。

版本出版社及出版时间混淆的现象①，更是为史料搜集、整理与校勘工作提出了新例证。

以广告为例，则会得到新的获取史料的线索。由于受营销利润的制约，新文学作品出版会涉及关于内容、著者的广告，期刊和报纸的创刊与印行同样需要广告。广告在图书、期刊、报纸出现的位置虽然有所不同，但宣传的目的都是一样的。从新诗史料的角度上说，许多诗人都有编辑刊物，为他人、为作品和期刊本身撰写广告的经历。胡风、施蛰存都属于集诗人、编辑家于一身的写广告的能手。而阅读这些广告，除了能够领略其文学性、艺术性、趣味性的特点之外，通过广告尤其是系列丛书的广告获得史料信息也是重要的一环。当然，从具体广告宣传本身来说，其涉及的内容还包括广告宣传与实际出版情况的不符，如出版时间、出版作品和内容并不与事先的广告完全一致。这种或是由成本、出版周期以及审查等原因造成的不符，同样是史料追寻的收获。能够获取史料信息的"叶"与"页"当然还有很多，且很多"叶"与"页"上会同时集合在一起，比如有的书籍版权页和广告就印在一起，只是限于篇幅，无法一一赘述。通过对文献自身的"五叶"或"九页"与探寻史料的新问题、新思路，我们不难看出上述的"叶"与"页"，完全可以相互参照、共同促进的。

与从文献史料本身发现信息相比，追踪以往研究中不受重视、多被忽视的期刊也会获得新的史料。这样的期刊在现代阶段可举谢泳所言的"成型的与不成型的中国现代文学史料"中的"不成型的史料"，即"指与研究对象有关系，但分散在远离成型史料外边的史料，通俗一点表达，就是表面看起来与研究对象没有关系，但细致观察会有直接联系的那种史料"②；凌孟华在《旧刊有声：中国现代文学佚文辑校与版本考释》中提到的"非文学期刊"或"综合性期刊"③；刘涛在《现代作家佚文考信录》中提到的"边缘报刊"④，都是搜集、发掘史料的新场域。这些期刊的共同特点是在

---

① 朱金顺：《新文学版权页研究》，《文学评论》2005年第6期。
② 谢泳：《中国现代文学史研究法》，广西师范大学出版社，2010年，第54页。
③ 凌孟华：《旧刊有声：中国现代文学佚文辑校与版本考释》，中国社会科学出版社，2020年，第1—10页。
④ 刘涛：《现代作家佚文考信录》，人民出版社，2012年，第2页。

以往研究中关注较少、相关工具书目录工作做得不够充分，因此还有很大的探索空间。如凌孟华在《国讯》旬刊发现冰心的演讲词、臧克家集外诗文；在《大中》月刊上发掘出吴兴华的佚文《亡妹记》、俞平伯的《为润民写遥夜闺思引后记》等，均属此列。这种情况就新诗史料的发展趋势来看，还逐渐扩展至20世纪80年代之后出现的各类诗歌民刊以及新世纪以来的网络诗刊等，从新诗研究和史料未来开掘工作的态势来看，以上所述会成为搜集、整理史料的新领地。

总之，史料扩展的新思路与新策略，也是一个综合性的实践。在具体展开过程中，其往往是几种路径共同作用的结果。值得指出的是，在稽查线索的过程中，借助网络资源是当代文献史料搜集、整理过程中不可或缺的方式之一。像"全国报刊索引""抗日战争与近代中日关系文献数据平台""台湾学术文献数据库"等，都有大量的资料扫描版，不仅为文献史料搜集提供线索，而且其本身就有新的史料和全部内容。而在搜集史料的同时，文献的编排与校注也是需要不断跟进的环节，惟其如此，史料的搜集与整理才会充分、有效。

四

中国现当代诗歌传记的搜集、整理是一项复杂的工程，在具体介入之前就包含着学术价值的判定并随着工作的展开逐步呈现出来。因此，在本文的最后一部分，谈及其意义和价值也就成为研究的应有之义。

首先，新诗史料的搜集与整理，是在还原历史的过程中实现了现当代诗歌资料的"再发现"与文献保存。新诗史料与新诗历史同步，从最早一批史料诞生的时间即1918年1月15日刊载于《新青年》第4卷第1号的9首白话诗算起，距今也有百年。百年的光阴自是在其历史化进程中凝结了大量有价值的信息，但由于不同时期诞生的新诗史料相对分散、文字内容经历多次增删修订，只有通过整合式的搜集、整理、集中展示，才能在还原历史的同时最大限度地再现史实、得出正确的结论。与此同时，对于那些年代久远的新诗史料，搜集、整理还意味着保存历史。现当代诗歌史料尤其是早期的文本以纸质文本为载体，经历近百年光阴的洗礼，已在光线、温度、湿度、持续氧化和自身酸性等多种因素的共同作用下，发黄、变脆、易碎，老化程度严重，"基本临近阅读、使用的极限"①。正如许多研究者亲历过的，20世纪20—40年代出版的各类文学著述，在今天多已无法自由随意地翻阅、折叠与批注，由于纸张的寿命和保存的问题，20世纪50—60年代的许多相关书籍也逐渐步入了这一行列。现当代诗歌史料的"生存现状"为其搜集、整理和研究提出了一个需要迫切解决的课题，即如何通过搜集、整理实现抢救与保存一批珍稀文献，从而为进一步整理、以不同形式再现（如重新出版、扫描成图片文件等）不同时期的诗歌史料提供坚实的原始资料。

其次，新诗史料的搜集与整理提供了全新的文献基础，为相关领域研究的顺利展开作充分的准备工作。以往的现当代诗歌研究分多个专题，更多情况下只是依据自己的研究目的各自为政，到如今有计划、有目的地搜集、整理史料，将其作为一个独立的课题，中国现当代诗歌史料的重要性和研究意义上的独立性正通过其实践逐步显露出来。作为一项基础性与开拓性并存的实践工作，中国现当代诗歌史料的搜集、整理不仅为现当代诗歌和现当代文学两个相互交融的研究领域分别提供了扎实而全面的文献基础，更为重要的是，它还可以在不断还原、呈现历史的过程中持续揭示问题。现当代诗歌如何通过自我书写实现传统诗歌的现代转型、不断推进其现代化进程？不同时期的现当代诗人与其所处时代有着怎样复杂而辩证的关系？截至目前，郭沫若、胡适、徐志摩、林徽因、穆旦、何其芳、艾青等文献史料五花八门、形态各异，它们各自在形式和编排上有何不同、版本有何不同，又具有怎样的内在演变机制？由于观念的转变，晚近出版的现当代诗人全集是否会推进新诗史料工作？电子版史料是否会对固有的史料概念形成挑战？……上述一系列问题的回答都离不开基本文献资料全面、有效的搜集与整理，而在纵向梳理与横向比较中，现当代诗歌研究及其相关领域的学术创新点与增长点正蕴含其间。

---

① 刘福春：《民国文学文献：抢救与整理——一个民国文献工作者的一些零碎感想》，《长江学术》2016年第4期。

最后，重视此项工作呼应了现当代文学研究界的"史料研究热"，为史料搜集、整理提供丰富的个案与经验。现当代文学各类史料的搜集与整理、问题研究以及史料学建设在近年来的学界中可谓持续升温、此起彼伏，许多重大课题从选题征集、确立到申报都将史料及其相关问题作为关键词或重要维度之一（如"数据库建立"在实质上就属此类）。结合笔者的亲身体验和已开展数年的实践工作，本文所言的现当代诗歌史料的搜集、整理与新诗史料学的建立显然也在一定程度上受到此热潮的影响。由此回想早于1985年，马良春就曾撰写《关于建立中国现代文学"史料学"的建议》一文进行呼吁，到2012年刘增杰的《中国现代文学史料学》，再到本文所言的"新诗史料学建设研究"，从理论构想的提出到具体实践的开启可能要经历很多年的积淀。这其中，基本资料的生长与积累、研究方向的整体性转向与逐步拓展以及研究者本身的耐心、眼光和执行力等，都可以成为制约某一专题凝结与发展、研究水平与程度的因素。将现当代诗歌各类形态纳入史料范畴之后，融合史料学的方法形成完整的理论体系，既可以诞生一批成熟的研究成果，又可以在审视传统史料学的同时持续实现新的探索，其研究价值和研究视野得到了大幅度的提升与拓展，其研究根基与学术品格也由此得到强化。

一面是新诗史料不断生长，一面是新诗研究需要持续发现史料、运用史料，重视新诗史料搜集与整理工作的意义和价值是不言而喻的。新诗史料的搜集与整理不仅是实践层面上所有新诗研究的起点，而且本身也有许多有价值的内容值得发掘并由此指向新诗史料学的理论建构。笔者在结合已有研究和自己实践经验的前提下，写了一些浅见，其目的也正在于以此引起学界同行的关注，进而丰富这一问题的研究。

一分为七：中国现代新诗的起点认定

□ 薛世昌[①]

内容摘要：关于中国现代新诗的起点认定，人们向来有争议，有认定为1917年《新青年》发表之胡适《白话诗八首》者，有认定为1918年《新青年》发表之三人九首白话新诗者，也有认定为1920年胡适出版之《尝试集》者，更有认定为1921年出版之郭沫若《女神》者。关于新诗的起点，宜认定为一个相对比较宽广的时间段（包括一组多个比较具体的时间点），即中国现代新诗的源头，应"一分为七"而观之：（1）观念起点——1915年胡适题写新诗的基本理念："要须作诗如作文"；（2）个人性文本起点——1917年《新青年》发表胡适《白话诗八首》；（3）群体性文本起点——1918年《新青年》发表之九首白话新诗；（4）"杰作"性文本起点——1919年《新青年》发表之周作人《小河》；（5）历史性诗集起点——1920年胡适出版之《尝试集》；（6）艺术性诗集起点——1921年郭沫若出版之《女神》；（7）现代性诗集起点——1924—1926年鲁迅写作、发表并于1927年结集出版之《野草》。重返中国现代诗的起点，重新观察当时文化先驱们的诗歌动作，既可正本清源，也可瞻望未来。

关键词：中国现代新诗；观念起点；文本起点；诗集起点；现代性起点

[①] 薛世昌（1965— ），男，甘肃秦安人，天水师范学院文学与文化传播学院教授，主要研究方向为写作学与现代诗学。

中国现代自由体新诗，自其滥觞至今，浩浩乎蔚为大观。新诗整整一百年披荆斩棘的崎岖经历、众星涌现的光辉成就，已是任谁也无法否认的凿凿事实。新诗百年，也是人们一直评说之、思考之、争论之的一百年。其中关于新诗横空出世的时间点——开端、起点——的认定，也是因人而异，难定一樽。洪子诚就坦陈："现在在（新诗）起源的问题上大家有不同的看法，究竟哪一年算是新诗的起点，学术界有不同的看法。"[①]事实确乎如此，关于中国现代新诗的起点，有人概括地说就是1919年的"五四"运动，也有人具体地说是1918年《新青年》发表九首白话新诗，当然也有人说是1920年胡适出版《尝试集》……姜涛说："说到新诗的起点，除了《小河》之外，胡适的《尝试集》，郭沫若的《女神》，特别是《女神》，往往被认定是新诗真正的起点。"[②]这种执意要寻找中国现代新诗"真正的起点"之思维，可能一开始就是错误的。为什么新诗的起点只能是一个而不能是多个呢？为什么中国现代新诗的开端，不是某一个"时间段"而是某一个"时间点"呢？本文认为，关于新诗起点的认定，应该用一个相对比较宽广的时间段去包括几个比较具体的时间点，即中国现代新诗的源头，应"一分为七"而观之：（1）观念起点——1915年胡适题写新诗的基本理念"要须作诗如作文"；（2）个人性文本起点——1917年《新青年》发表胡适《白话诗八首》；（3）群体性文本起点——1918年《新青年》发表之九首白话新诗；（4）"杰作"性文本起点——1919年《新青年》发表之周作人《小河》；（5）历史性诗集起点——1920年胡适出版之《尝试集》；（6）艺术性诗集起点——1921年郭沫若出版之《女神》；（7）现代性诗集起点——1924年至1926年鲁迅写作、发表并于1927年结集出版之《野草》。若非如此"一分为七"地认识新诗的多元开端，而是偏执其一，则其认定就近于盲人摸象。

---

① 洪子诚：《献给无限的少数人——谈大陆近年诗歌状况》，《桥》2016年第4期。根据2015年11月24日作者在台湾淡江大学讲座记录整理。

② 姜涛：《从周作人的〈小河〉看早期新诗的政治性》，《海南师范大学学报》（社会科学版）2012年第8期。

一、观念起点：1915年，胡适题写"要须作诗如作文"，新诗拥有了自己的诗歌理念

余秋雨曾说："《诗经》是'平原小合唱'，《离骚》是'悬崖独吟曲'。"①此后的中国文学，仅在诗歌这一脉上，即呈王国维所谓"楚之骚，……唐之诗，宋之词，元之曲"②的移步换形进程。及至现代，王国维所谓的"一代之文学"③，就是中国现代自由体白话新诗。

中国现代自由体白话新诗绝不可能"横空出世"，它至少根源于"五四"前20年左右即19世纪末20世纪初夏曾佑、谭嗣同、黄遵宪诸君的"诗界革命的志愿"（朱自清《中国新文学大系·诗集·导言》，以下简称《导言》）。"诗界革命"从拯救民族危机、改良社会政治的时代要求出发，倡导诗歌创作"熔铸新理想以入旧风格"（梁启超《饮冰室诗话·四》）、"以旧风格含新意境"（梁启超《饮冰室诗话·六三》），对中国诗歌的历史进程做出了重大的贡献。比如黄遵宪早在1868年就提出了"我手写我口，古岂能拘牵！"（《杂感》之二）的主张，意图摆脱旧传统的"拘牵"，强调"诗之外有事，诗之中有人，今之世异于古，今之人亦何必与古人同（《人境庐诗草·自序》）"。强调作诗"要不失乎为我之诗"（《人境庐诗草·自序》），他也努力使流俗语、新名词与旧风格相协调，其诗集中也有像"邻家带得书信归，书中何字侬不知，等侬亲口问渠去，问他比侬谁瘦肥"（《山歌》之五）这样比较口语化、带有民歌风的作品。所以，虽然"诗界革命"的整体思路没有跳出传统的诗歌体系，虽然他们接近了从一个系统到另一个系统的"临界点"，但是并未到达——尚未把中国诗歌语体的变革这一至关重要的变革对象提到"诗界革命"的路线图与时刻表上，虽然由于"历史的局限性"或"个人的局限性"，"诗界革命"只是在努力"换

---

① 余秋雨：《中国文脉》，长江文艺出版社，2012年，第11页。
② 王国维：《宋元戏曲考·序》，《王国维文学论著三种》，商务印书馆，2010年，第46页。
③ 王国维：《宋元戏曲考·序》，《王国维文学论著三种》，商务印书馆，2010年，第46页。

酒",而没有想到过"换酒瓶",但是,"诗界革命"的启蒙色彩与变革呼声,却是不能否认的。对此,朱自清评价公允:"但对于民七的新诗运动,在观念上,不在方法上,('诗界革命')却给予了很大的影响。"(《导言》)

但朱自清关于当时"新文学"的叙述却疏忽了一点:新诗的观念出新,不应该始之于"民七(1918年)"而应该始之于"民四"即1915年的9月21日,那天,胡适在美国与朋友们聚会后,题写了下面这个以旧诗的形式言说新诗理念的重要文本,振臂一呼,第一次提出了新诗的改革纲领。其诗云:

诗国革命自何始?要须作诗如作文。
琢镂粉饰丧元气,貌似未必诗之纯。
小人行文颇大胆,诸公一一皆人英。
愿共戮力莫相笑,我辈不作腐儒生。

胡适这位志在"为大中华,造新文学"的骞旗健儿,就这样出现在中国现代诗歌的源头之源头:观念源头。而且他提出的诗歌观念可谓骇世惊俗:"诗国革命自何始,要须作诗如作文。"他的意思是:从今而后,有什么话说什么话,话怎么说诗就怎么写。要用"自然的语言"和"自然的节奏"去写作一种自由体的新诗;要打通传统的诗文界限,要取消历来的诗文区别……可想而知,这样的认识与这样的观念,在当时能够脱颖而出,是多么的难得与珍贵。当然,有一点我们必须心知肚明:胡适一代所完成的中国诗歌之语体变革,主要是从书面文言到书面白话的变革,而不是从书面文言到口头白话的变革。口头白话成为堂堂正正的诗歌语言,要一直等到于坚他们这一代——"第三代"诗人——的出现。多年之后,经由于坚、伊沙等人的努力促成,"这场诗歌的口语革命,令古典文学结束、现代主义文学兴起后的中国,终于拥有了这个民族自己的现代诗歌语言"[①]。这是多年之后,才由沈浩波做出的认识与评价。确实,要扭转几千年强大的

---

① 沈浩波:《新世纪以来的中国先锋诗歌》,《汉诗·六口茶》2017年第1期。

语言习惯，岂能一蹴而就、朝发夕至？正如此，胡适当时首倡之诗歌观念无与伦比的开创性及其影响的深远性，可谓是慢慢地、持久地深入着人心。而胡适之于中国现代新诗的观念首创之功，又岂可随意磨灭？毛翰曾著文对胡适的白话诗开创之功进行了大量的质疑，列举了胡适之前、胡适当时的许多白话诗存在，但他最后还是承认："胡适的历史功绩，在于打出了'白话诗'的旗帜，这对于诗界革命的完成，对于诗坛的革故鼎新，是完全必要的，是非常及时的。没有这面旗帜，白话诗就不可能迅速集结、扩充，形成强大的阵容。"①当然，他也坚持了他的质疑："然而，胡适的历史功绩，也仅仅在于打出了'白话诗'的旗帜，他拿不出白话诗的典范之作。"②

二、个人性文本起点：1917年《新青年》发表胡适的《白话诗八首》，新诗拥有了自己公开发表的文本实体

胡适虽然没有拿出自己"白话诗"的"典范之作"，但他毕竟还是拿出了"白话诗"的实验性首创之作。事实上，胡适有了新诗的观念之后，其"有意试做白话诗"。从1916年7月就已开始了实践，且有《尝试集》中多首诗的诗末所注写作日期为证，且胡适自己也有直接的说明："我在美洲做的《尝试集》。"胡适是1917年7月回国的。他说他"在美洲做的《尝试集》"，那这个时段的终端，也就是1917年7月。所以，退一年讲，朱自清所谓："胡适之氏是第一个'尝试'新诗的人，起手是民国五年（1916）七月。"（《导言》）这就是准确之说。所以后来即有人这样认定："1916年8月23日，胡适写下中国第一首白话诗《两只蝴蝶》（原题《朋友》），发表在1917年2月的《新青年》杂志。自此之后，一个不同于汉赋、不同于唐诗、不同于宋词、不同于元曲、不同于明清小说的文体开始出现。这就是

---

① 毛翰：《新诗创世何劳胡适尝试》，《西南大学学报》（社会科学版）2008年第6期。
② 毛翰：《新诗创世何劳胡适尝试》，《西南大学学报》（社会科学版）2008年第6期。

中国新诗的初始。"①按说，即使胡适1916年的"起手"之作《两只蝴蝶》因为未公开发表而不能被认为是新诗的文本起点，那么1917年2月胡适在《新青年》2卷6号公开发表的《白话诗八首》毫无疑问应该被认定为中国现代新诗的文本起点。事实上，持这种认定的学者也不少，张贤明就如此认为："若以最早公开发表为诞生的标志，那么1917年是中国新诗诞生年。"②由于胡适《白话诗八首》的第一首是《两只蝴蝶》（原题《朋友》），并由于胡适的《尝试集》也将此诗排在第一编第一首，因此，有人甚至认为它"理所当然地成为中国诗史上第一首白话诗"③。再比如张翔也认为："《新青年》最早发表的新诗应推早在2卷6号（1917年2月）胡适的《白话诗八首》。"④张先生还在胡适这些诗与旧诗的区别、作为新诗的新意等几个方面据理力争，想要恢复其"最早"的地位。邢铁华也认为："诚然，这八首诗与后来健全了的新诗相比，是幼稚的，仅是白话诗而已，说不上有多少新意，但这样的诗，毕竟不同于旧诗了。"⑤

三、群体性文本起点：1918年《新青年》发表胡适等三人的九首白话新诗，中国新诗拥有了自己的诗歌群落

但蹊跷的是，另有更多也更强大的力量认为，1918年《新青年》4卷1号发表的胡适等人的九首白话新诗，才是中国现代诗歌的文本源头。这样的认定始于朱自清，他在《导言》中介绍了上述胡适的新诗"起手"之作后接着说："新诗第一次出现在《新青年》4卷1号上，作者三人，胡氏之外，有沈尹默刘半农二氏，诗九首，胡氏作四首，第一首便是他的《鸽子》。这时是七年正月。"

---

① 赵丽华：《中国新诗百年·代后记》，《一个人来到田纳西》，吉林人民出版社，2014年，第336页。

② 张贤明：《〈鸽子〉简析》，《中国新诗代表作：1917—1949》，现代出版社，2018年，第9页。

③ 罗兴典：《"鏖溜"与"蝴蝶"——中国和日本第一首白话诗评说》，《日语学习与研究》1997年第3期。

④ 张翔：《关于〈新青年〉最早发表的新诗》，《社会科学战线》1984年第2期。

⑤ 邢铁华：《中国新诗起始驳议》，《中州学刊》1986年第3期。

朱自清如此的认定将置前一年胡适的那八首诗于何地呢？

仔细看，原来朱自清这话是个病句："新诗第一次出现在《新青年》4卷1号上"，这样的表述肯定是不准确的，在同一期刊物上，是不会有"第二次出现"的。没有"第二次"，则"第一次"之说，就有两个可能：

一是说错了——朱自清的意思可能是"新诗第一次出现，（是）在《新青年》4卷1号上"。如此则"第一次"就不是指"出现在《新青年》"，而是指"出现在当时"——事实上人们也是这样理解的。比如，刘福春辛辛苦苦搜编的《中国新诗编年史》，那么浩繁且欲以史实胜的著作，却只是从1918年开始——他整整"抹杀"了三个年头里人们的新诗努力，而且这开头的三年甚至要比其后的三十年都更重要。

二是可能朱自清记错了——《导言》的写作时间是"（民国）二十四年（1935）八月十一日"，距离中国新诗的文本之1917年的新诗新事，时隔近18年了，他可能是忘记了在1918年的前一年胡适已有《白话诗八首》见诸《新青年》了。邢铁华在分析朱自清没有正视《白话诗八首》的原因时，首先就认为："鉴于时间的旷远及社会的动乱，以至于很多史料无以得手。在此情况下，朱先生误记，就有了可能。"邢铁华分析出的另外两个原因，也可以佐证朱自清所言之"谬"：（1）《新青年》4卷发表新诗最多，"因此它给予朱先生的印象尤为深刻"。（2）《新青年》4卷以前刊载的诗，"少，而且诗作的旧影也尚未脱尽"。①本文非常赞同邢先生的分析。且本文尤其要点赞的，是上述的最后一个原因——《新青年》4卷以前登载的诗，"少，而且诗作的旧影也尚未脱尽"。朱自清之所以不太乐意于认定胡适的《白话诗八首》为新诗的文本起点，于是就有意无意地搞了一个病句来含糊其词，肯定是他觉得胡适的那些诗，其实并不是很"诗"，也并不是很"新"。由于朱自清一言九鼎，人们对新诗文本起点的"朱氏"认定，此后即陈陈相因，唐弢的《中国现代文学史》即附和此说："确切地说，白话诗当从1918年1月《新青年》4卷1号所载的诗歌算起。"②什么叫做"确切"？难道《白话诗八首》的发表时间与刊物不"确切"？

① 邢铁华：《中国新诗起始驳议》，《中州学刊》1986年第3期。
② 唐弢：《中国现代文学史》（第1册），人民文学出版社，1979年，第196页。

显然，否认《白话诗八首》之新诗最早文本这一判断者，包括其他在认定新诗起点时一味追求"确切""真正""定型"之逻辑者，他们都犯了概念混淆的错误：确认新诗的文本起点，应该以其发表的时间而论，不应该以其文本的质量而论；然而他们做的正好相反：不重视其"尝试"与非，而死盯着其"定型"与否。本文认为，这一立场的偏差应予纠正：认定新诗的文本起点，不能使用价值判断，而宜于使用事实判断——本文所谓"文本起点"者，就是强调其事实性。以事实而论，中国现代自由体新诗的文本起点，应该是1917年《新青年》发表的胡适《白话诗八首》。

而本文将1918年《新青年》发表胡适等三人的九首白话新诗，认定为"群体性文本起点"，并评价为：中国新诗拥有了自己的诗歌群落，以与前一个起点即1917年《新青年》发表胡适的《白话诗八首》——其功绩在于新诗拥有了自己公开发表的文本实体，却是基于这样一个探讨的意图：吾国有着强大的重群体而轻个人的伦理道德之传统，即使是对待诗人、对待诗歌现象，这一传统也会默默地散发着影响。人们之所以像朱自清一样对1917年的胡适诗视而不见，却对1918年胡适等人的诗刮目相看，可能也有这种传统习见的影响。

四、"杰作"性文本起点：1919年《新青年》发表周作人的《小河》，新诗拥有了自己较"诗"且较"新"的文本

中国现代新诗起跑线上的诗者，除胡适、沈尹默、刘半农外，尚有陈独秀、鲁迅、李大钊、刘大白、康白情、俞平伯等，他们都是各自"尽了开路先锋的责任"[①]的中国现代诗早期诗星。其中也有周作人。1919年《新青年》6卷2号头条发表了他完成于当年1月的新诗《小河》。相比于胡适等人的新诗滥觞之作，《小河》显然是姗姗来迟，然而来得早，却不如来得"杰"。

是谁认定周作人《小河》为"杰作"的？首先是胡适。胡适在《谈新

---

① 茅盾：《论初期白话诗》，《文学》8卷1号。

诗》中这样称赞《小河》:"这首诗是新诗中的第一首杰作……那样细密的观察,那样曲折的理想,决不是那旧式的诗体词调所能达得出的。"①胡适真是一位大公无私的老好人,他也太没有"文学史意识"了,他这样一客气,就把"第一首杰作"的地位拱手礼让给了别人。他之所以这么大度,可能是这样想的:我占时间上的第一,你占质量上的第一,我们各领风骚、利益均沾——双赢。

认定周作人《小河》为"杰作"的第二个人,是朱自清,他在《导言》中先是指出时人"用比喻说理"现象"缺少余香与回味"的缺点,而后拿《小河》进行了比照:"像周启明氏的《小河》长诗,便融景入情,融情入理。"明确的肯定之后,就是委婉的批评:"至于有意的讲究用比喻,怕要到李金发氏的时候。"不过,朱自清却在《导言》后的《选诗杂记》里引用了当时选编《新诗年选》的"编者"的一句话:"继而周作人随刘复作散文诗之后而作《小河》,新诗乃正式成立。"这样"乃正式成立"的评价,直接指陈着《小河》的文学史价值,而其"正式"一词,与后人的"真正""确切""定型"诸说,是那么地相像、那么地出自同一的逻辑。朱自清对那位"编者"的说法未置可否,等于是默认了其观点。

于是《小河》以其姗姗来迟之作,却荣膺了"第一首杰作"与"新诗乃正式成立"两大盛誉,于是后来的人们也就借驴下坡,将"杰"就"杰"。2012年,姜涛总结过人们对《小河》的态度:"每个人赞赏的角度不一样,比如胡适的赞赏,是为了满足新诗合法性的叙事,还有不少人关注的是形式问题,《小河》第一次采用了非常自由的语体文,这是大家关注的重点。其实,废名的关心更特殊一些,他说这首诗的内容跟传统诗歌不同,至于怎样不一样,他也没具体讲清楚,但他认为周作人是新诗的奠基人,这和他自己对新诗的特殊理解有关,他把这种理解投射到周作人身上。"②他同时也认为:"《小河》在当时影响很大,对于整个新诗史而言也具有开

---

① 胡适:《谈新诗》,欧阳哲生编:《胡适文集2·胡适文存》,北京大学出版社,2013年,第122页。
② 姜涛:《从周作人的〈小河〉看早期新诗的政治性》,《海南师范大学学报》(社会科学版)2012年第8期。

端的意义。"①他同样也混淆了"开端相"与"杰作相",同样秉持着"杰作相"决定"开端相"的逻辑。

那么,《小河》的"杰作相"如何呢?陈思和如此析解:"它在亲切、朴素和细腻的文本形式下包含着两层意义:一是对具体意象的细密观察,描绘出小河流动受阻后的各种景象,以抒写个性要求发展的情怀——朱自清所说的'融景入情';二是更深入一步,借各种生物之口,诉说它们对小河受阻后的同情、悲哀及恐惧,曲折地表达了对生命力的复杂理解——'融情入理'。这首诗通篇没有说教的痕迹,始终围绕具体的意象,以描摹和象征的结合,显示了传统旧体诗词的程式化语言所无法表达的优越性。"②周作人《小河》的创作有其"略略相像"(周作人《小河·自序》)的对于波德莱尔的参考,而陈思和的这一解析也隐隐有着略略相像的对于当年胡适和朱自清说法的参考。

本文综合人们的种种评说,认为《小河》的"杰作相"(包括"开端相")主要体现在以下几个方面:(1)它完全摆脱并超越了旧诗格律,十分散文化,极具"自由相",堪为"诗体大解放"之楷模;(2)《小河》写得比较具体,其意象营造过程熔铸了描摹和象征,比如小河对生命原动力的象征,比如围堰对个性抑制、自由束缚的象征;(3)《小河》的展开方式是叙事性的,并且是源于中国农业文化的叙事性;(4)《小河》有童话寓言的色彩:动植物都能开口说话,具有"非个人化"的劝诫性;(5)《小河》表现着一种古老的关于"水"的忧惧——水让人害怕者,不在水本身而在于对水的围堵;《小河》也表现出人们对"开放"与"自由"以及"生存意志"的疏导之渴望……上述种种,应该就是人们认为《小河》既"诗"且"新"的缘由吧?

但本文坚持认为:周作人的《小河》作为"新诗的第一首杰作"之地位,固然是可以确立的,但也不能据此抹杀胡适《白话诗八首》作为新诗最早文本的地位——应该把对《白话诗八首》进行的历史事实判断(哪怕

---

① 姜涛:《从周作人的〈小河〉看早期新诗的政治性》,《海南师范大学学报》(社会科学版)2012年第8期。

② 公木:《新诗鉴赏辞典》,上海辞书出版社,1991年,第27页。

它"白"得近于非诗）与对《小河》进行的艺术价值判断（即使它"象征"得更近于诗）区分开来。

五、历史性诗集起点：1920年胡适出版《尝试集》，新诗拥有了自己蔚为大观的集束性展示

1920年3月，胡适出版了中国现代新诗的第一部个人诗集《尝试集》。这部中国文学史上第一部白话诗集的出版，标志着肇始于19世纪末20世纪初的"诗界革命"终于有了一个面目一新的伟大成果。如果说"诗界革命"只是中国诗歌现代化转型的一个前奏，则《尝试集》的出版，意味着一场更伟大的诗歌革命拉开了它惊天动地的序幕。

《尝试集》出版以后，一版再版，"在两年之中销售到一万"（《尝试集·四版自序》）。这个"一万"，非我们现在的"一万"所能比拟。这个"一万"和我们现在的"一万"之区别，相当于一万个大洋和一万元纸币的区别。仅仅从这一销量上看，胡适已然大获成功。

但胡适毕竟深受传统诗词的熏陶，于是他的新诗"还脱不了词曲的气味与声调"（《尝试集·再版自序》），"犹未能脱尽文言窠臼"（钱玄同《尝试集·序》）。比如《尝试集》第一编中的诗作就相当典型地反映着旧诗体的束缚给胡适带来的诗情滞涩，反映着胡适"不能不时时牺牲白话的字和白话的文法"（《尝试集·自序》）。所以，《尝试集》"实验""抛砖"和"过渡"的色彩，确乎是不可否认的事实，胡适的自我认识也极清醒：他低调地认为《尝试集》中只有11首诗是所谓"我久想做到的'白话诗'"（《尝试集·再版自序》），而其他，"实在不过是一些刷洗过的旧诗"（《尝试集·再版自序》），"带着缠脚时代的血腥气"（《尝试集·四版自序》）。胡适这样说，无疑是基于当时对"旧"的厌恶。厌恶那"旧"，要打破那"旧"，胡适的注意力，于是也聚焦于"新与旧"，而疏忽于"美与丑"。《尝试集》中有一首《一颗遭劫的星》，20世纪30年代，废名在论及胡适时，曾称赞此诗为"真正的胡适之体新诗"，认为写得"真实逼人"[①]

---

① 废名：《论新诗及其他》，辽宁教育出版社，1998年，第11页。

然而胡适自己却并不觉得。他倒是对另一首诗有所青睐。朱自清《导言》有云:"胡适自己说《关不住了》一首是他的新诗成立的纪元,而这首诗却是译的。"很显然,胡适考虑的主要是如何用他山之石来攻自己的这个旧玉。

  然而,这一切对于《尝试集》艺术价值的判断,却不应该影响到《尝试集》作为中国新诗史上第一部个人诗集的首创地位——这个地位的意义在于,它作为一种记录,显示了自由体新诗孕育和诞生的艰难,更重要的还在于它进行了"开风气的尝试"。在《尝试集》的影响下,在迄今为止已届百年的时间里,白话——包括口语——已无可争辩地成为中国现代诗坛上占主流位置的通用语体。这种新开天地的局面,毫无疑问是整个"五四"文学革命有目共睹的积极成果。而这一切都是从胡适的诗歌理念、诗歌实践以及他的《尝试集》开始的——"开始",这才是最重要的;沉默万众中振臂一呼的那个人,才是最可敬的。唯有充分地认可了这一点,才可以续说其他。毛翰说,"早期新诗的主要领潮人胡适不具有充分的诗人气质,也不具有充分的诗学家气质。早期新诗自称'白话诗',兴奋点只在'白话',不大在'诗'"。[①]指出胡适"不具有充分的诗人气质"可以,却不能因此而否定胡适的"领潮人"地位。《尝试集》的艺术性确乎不高,但其"第一部"的地位却巍巍乎不能撼动。抛砖引玉,没有砖,何来玉?因为自《尝试集》之后,胡适的诗歌与胡适的诗歌思想"差不多成为诗的创造和批评的金科玉律了"(《导言》)。他说的确乎就是事实。胡适的下列认定与主张,确乎就是新诗的金科玉律:新诗应该是一种"不拘格律,不拘平仄,不拘长短"的"长短不一的白话诗",应该打破五言七言的整齐句法,造成"近于说话"的语调,应该进行"诗体的大解放","把从前一切束缚自由的枷锁镣铐,一切打破:有什么话,说什么话,话怎么说,就怎么说"[②]。

[①] 吕进:《中国现代诗学》,重庆出版社,1991年,第5页。
[②] 胡适:《我为什么要做白话诗——〈尝试集·自序〉》,《新青年》6卷5号。

六、艺术性诗集起点：1921年郭沫若出版《女神》，新诗拥有了自己灿烂的艺术之光

1921年，郭沫若《女神》出版。如果说从1915年开始至1920年这一时期，是中国现代诗歌的"萌蘖期"，则郭沫若《女神》的出版就标志着中国现代诗歌进入了"成型期"——有了新诗更为鲜明的模样。

郭沫若既是一位时代的"赤子"，也是一位时代的"肖子"——至少他的《女神》不愧为时代的"肖子"。他的《女神》如天马行空，仿佛是一口气喊出来的，如瀑布泻地，迅猛而雄强，有迅雷不及掩耳之势，有磅礴的气势，有想象的超拔、境界的开阔、色调的强烈，一句话：《女神》强烈地体现出"五四"时代所谓"狂飙突进"的时代精神。第一个指出《女神》"时代精神"的是闻一多，他敏锐地指出："若讲新诗，郭沫若君的诗才配称新呢，不独艺术上他的作品与旧诗相去甚远，最要紧的是他的精神完全是时代精神——20世纪的时代精神。"（闻一多《〈女神〉的时代精神》）而朱自清对郭沫若《女神》的发现也是独到、深刻的：在"静的忍耐的文明"里，张扬了一种"动的和反抗的精神"（《导言》）。

其实，不光在精神上，在艺术形式上，《女神》也实践了郭沫若关于"绝端的自由绝端的自主"①之创作主张，使诗的形式得到了完全的解放。《女神》不追求任何一种固定的现有的格式，任凭感情驰骋，自然流露，依据内在的感情节奏，自然地形成诗的韵律。它的五十余首诗，每首诗都是一种新的格式。《天狗》诗句短促；《立在地球边上放号》有一种割不断的绵绵情意，适合表现眷念之情；《凤凰涅槃》诗句参差不齐，长短并用，富于变化，或长吁，或短唱，节奏感强烈，表现出一种悲壮气氛……如此自由的诗歌形式，正是郭沫若自由精神相得益彰的外在表现。他的《女神》作为"诗"而尤其让人们信服者，是他火山爆喷一样奔放不羁的想象——郭沫若内在自由的"诗性"表现。

---

① 郭沫若：《郭沫若致宗白华函》，田汉、宗白华、郭沫若著：《三叶集》，安徽教育出版社，2006年，第38页。

郭沫若受到过美国诗人惠特曼飞扬蹈厉的雄浑诗风的影响，但是，只有雄浑的调子、只有力的颤动、只有大喊大叫、只有时代的精神、只有外在的形式，却是不能成其为诗的，这一切要成其为诗，需要想象力的到场。虽然郭沫若在诗歌的观念性上比不上胡适那么"先进"，但是，郭沫若比胡适更具有鲜明的诗人气质——更具有诗人必备的天赋：想象力。闻一多说："现今诗人除了极少数的——郭沫若君同几位'豹隐'的诗人梁实秋君等——以外，都有一种极沈痼的通病，那就是弱于或竟完全缺乏幻想力，因此他们诗中很少浓丽繁密而且具体的意象。"①他批评了"香只悠悠着，／色只渺渺着"这样弱于具体想象的诗句，并以古人"一梦春雨常飘瓦，尽日灵风不满旗"为例进行了比照说明。他认为"使读者丝毫得不着一点具体的印象，当然是弱于幻想力的结果"②。闻一多这里所谓的"幻想"，其实也就是"想象"。闻一多在这里不仅肯定了想象之于诗人的重要性，也指出了郭沫若想象力的出众。当然，郭沫若自己也是深谙其道。多年之后，他在《科学的春天》一文中曾这样呼吁科学工作者："不要把幻想让诗人独占了！"③言下之意，幻想（想象）是诗人的专职，也是诗人的使命！

　　郭沫若从一个诗人的直觉出发，对想象有着深切的体会、真诚的膺服。他认为："诗的本质专在抒情。抒情的文字便不采诗形，也不失其诗。"④他也确曾在创作中把"生底颤动、灵的喊叫"⑤抒发得酣畅淋漓，但是他很快产生了对于情感泛滥与情感直白的警觉。他后来明确提出了"反对主观抒情"的观点，主张用理智节制感情。他在给宗白华的信中说："我想诗这样东西倒可以用个方式来表示他了：诗＝（直觉＋情调＋想象）＋（适当的文

---

　①　闻一多：《〈冬夜〉评论》，武汉大学闻一多研究室编：《闻一多论新诗》，武汉大学出版社，1985年，第30页。

　②　闻一多：《〈冬夜〉评论》，武汉大学闻一多研究室编：《闻一多论新诗》，武汉大学出版社，1985年，第39页。

　③　郭沫若：《科学的春天》，《人民日报》1978年4月1日。

　④　郭沫若：《郭沫若致宗白华函》，田汉、宗白华、郭沫若著：《三叶集》，安徽教育出版社，2006年，第36页。

　⑤　郭沫若：《郭沫若致宗白华函》，田汉、宗白华、郭沫若著：《三叶集》，安徽教育出版社，2006年，第11页。

字）。"①郭沫若所谓的情调（情绪+节奏），用他自己的话说，就是被音乐"美化了的情感"。郭沫若以其天才的艺术直觉，不无偏激地表述了他所理解的节奏和韵律的力量；郭沫若所谓"适当的文字"，是指一种顺其自然地面对语言的态度，也可理解为不要在语言上过多纠缠，不要为语言而语言，不要花里胡哨，故弄语言的玄虚。其实，适当的文字、情调以及直觉（非理性），都是围绕着想象来展开的，最重要的，还是想象。

《女神》常使用比喻、象征的手法，借助某一形象的想象来寄托、抒发自己的感情，使感情能够得到淋漓尽致的表达。在《女神》中，无论是古代神话、历史故事中的人物，还是人格化的自然景色，其形象的选择都十分巧妙、恰当、新颖，与要表达的感情内容相一致，山岳海洋，日月星辰，风云雷电，也都唱的是"郭沫若之歌"，比如《天狗》用民间传说中天上破坏者的形象来表现对世界的反叛和破坏情绪，《炉中煤》用受压于地下的、乌黑低贱的"黑奴"——煤——的形象来表现劳苦者的爱国之情，十分新颖恰当。人们说到郭沫若的诗歌时，往往要提到他的泛神论，其实，哪一个诗人不是泛神论者呢？哪一个诗人不是想象着世界万物之间的一种新关系呢？对此，多年之后伊沙认为："这几乎是一种不具有诗人在诗歌内部实施操作性的写作。"②伊沙的意思是：这种接近于天才的创造，既不具有施之于个人的重复性，也不具有施之于他人的重复性——不可模仿，不可工艺化。

所以，姜涛说："如果将《小河》看作是一个新诗的起点的话，那么其实也是一个没有展开的起点。相比之下，说郭沫若的《女神》是新诗真正的起点，似乎更容易被人接受，因为《女神》提供了一个更清晰的抒情自我形象。"③

---

① 郭沫若：《郭沫若致宗白华函》，田汉、宗白华、郭沫若著：《三叶集》，安徽教育出版社，2006年，第12页。

② 伊沙：《郭沫若批判：抛开历史我不读》，伊沙、张闳、徐江等著：《十诗人批判书》，时代文艺出版社，2001年，第22页。

③ 姜涛：《从周作人的〈小河〉看早期新诗的政治性》，《海南师范大学学报》（社会科学版）2012年第8期。

七、现代性诗集起点：1924—1926年鲁迅写作并发表《野草》，从此新诗作为现代诗拥有了自己的现代性

鲁迅的小说与杂文，长期以来遮蔽着鲁迅的现代诗创作。其实朱自清早就指出：新诗方面"（当时）只有周氏兄弟全然摆脱了旧镣铐"（《导言》）。"摆脱了旧镣铐"，且"只有"，这可不是一般的评价。事实上，鲁迅思想的前沿性，让他不光以《狂人日记》在白话小说方面斩获了"第一篇"，也让他复以《野草》在新诗方面斩获了"现代性诗集"的"第一部"。鲁迅因此而获誉中国现代新诗的开山人物之一，不只是当之无愧，甚至可以说是后来居上——写出现代性的诗，应该说比写出新诗，更难，要求更高。

鲁迅的《野草》连题辞共24篇，结集出版是在1927年，而其写作时间，据《野草》研究者李希凡认定，大约在1924年9月至1926年4月之间[①]。鲁迅自己说，"这二十多篇小品，如每篇末尾所注，是一九二四至二六年在北京所作，陆续发表于期刊《语丝》上的。大抵仅仅是随时的小感想。因为那时难于直说，所以有时措辞就很含糊了"。（《二心集·〈野草〉英文译本序》）关于《野草》的文体，鲁迅有二说，一说就是上引文字里的"小品""小感想"，一说为："夸大点说，就是散文诗。"（《南腔北调集·〈自选集〉自序》）事实上，在"散文诗"或"诗性散文"的总模样下，《野草》包容了许多的文体形式：叙事散文、新诗、讽刺小品、短剧、寓言、小小说……，堪称"跨文体写作""超文体写作"——仅仅从鲁迅杂糅文体的形式选择上，我们也能感受到鲁迅对那个"诗体大解放"时代的响应。所以，要说中国现代的方向性诗人，当然胡适是第一个，而鲁迅也是紧随其后的一个。

后人关于《野草》的研究，虽时断时续，但总体上兴趣浓厚，成果斐然：对《野草》的"散文诗"之文体认定，已成共识；对《野草》"难于直

---

① 李希凡：《一个伟大寻求者的心声——〈野草〉研究之一》，上海文艺出版社，1982年，第14页。

说"的写作背景以及其中象征、联想、比兴的运用，多有分析指涉；对《野草》作为"诗"的质素及其艺术主题，更是观察多样、各抒己见；由于《野草》的极度异样与异质，一些研究者自然也研究《野草》中体现的外来影响，也确乎发现了不少《野草》中的"外国味"——屠格涅夫味、波德莱尔味、尼采味、厨川白村味甚至托尔斯泰味、易卜生味等等。但是，研究虽多，却是意犹未尽，对《野草》的现代性，人们迟迟不肯着笔，甚至对《野草》的"现代性色彩"也是"或视若无睹或弃之不谈，即便孙玉石先生的专著《〈野草〉研究》也不例外"①，除了张枣。

张枣说："在中国现当代文学史上，鲁迅的作品无疑是现代作品中的第一部，而他的《野草》又无疑是中国的第一部新诗集子。"②张枣的这话讲得极不严密。严密的说法应该是：在中国现当代文学史上，鲁迅的小说《狂人日记》无疑是现代小说作品中的第一部，而他的《野草》又无疑是中国第一部具有现代性的新诗集子。"第一部"之前必须有定语。胡适《尝试集》在出版时间上的第一位，是不可撼动的。说鲁迅的《野草》在"现代性"上是第一位，这样的认定也才是恰当的。换言之，不能说鲁迅是中国现代的"诗歌之父"，只能说鲁迅是中国现代诗歌的"现代性之父"。再换言之，《野草》的意义不只是对中国现代散文诗的，也是对整个中国现代诗的；《野草》不只对中国现代的散文诗有开创之功，对整个中国现代诗同样有开创之功。而鲁迅《野草》的现代性，主要体现在以下几个方面：

一是体现于《野草》思想意蕴方面的"二十世纪意识"。汪晖认为："（《野草》）不论就其关于生存的哲学体验的深度和思维的丰富复杂性，还是就其给予现实人面对现实人生的启示，它都达到二十世纪人类思维的较高水平。"③并认为，《野草》与西方的存在主义有共同点，也有区别，这正是鲁迅"二十世纪意识"④的体现。而"二十世纪意识"，乃为现代性意识之一种。

---

① 石燕：《试论〈野草〉的"现代性"》，《云南社会主义学院学报》2013年第3期。
② 张枣：《秋夜，恶鸟发声》，《青年文学》2011年第5期。
③ 汪晖：《论〈野草〉的人生哲学》，《福建论坛》（文史哲版）1987年第3期。
④ 汪晖：《论〈野草〉的人生哲学》，《福建论坛》（文史哲版）1987年第3期。

在主要表现"现代性"的西方现代主义文学中，现代性意识或曰现代精神，主要体现为人在"四大关系"——人与自然、人与人、人与社会、人与自我——面前感到的尖锐矛盾，以及这种矛盾导致的悲观绝望与价值虚无等情绪、心态及体验。这是一种具有时代的普遍性的体验，这也是《野草》的体验，是《野草》的意蕴事实。学者夏宏说："《野草》触及到现代主义文学的几个基本命题：空虚、孤独、荒诞。"[①]可惜长期以来人们对此未加正视，比如当年李希凡有三篇长文论述《野草》的"野草精神"，却没有意识到（或者说有所顾忌而不愿）把"野草精神"与"二十世纪意识"进行桥接。时至今日，我们不能继续对鲁迅的深重的虚无视而不见，不能继续对《野草》的现代性语焉不详。本文综合众说认为，所谓《野草》的"野草精神"，也就是"二十世纪意识"，也就是表现于《野草》中关于上述四大现代关系的这样一种选择与站位：在野的而不是在朝的、民间的而不是庙堂的、自由奔放的而不是循规蹈矩的、底层但健康的而不是贵族但萎靡的、怀疑的而不是盲从的、探寻的而不是封闭的、反思的而不是"忘我"的、批判的而不是奉承的、叛逆的而不是顺从的、私人孤寂的而不是广场喧闹的……甚至，是"爱情"的而不是"革命"的——张枣说："我认为鲁迅的所有作品中，唯一用爱情话语写作的只有《野草》。"[②]鲁迅的《野草》是否就是"爱情话语"，尚待讨论，但值当鲁迅内外交"空"（空无、虚无）时写作《野草》的"独语"风格却是显而易见。凡此种种选择与站位，确与当时"超五四"的更广泛意义上的西方现代主义文学所着力表现的现代精神暗通款曲——比如说那些创伤与孤独、那些绝望与虚无、那些对于人生对于思想对于道德的悲观……

二是体现于《野草》表现方法方面的象征主义。张枣对鲁迅的《野草》力持这样的观点："胡适是一个语言改革者，而不是诗人。他的一切诗歌领域里的写作对今天而言无丝毫意义。也就是说，今天的写作使他不正确了。我们新诗的第一个伟大诗人，我们诗歌现代性的源头的奠基人是鲁迅。鲁

---

① 夏宏：《苦闷中的探寻——论〈野草〉的现代主义命题》，《湖北大学学报》（哲学社会科学版）1992年第6期。

② 张枣：《秋夜，恶鸟发声》，《青年文学》2011年第5期。

迅以他无与伦比的象征主义的小册子《野草》奠基了现代汉语诗的开始。"①显然，象征，是为《野草》之晦涩"去魅"的关键词，而象征主义，是理解鲁迅《野草》尤其是理解其现代性的"关键词"。

张枣认为："鲁迅是真的现代，这不仅在于他文章中前所未有的尖锐语调与文辞，还在于生存困境已成为他思考的首要的主题，随之，压倒性的虚无主义成为《野草》独有的象征。"②而孙玉石认为："在中国新文学中，第一个写散文诗的不是鲁迅，但鲁迅却是第一个把象征主义的方法引进散文诗的人。"③其实，孙玉石这种把象征先期外在于某人与某文体而后需要"引进"的认识是极其机械的，象征，从来都是一种存在（不论它被称为象征还是称为其他），也从来都是一种形象思维用以表现内心世界与心理事实的"常规武器"。而象征主义，也无非是大量地、大规模地甚至带有崇拜意味地使用象征——这往往是交流成为困难、人间充满隔阂的时代人们惯常的选择。这也是当年鲁迅的选择。学者这样全面地描述了《野草》中的象征："昏暗的夜、孤独的影、四面都是灰土的墙、广漠的旷野、霓虹色碎影的梦、困顿倔强的过客、善于驳诘的狗、失掉的好地狱、坚持举起投枪的战士、砸泥墙的傻子、压干的枫叶、荒坟等意象，无一不具备深邃的象征意涵。如'昏暗的夜'象征着当时看不到希望找不到出路的中国社会，'孤独的影'则是作者本人的自况，'四面都是灰土的墙'喻示着斑驳颓败的中国社会，'广漠的旷野'则暗示了探索中国社会出路的艰难与寂寥等。象征手法的使用不仅仅表现在诗歌意象象征意义的蕴藉上，还体现在《野草》的结构上：《野草》的第一篇《秋夜》以小粉红花的梦、落叶的梦开始到中间《好的故事》是一出让人沉浸其中的好梦、《墓碣文》这出可怕的噩梦等，最后一篇则为《一觉》。篇名象征和暗示了作者由入梦到醒觉的全过程。"④是的，这就是象征，象征也就是这样以其意义指向的多向性、隐晦

① 张枣：《文学史……现代性……秋夜》，颜炼军编选：《张枣随笔集》，东方出版社，2018年，第146页。

② 张枣：《论中国新诗中现代主义的发展与延续》，颜炼军编选：《张枣随笔集》，东方出版社，2018年版，第28页。

③ 孙玉石：《〈野草〉研究》，中国社会科学出版社，1982年，第250页。

④ 石燕：《〈野草〉的现代性》，《云南社会主义学院学报》2013年第3期。

性，浸泡着《野草》，让它成了一个人们追索不已的"世纪之谜"，让它在表现手法上接近了现代主义文学，让它喊出了中国现代文学的象征主义先声，并且获得了与现实主义的《呐喊》、浪漫主义的《女神》同样重要的文学地位。然而，鲁迅《野草》这样的象征，与其说是"引进"，不如说是直觉与本能。鲁迅曾自陈："我自己总觉得我的灵魂里有毒气和鬼气。"[1]其实，鲁迅的灵魂里还有着与生俱来的诗人天赋——象征的直觉与本能。

三是体现于《野草》语言方面的悖论句式即"反讽式搭接"。多年之后，对鲁迅《野草》"反讽式搭接"最是心领神会的"朦胧诗"诗人欧阳江河，在谈到现代主义文学的基本特征时，对"反讽式搭接"如此理解："现代主义特别重要的一点，它的逻辑语言放了反讽，而不是像神性写作或者冷战时期的写作，放进的是基督教的牺牲的伦理立场，放的是崇高。"[2]什么是"反讽式搭接"？北岛《回答》的起首两行就是："高尚是高尚者的墓志铭/卑鄙是卑鄙者的通行证。"这是一种"A+反A"式的语言组合，是一种最具张力的语言组合，也是一种表现荒诞体验最为称手的看似"反逻辑"（其实在更深的层面上仍然合乎逻辑）的句法。这样"反讽式搭接"的语言组合，后来在欧阳江河的诗歌里大行其是、翻云覆雨，并深藏着一种与鲁迅当年同样的迷茫中的看透：所谓的什么什么，不过是什么什么！所谓的"整整一生"不过是"等待枪杀"；所谓的"全部音乐"不过是"一次自悼"（欧阳江河《等待枪杀》）。而这样的"A+反A"句式，这种生存的对立、紧张、荒诞，在鲁迅的《野草》中早已俯拾皆是。《野草·题辞》就很典型：空虚与充实、沉默与开口、朽腐与生存、死与生、暗与明、过去与未来、爱与憎、友与仇、欢喜与痛苦、吸取与删刈、静穆与大笑……包括"无物之阵"……这样悖论句式的言语，这样的"反讽式搭接"，这种"从工业文明、从意识形态中抢救词语"[3]的工作，贯穿于《野草》24篇的始终，其艺术效果就是语言丰富、思想幽深、表达曲折、张力满满。

2023年，在谈到欧阳江河诗歌语言的"现代性"时，文艺理论家杜书

---

[1] 鲁迅：《鲁迅全集·致李秉中》（第11卷），人民文学出版社，2005年，第453页。
[2] 欧阳江河：《当代诗歌如何从日常性提炼元诗元素》，《大家》2016年第1期。
[3] 张枣：《秋夜，恶鸟发声》，《青年文学》2011年第5期。

瀛说："所谓具有'现代性特点'，单从语言（'词语'）看，参照某位诗论家的观点，是说相对于适应古代农耕文明经验的中国古典诗歌语言（'词语'）更多'直寻性'（'直感性''直接性''肉体性'），欧阳江河的一些优秀诗歌语言（'词语'）更趋近和更适应现代文明经验的特点，即突出了现代诗歌语言（'词语'）的'分析性'。"[1]其所谓的"分析性"，也可以理解为"词语的组合游戏"或"语言的拆迁术"。杜书瀛认为欧阳江河的这一类语言——尤其是其"反词"修辞，"能够表现和伸展现代文明经验中意义的多变和复杂"[2]。这些话加诸鲁迅的《野草》，同样也成立，同样"能够表现和伸展现代文明经验中意义的多变和复杂"。

《野草》的现代性不止上述三端。随着时间的推移，相信人们会对《野草》的现代性价值渐有更多更深刻的揭示。因为：面对中国现代新诗的那个"觉醒年代"的"觉醒"的诗文本，人们肯定是先要关注现代诗外形式的"新与旧"问题，继而关注现代诗诗歌感觉"美与丑"的即"好与坏"的问题；再而后，人们会突然醒悟：中国现代诗，之所以可以称作"现代诗"，那它一定有着现代性的内在蕴藏……当人们这样想的时候，人们的目光就会聚焦于《野草》。欧阳江河说："元稹在格律上认出杜甫，韩愈在造词与造物的关系上认出杜甫，白居易在艺术与社会现实的关系上认出杜甫。"[3]人们也终将从现代性上认出鲁迅的《野草》。

八、结　语

历史上常常存在着惊人的相似之处。鲁迅《野草》中有一首打油诗《我的失恋》，其中有"A+反A"句云："爱人赠我玫瑰花（A）；回她什么？赤练蛇（反A）。"用"赤练蛇"解构"玫瑰花"，这"第三代"诗人的拿手好戏，人家鲁迅几十年前就开始玩了，这不由我们不对中国现代诗的起点

---

[1]　杜书瀛：《读欧阳江河》，《文艺争鸣》2023年第4期。
[2]　杜书瀛：《读欧阳江河》，《文艺争鸣》2023年第4期。
[3]　澎湃新闻山海书评：《欧阳江河谈长诗、诗歌史，以及〈宿墨与量子男孩〉》，https://www.weibo.com/2275228970/MB9N7Dxjs，2023-04-09。

上那些"承前启后"的大师刮目相看，也越来越明白了中国现代诗歌发展的一个吊诡之处：它确实是在不断地前进，但是它确实也不断地回眸着起点——通过不断的对起点的敬礼而寻求自己的发展方向。于坚更是以"后退"二字来描述中国现代诗歌诸如"诗到语言为止""拒绝隐喻""反对升华"等理念。也正是在这个意义上，本文重返中国现代诗的起点，重新观察当时那些先驱的诗歌动作，也就有了它正本清源并瞻望未来的意义。陈丹青说，所有伟大的画家，一旦进入美术史，一定会被简化。而本文的努力，则是对这一简化的小小抵抗。"美术史"，那是写给一般大众的粗枝大叶的东西。本文乃是拿着放大镜在研究，本文如上这般放大一点而为七点，是为了给中国新诗的关注者以更多更清晰的真相。

"夜"的多副面孔
——论朱英诞新诗"夜"之体验与书写

□ 罗 樟[①]

内容摘要：诗情如夜鹊，总是在夜里诗人的诗情才是一棵树，这诗人便是朱英诞。从朱英诞的新诗创作中，可以找到独属于他的许多个夜。他曾在无数个夜里感受温暖和悲凉，追逐往昔和明天，向往着夜间的乡村，独立于夜也怡然自得，这是朱英诞体验到的具有二重性的夜。他用多维的意象组合方式，建构起夜的世界，极尽书写夜的梦幻和宁静。最终，在传统与现代的影响下，他将由意象和诗句建构起的梦幻而宁静的夜的诗歌与超然平和的人生态度和生命哲学交融，抵达虚静的境界，完成了"夜"的书写。

关键词：朱英诞；夜；意象特征；虚静

从古至今，有多少文人墨客如夜鹊一般，辗转反侧，夜不能寐，或引吭高歌，婉转低回，或喃喃自语，如泣如诉。一盏青灯，一轮明月，一扇镜，一场雨——有"独抱浓愁无好梦，夜阑犹剪灯花弄"的郁愁，也有"闲敲棋子落灯花"的孤味；有举头望月与低头怀乡，也有春江花月夜的惆怅与邈远；有"不知明镜里，何处得秋霜"的无奈，也有"不如赠少年，

[①] 罗樟（1999— ），男，湖北赤壁人，华中师范大学文学院硕士，主要研究方向为中国现当代文学。

回照青丝发"的释然；有春夜好雨发生的喜悦，也有潇湘一夜雨的苦楚。"诗情如夜鹊，三匝未能安。"李易安如是说。朱英诞的诗情也如夜鹊，他说："诗人/孤独之子/总是在夜里/你的诗情啊/才是一棵树/像那棕黄色的秋日的旋风？"因为，总是夜里才有风、雨、梦以及灯。朱英诞通过对夜的体验和书写，不论冬夏和雨雪，不问城乡和屋窗，建构起了独属于自己的夜的诗歌世界。在不胜枚举的"夜诗"中，他表达了夜之于他的复杂性，他呈现了他的夜的梦幻色彩和宁静氛围，最后，他在一个又一个难寐的夜里，在诗歌的探索和人生的徘徊中寻找到生命的虚静。

一、夜之体验：复杂的二重性

"夜有着二重人格/那不可测量的水潭"（《深更》），朱英诞的夜是具有二重性的。无数个夜晚，给予了他多样的体验，使其拥有了复杂的心理状态。关于夜的复杂体验，构成了朱英诞新诗创作中"夜"的内容，包含了朱英诞丰富而深刻的情感和主题，使"夜"成为朱英诞诗歌不可或缺的一部分。

（一）夜来暖意与夜自悲凉

夜作为一种自然现象，往往只有诸如季节和天气带来的变化，但朱英诞作为一位诗人，面对每一个夜，带着敏感的心和波动的情绪，实现了与夜的情感互动。于是，夜成为朱英诞经过心灵浸泡的审美对象。[1] "夜"给了朱英诞温暖却又悲凉的两种截然不同的生理感受和心理感受，如此，夜不再只是夜本身，它真正成为朱英诞的夜了。

夜是暗自带给朱英诞温暖的，朱英诞在不少诗作中都有类似于"夜来暖意"的表达。"停云下若静室的幸福/普天之下无所呈献/夜来暖意暗暗/月乃无处宿"（《雪》），雪夜无声，静室幸福，暖意暗自生长；"夜是暖暖的/春天像那微绿的小虫/暗暗地爬窗间"（《春夜》），春夜暖暖，春意生生，人心暗自痒痒。直接表明夜的温暖，无论春冬，建立起了夜和温暖的

---

[1] 童庆炳：《文学理论教材》（第5版），高等教育出版社，2015年，第135—138页。

关系，并得到不断的重复与强化。同时，温暖的感受使诗人心明眼亮，连夜也不再是黑暗重重的了："拿一束花枝当火把 / 丢掉它 / 丢掉它 / 春天的风暖得醉人了 / 无月无灯夜自明"（《春昼》）。有了温暖的晚风，火把便可扔掉，无月无灯夜自明。温暖的夜让朱英诞内心获得平静，在平静之中，他能够尽情地做梦，并在梦中坦然地面对自己，"夜来平静无事 / 梦里的话是坦然的 / 严更既起 / 梦是愈熟了"（《暗香》），他能够放下一切负担，正视且接受自己的疲惫，"我高兴我将是一个夜 / 仿佛我也可以有疲倦了"（《夜（二）》）。在他困难之时，夜覆盖着他，也抚摸着他，"夜覆盖着我 / 且抚摸着 / 在当前的困难里 / 我不辞劳苦 / 已着力地走了百里路"（《流亡（一）》）。

与此同时，即使大地尽是龟裂，即使他不得不跨过一条条鸿沟，诗人有时也躲避着夜。"光辉的星当空而巨大 / 风中的小船又吹走了 / 我从来不曾疲倦吗 / 对这画与夜的磨难？"（《倦知》）面对浩渺的星空和被风吹走的小船，诗人因夜的磨难而感觉到疲惫，这里的疲惫和坦然接受自己的疲惫，有着明显的差异，这绝不是一种庆幸。他也曾哀叹："唉 / 长夜的安眠 / 浓郁的白昼 / 无不使我深感不安！"他感觉到夜对他的幽囚，并感受到如临废墟一般的忧郁："心幽囚在我们的肉体里 / 一如我们幽囚在夜里"（《一念》），"肉体是住了囚徒的牢狱 / 月夜是废墟 / 化外的 / 忧郁的心 / 高远的天空落于水中"（《树下独立》）。这样的夜，就是"那蚤也不胜悲凉，缢死在青色的发丝上"（《夜》）。对此种种，朱英诞带着些许关怀地告诉我们"勿哀于夜行的人，任他悲哀如临风一哭"（《夜行》）。

温暖与悲凉是朱英诞的夜，更是朱英诞夜间心绪的表现，这不仅仅是简单的对于夜的感受，或许其中蕴含着朱英诞在面对世间纷繁、在经历人生变动时的暗暗情怀。在无常的日子里，"疲倦 / 悲哀和平静 / 也正如那夜"（《篱下》），温暖与悲凉交织在那夜里。

（二）往昔之念与明日之思

夜在时间层面上来说，有着十分特别的过渡性，它在一个白昼与一个白昼之间，连接着已经逝去的往昔与还未到来的明天。夜，成为朱英诞连通过去与未来的间奏，承接时间的因果。朱英诞在夜里，追忆过去，同时又遥想明天。"一个世纪不知不觉的消磨／过去了：啊美丽的夜！／你金黄的镰刀的月／你却／把这些完全割去／啊无痕的陈迹／要到什么时候才再令春风相遇？我走着路／我找寻着／我驻守着"（《废墟》），夜和月，见证岁月的消磨，时光消逝了无痕迹。诗人从往昔的怀念中，又期待着明天，他走着，找寻着，一直在路上，等待与春风再次相遇。

孔子有言："逝者如斯夫，不舍昼夜"，朱英诞在夜的明暗变换之间，也意识到时间一去不复返，"夜在前面是深深树林／归心匆匆过暮之河上／流水却总是东西而行"（《归心》），流水总是东西而向，就如时光自然流逝。在《少年行》一诗中，朱英诞揭示了时间流逝的奥秘。"如春花与秋月／珍藏着生命的一半／梦与夜／找不着此外的行迹／百花台上的空间／停眸与驻足／在一张图画里／那定形的风啊无踪"，春花与秋月珍藏着生命的一半，我们若要寻找，恐怕只能在梦与夜之中寻找。回忆像图画里面的风，早已被定格但也难以捉摸了。如果要更具体地来看，朱英诞的往昔之念包括朱英诞对于童年，对于母亲，对于故乡的追忆。在《悼童年》中，他直言"人们曾经毁灭了多少童年／我感到万事苍茫"，他体悟到童年对我们的整个一生有着如影随形的影响，但它终究会离我们越来越远，这个过程如同夜越来越深沉一般："一片落叶和它的影子落下来／窗前浓阴渐消失了／于是日益的夜深沉。"青天蜷卧，当诗人轻轻入梦，朱英诞意识到"夜的深处是母亲"（《追念早逝的母亲》）；秋来风雨，当诗人夜不成寐，木叶萧萧，孤云漂泊，寒砧击打成声，提醒着诗人的过客身份，触发了其作为游子的憔悴。

过去成梦，只能在夜间追忆，遗憾、惘然、愁绪也势必引发朱英诞对于未来的猜想和思索。在《沉舟》这首诗中，朱英诞写道："她是孤独的／在今日之我和明日之我之间／于是她感叹着时空／以及童骏和残秋的无边"，始终的"她"说的何尝不是诗人自己呢。在孤星闪烁、秋风四起的时候，"雨停在疏忽的时候的边缘上，感谢一颗星子出现的信号／秋风在路上就给人以安息"，诗人会感叹："唉，未来的踌躇。"（《未来的踌躇》）踌躇的诗人曾拒绝明天，"我哀怨，明天不能掩没／梦，像夜掩没灯，啊明天，明天，你黏液质的明天啊!"他也曾想着忘却一切，期待黎明的到来，"我将忘却这人生，仿佛忘却了梦和梦中的诗句。黎明来自远方，桃花何苦红如许?"不管怎样，明天终将到来，"春天已不远，希望我们的梦能实现，夜，长长的，正式的冬天不很寒冷"。过了这夜，春天也就来了，我们的梦也将实现。朱英诞还是在时间的徘徊之中，给夜注入了希望。

（三）乡野村居与都市星楼

乡村与城市是对立的空间概念，在诗人那里，空间不仅仅只是一个空洞的纯现实的存在，它容纳着诗人的所见所闻，更容纳着诗人的所感所想以及独特的意蕴。朱英诞新诗中有着对乡村之夜与都市之夜的差异性呈现。"我们界定的空间感显然并不仅仅包括空间上的知觉，它还综合了想象、记忆、习俗传统培养起来的习惯、特别是生产方式所规定的空间经历而形成的空间体验。"[①]朱英诞有言"诗，夹着田野的气息，如春云而夏雨，秋风而冬雪，点缀了我的一生，生命的四季"。[②]对于朱英诞这样以为亲近自然的诗人，乡村的夜晚与都市的夜晚比起来，乡村总是得到美好的青睐，乡村之夜往往是恬静、祥和的，还暗藏着生机，而都市之夜总是杂乱冷寂，充斥着喧闹和污染，还包括普通人的起早贪黑。这与京派文人笔下的乡村与都市的表现风格是相似的。

我们从《乡村》这首诗中能感受到朱英诞所喜悦的乡村之夜："轻轻推敲着/惟凉风最欢乐/那照满月色的柴门/既吃着桑叶和无边的安静/乡野的小村如一点母性里/明天阳光照着无边的黄土/夜作家屋，星是华灯/虫声有百种千种"，乡村的凉风习习、月光洒在柴门上，在无边的安静之中，仿佛可以听见虫子吃着桑叶的声音。星星闪烁，虫声咿呀，乡村的夜等待着阳光的普照。如此清爽唯美，安静又蕴藏生命的乡村之夜，怎能不欢喜呢。而在《终夜》一诗中，朱英诞在都市与乡村的对比中表达了对都市的隔膜："终夜你不合起眼来，/那柔弱的，黯淡的天使受着恐怖/夜成黑暗，浓烟弥漫/黎明，沉留裂帛的。//都市的侣伴如是邻居，/不像乡村里的散

[①] 童强：《空间哲学》，北京大学出版社，2011年，第181页。
[②] 朱英诞：《〈新绿集〉与〈白小录〉合跋》，《朱英诞诗文选：弥斋散文·无春斋诗》，学苑出版社，2013年，第160页。

步,/或是树阴里的睡眠者/它们和大地无比亲密。"(《终夜》)都市之夜,浓烟弥漫,与大地难以亲近,都市之夜"但只有高耸的广告碑/点缀着虚无的天和海/那些星辰更高了,吸烟的女郎//它们是一些虚无主义者/哨兵隐约出现/后面向大厦窥探/那旋舞的灯火是一些狡兔/它们有着太多的洞窟"(《不夜城》)。因此,当诗人终于能够从都市短暂逃脱时,他描述了这个关于告别与迎接的过程:"温暖的五月夜风/小孩缢死于小窗间/汽车消失于一瞥里了/风在耳边吹着/吹着,星辰斜挂在天空",深入乡村,诗人异常幸福,无比激动地写下这样的诗句:"哦,孩子们在旷野里嬉游,我深入乡下的村庄、田园,一次远足的散步,哦幸福!我是异常感到舒服了,因为我有着一番真实的休息;我找到我自己了,我模仿着自己。"可以说,乡村拯救了朱英诞,让他找到了自己。

不过,值得注意的是,朱英诞也曾描绘过都市的美好,但那是让朱英诞能够体验到自然与古意的都市。他曾写都市的阑珊:"蜜金的梦寐是家家的/每一座美丽的小窗前""楼头一个个灯光熄灭了/七月的繁星热闹得如一场夜宴"(《夜景》),也曾在《过司法部街》这首诗中,表现出城居而有乡居之乐的情况:"园中疏林又长满树叶/再没有比这更美丽的夜/幽囚的人如人的心啊/但有窗的屋宇就看得见日月之升沉。"诗人过司法部街,所见却是园中疏林,即使人被幽囚园内,也可以通过窗户看日月之升沉。无疑,诗人的心中已经自有一片自然地。

(四)独守寂寞与敞开自我

朱英诞自言"孤立人外,乃以寂寞为主"[①]。的确,朱英诞是一个孤独者,总是在自己的园地里独行、独坐、独语。而夜,恰好给了他独守寂寞的最佳时刻。万籁俱寂,人世与之无涉,任思绪徜徉在夜空之中。朱英诞享受着孤独,但是偶尔也不愿孤独,还好有大自然的生灵与之作伴,能让其敞开自我。

"我不希望有客至/但如果有人走来了/那自然是不妨事的/一个棕黄的大圆月从林后面/升起,蓦地我和猛虎相对/但是,清晰的无数的山岭和溪

[①] 朱英诞:《朱英诞集》(第8卷),长江文艺出版社,2018年,第482页。

谷 / 从寂寞的林间升起 / 我尽情的歌唱沉默。"(《每一首诗》)诗人不希望有客至,但又不拒绝有人走来,这是朱英诞对于自己与他者的关系的阐释,诗人既向往自我的独处,同时也坦然接受他者的来访。这里的"他者"当然不仅仅指人,人生在世,大到政治与社会,小到琐事与暧昧,对于诗人来说,这些都是"他者"。朱英诞想要安于世外,但是也不可避免地与世外相触。不过,无论如何,诗人最终要面对的是月亮,是山岭和溪谷。他尽情地歌唱沉默,其实也就是在自己的沉默中尽享自在。朱英诞是自在独立的。当"淡红的月升起 / 自树林后面",他略带骄傲地觉得"这时 / 只有我知道 / 一千棵树就只有这一匹叶 / 是最美丽的夜"(《暗凉》),这一匹叶是否美丽,这一个夜是否是最美丽的,这些都不重要,重要的是独属于诗人的夜就是最美的。当孤独来袭时,"隐隐的痛楚包括了许多的话, / 炎炎的灯下又想着更多的事情"(《风夜归来》)。他甚至将这种孤独延伸开来:"知更鸟告我以夜深 / 但一点的孤独令人们展开 / 他们的路,永远走着"(《深夜》)。思绪纷飞,夜为白纸,想象填补,"我独卧于天空底下 / 如一只秋虫在悬崖边 / 这里没有海水 / 哪里来的浪花的微响?夜啊 / 一张洁白的纸?"(《夜》)这浪花的微响何尝不是孤独内心的轻轻激荡;"一个不相识的女人轻轻走过,我疑心这是一个仙人,于是我推着一扇小门 / 我敲着另一扇 / 没有人吗 / 我耐心的等待 / 然后 / 我用手指轻轻的放上 / 那金属的门环的嘴唇 / 它们似乎正在想大声歌唱"(《月亮的歌》),这渴望大声歌唱的金属门环何尝不是他自己的象征。虽然朱英诞坦言"夜深沉,我独抱一天岑寂",但是其实他已与大自然以及屋内的物品达成一种默契,它们都可以成为他诉说自己的对象,夜风、夜雨、夜月,晚间的灯和烛火,入床的蟋蟀都成了他的夜来的客:"夜风自河上吹来, / 水的蜷发不复飘拂; / 以明眸听我诉说, / 细雨湿却了夜色。"(《写于深夜里》)"待到一天皓月升起 / 秋天应该是平静的时候了 / 我呢,我未眠 / 蟋蟀入我床下。"(《夏夜的沉思(二)》)

二、夜之书写：意象组合的梦幻与安息

"朱英诞重视意象与诗境的创造，赋予传统意象鲜明的现代特质，创造出中国式的象征主义诗歌形态。"朱英诞新诗的"夜"的魅力，主要就是借助诗歌意象及其构成的整体特征与氛围来书写并实现的。"每一首诗是我的茅屋的一夜／梦幻和安息混合／宁静的如一场大雪。"（《每一首诗》）朱英诞以"茅屋的一夜"为时空，张扬想象，将具有传统与现代气质的意象打通，寓以极具个人化的内涵，在多种意象呈现方式的变换之下，营造出了具有梦幻特征和宁静氛围的"夜"的诗歌世界。

（一）多元的意象组合呈现

朱英诞的夜之世界是由多维的意象组成的：一方面，朱英诞以古为新，创新传统意象意蕴，同时也吸纳现代意象，除了"夜"这个意象，"夜诗"中基本上包括了其他的日常意象、自然意象、心灵意象，比如灯、镜和窗，星月、雪和树，梦、海和仙人等；另一方面，朱英诞虽然生活空间狭小，但是同样的意象，他也能够寄予不同的内涵，营造出独特的境界，这恰与庞德所说的相互映照："一生中能描述一个意象，要比写出连篇累牍的作品好。"[1]

在多元的意象组合方式建构后，主要有三种类型的诗歌：有一些是通过夜与另一个意象传达诗人的情感内涵，即某一意象与夜互动。比如"夜"和"灯"，"夜来无月里／我燃起小灯／一盏幸福的灯啊／又熄灭了时／一番好梦欲来临了／我想夜已深沉／轻轻的我应成梦"（《阴雨》），这里的灯带给诗人幸福与好梦，但是有时灯也会带来迷茫与凄凉，"一盏灯凄凉地一现／静夜有高高的天／月亮高高地照着／原野的无边"（《原野》），一盏灯，一个天高月亮的静夜，一种开阔的萧瑟荒芜感随着灯光凄凉地一现。比如"夜"和"镜"，朱英诞既觉得"夜是晦暗的镜，和蔼可亲啊！"（《夜》）又对孩子说："镜子是不纯洁的。"（《夜语》）有一些是点明夜为时间背

---

[1] ［英］戴维·洛奇：《二十世纪文学评论》（上册），葛林译，上海译文出版社，1987年，第109页。

景，呈现夜色中另外两个意象，即两种意象以夜为底。比如"夜"与"月""雪"，"生命是多么扰人，月色安抚你安眠，清凉如暗香，夜深有着雪的气息了"（《月明》），月色与雪的气息都在这个夜里有了美好的感觉，再比如"夜"与"灯""雪"，"在岁寒里，我伴着耐久的青灯，也许是等候着美好的大雪，也许是我无畏于这人间的长夜"（《冬夜（一）》）。这一句同样表达着美好的期许。也有的是通过多个意象组合形成意象群，来表达诗人的某种诗境，即多重意象综合成境，这也是朱英诞"夜诗"中呈现的最多的一种类别。比如《月夜》这首诗，"森林又再私语了／没有人要听；夜啊，如投身饲虎，我醉心于你的海。缀星的大帷幔之外／月光静待／花木是如此清白／沐浴于纯净的光阴"。诗人通过私语的森林、夜、海、星月、花木等多个意象，描绘了唯美纯净的月夜，表现出朱英诞陶醉于月夜的一面。

不过，在多个意象组合形成的意象群中，有很多诗歌意象组合而成的并非如此具有统一性，而是多由诗人的自我联想组合而成，这也是最能体现朱英诞的意象联想性与独特性的特征。比如这首《情诗试作》，"梦是风浪的大海／夜是宁静的大海／我的灯是太阳，是我的侣伴／我的红日是等，是我的爱情"。诗人通过梦、夜、大海、灯、太阳等意象极尽描绘出了一个等待爱情的有情人的心境。当然，这种自我联想不仅仅只在多个意象组合的诗歌中出现。"我感谢面前的灯格外明亮了，我的梦也终于像一面镜啊"（《微吟》），"明月照在我脸上／母亲啊是我的镜／我看梦／仿佛照着一池春水"（《追念早逝的母亲》），梦与镜似乎成为了朱英诞的一组独特的联想。夜与树的关系也是十分独特的联想。"夜是一株树／原始的树叶凋零着了"（《巢居》），"抑郁的囚徒，抑郁到什么程度？夜是阴影，落自什么树？"夜和树仿佛成为同样的事物，并且带着正在凋零的抑郁感。

一般来说，意象营造出意境，即诗人将意象经由心灵的组合达成营造出心中之境，比如袁行霈认为"意境是指作者的主观情意与客观物境互相交融而形成的艺术境界"[①]。但是，朱英诞诗歌的意象营造出来的更多的是艺术特征或艺术氛围，因为朱英诞在同一首诗当中的多个意象并不具有统

[①] 袁行霈：《中国古典诗歌的意境》，《中国诗歌艺术研究》，北京大学出版社，1996年，第23页。

一性,并非像寻常"意境"的营造。寻常"意境"的营造多采取具有相似性质的意象,然后凭借人们的习惯性思维和经验想象成境,然后表达出线性的情志。而朱英诞诗歌的意象之间却有着明显的割裂感,并不符合日常思维和经验,其情志实现了一种分散性,是感性又模糊的,这都是朱英诞的有意为之。这种有意为之使得这些意象共同促成了一种张力,一种具有现代性的气质。这种气质打破了从意象到意境的传统,形成了这个夜的世界的梦幻色彩和安息氛围。

(二)梦幻的夜:意象的想象与跳跃

朱英诞书写"夜"所用意象在其充分张扬的想象力之下,通过巧妙的组合,呈现出亦真亦幻的梦幻色彩。这也是朱英诞所喜悦的,他曾在《〈春草集〉·后序》中表明:"现实与幻美如此深刻的交错,分明是一种单纯的怡悦。"正是在现实与幻美的交错中,朱英诞的夜是那样梦幻。

意象之间的奇幻比拟——朱英诞将"夜中人"所见、所想、所梦与多元的意象进行比拟。在《沉默者》中,他畅想人类之初,人们第一次从夜梦中醒来,夜色还未消退之时,东方已经吐白,人类带着单纯的无知,却又带着天然的想象力,诗人将东方吐白比喻为埋葬在天边的翻身的鱼:"当人们自第一次梦中醒来时 / 你迷茫的瞥视东方之既白,正如一头翻身的鱼 / 它仰天而葬埋在水里",这不仅仅是朱英诞对于意象与意象之间的关系的比拟,更是原始意象思维的还原与表现。在《春晓》中,诗人描述着每夜的睡梦人:"每夜你投身在漂泊的暗水里, / 你睡倒如寒冷的落花; / 你缩小又扩张, / 想着那十里的芳树像银河,小径。"朱英诞敏锐地捕捉到人在夜间的漂泊状态,夜是暗水,人是落花,呼吸之间,人的思绪或梦如同十里芳树,十里芳树恰似银河小径,人在其中穿梭。甚至连梦,在朱英诞的笔下,也仿佛是鱼儿,而夜便是那银河,鱼儿在银河里掀起浪花,梦在夜里活跃着且愈来愈深:"谁家的梦寐 / 鱼贯而行 / 夜的浪花 / 银河是太深了",这一切都太梦幻了。朱英诞将一个意象置换成另一个意象,但是并非简单地比拟,而是在比拟当中引人遐想,从"夜中人"的现实引申出另外一个空间,是奇幻但又符合逻辑的联想。

繁复又陌生的意象构造绮丽又朦胧的整体感觉——朱英诞以"夜"为舞台，将诗意在意象的变化中不断推进，变换出亦梦亦幻的复杂情境。《梦中的天空》一开始便在诗句中利用意象的交错，造成思维的辩证，用"不知道""也许是这样""我怀疑"以及问句等表达方式刻意造成了诗意的多重性和复杂性："我不知道／太阳是月亮的梦，／月亮是太阳的梦？／也许是这样，／辉煌是卑微的影，／卑微是辉煌的影？"后面又从天空写到了水中："荷花是最美丽的灯火，荷叶是最可爱的古镜，每于灯昏镜晓时，我梦着天空沉落在水底，鱼儿戏着我的梦思，船儿在花的岛屿边滑行。""荷叶""荷花""灯火""古镜"，天空沉落水底，"鱼儿"和"船儿"相继出现，诗人的梦、天空的梦，诗人梦到天空沉入海底，在梦与梦之间形成了万物之间的如同万花筒一般的联系。结尾却似乎把所有互动的绮丽拉回现实："我的睡眠是梦中的天空。／但是，天空不是梦，／照照水镜，我的女孩簪一朵蝴蝶，／燃起灯来，让我们说辛苦的星夜。"在复杂的关系之中抽离出来，造成一种疏离感，最终实现了整首诗的朦胧与迷离。而《燃灯驱梦》这首诗，朱英诞则是将诗情比喻成树，将树又比喻为秋日旋风，在不同时间的变换之中，树成为光柱，光柱又比喻成喷泉，意象与意象之间造成曲折回环的效果，造就了绚烂又模糊的诗意。

意象及意象时空的跳跃性——朱英诞不仅在意象的想象上尽情跳跃，在诗节与诗句之间也有跳跃的现象。比如《初月》这首诗，淡红色的月亮本就不同寻常，将它的升起与牧童在月宫门前烧的一把野火联系起来，想象奇特。到了下一节，节与节之间的跳跃性极强，上节还在写月，下一节就开始写梦与夜空。而且下一节的诗句之间也颇具跳跃性，第一句和第三句分别将梦和夜比喻为花阴与网，第二句写鱼跃于水心，第四句写木船漂泊，但是这种跳跃性又不妨碍理解诗意，梦是花下的阴影，是鱼跃的姿态，梦在如网夜空中漂泊。

意象隐喻于虚实之间——朱英诞从现实所见联想到人世，将情感蕴藏于这种虚实隐喻之中。比如《夜宴》一诗，"七月夜星繁满天／不知道为了什么／星空的盛宴／每一颗星如一杯酒／把饮者送到梦乡"，诗人从夜空繁星联想到星空盛宴，将星视为酒，联想到人世间饮者的盛宴。以星空隐喻人世，描绘出热闹非凡的享受场面，不仅表现了诗人内心的畅快，更饱含着一种喜悦的祝福。

（三）安息的夜：意象的轻盈与宁静

朱英诞的夜是宁静如一场大雪的，是能给人以安息的。宁静致远，诗人的思绪与想象只有在静寂之中才能得以生发和飞扬，正如苏轼所说："处晦而观明，处静而观动，则万物之情毕陈于前。"朱英诞正是在外物与内心的静与动之间得以明心见性。

一方面，朱英诞直接表现描绘夜的宁静。"万方沉寂 / 一池春水无风"诗人当得意忘形于拥有这如灵沼的夜。夜雨潇潇，对床夜语，"但是 / 宁静而不喧哗 / 一阵大风吹过了 / 留给我们的是 / 一片绿净"。哪怕是动态的意象也给人宁静之感："银河有最轻的水纹 / 夜行人如最轻的风。"最轻的水纹和风，"轻"生静意。另一方面，以动态意象衬托夜之静。比如《冬夜曲》一诗，诗中写到了跳入水中的青蛙，直言静水是夜的家乡。然后写"长长的钟声含住了长夜一串的梦寐的沉溺 / 远远的更声含住了长夜一串的清醒的感觉 / 更长更远的处女的轻梦流出来轻轻的气息"，被拉长的钟声与更声，含住了梦寐和清醒，都化入轻梦流出的轻轻的气息。最后于想象中，隐约听见梦里的啜泣曲，音符的起伏，而这一切的声音都仿佛消解在了遥远宽阔的空间中。到底是哪方的静寂呢，或许是来自那太古的原野吧。

夜之宁静更进一步在于朱英诞的心灵之静，心静则耳目之所及和心中所想皆处于静意之中。诗人于一个雪后冷晴的日子，傍晚五点钟归来"独自享有 / 沉静、炉火和寒冷。倾听一阵风鸣，又像雨又像流莺；凝视红火的飘拂，灯做我晚间来客"。风鸣，火动，而诗人独享寂寞的沉静。"作为孤独者的伴侣的夜 / 灯光是一些清凉的黄叶 / 静意的林间萧萧的 / 萧萧若下里"，他将灯光想象为黄叶，正在林间萧萧作响，孤独的诗人只会感觉到静意而非热闹。

最终，朱英诞在静夜中甚至能够与自然化而为一。"卷起你的残叶 / 吹起你的短笛 / 这里是有星有月的夜 / 莫惊起啊枕上的蝴蝶"（《短笛》），诗人自比枕上的蝴蝶，吹起别离的短笛，又恐惊动了宁静的夜和心。当诗人浅睡时，"夜如静水盈盈的／荷花呈献，共我浮沉／想起是天罗地网／虫鱼鸟兽，我在其中"（《夜（一）》）。朱英诞在夜中浅睡，仿佛进入静水当中，与荷花沉浮，与虫鱼鸟兽在天地之间。当诗人将自己放置于万物生灵之间，只留得一派自在和安详，人与自然同在，静谧与灵动共生。

三、夜之美学：虚静之中自有平和

复杂而矛盾的情感内容，纷繁的意象构成梦幻的色彩和宁静的氛围，这些使得朱英诞新诗的夜变得丰富而完整，同时，也正是在矛盾之中，朱英诞探寻着内心的平和，在梦幻的想象与宁静的心物互动中，朱英诞几十年来在这样的夜里尽量抒发着自己的诗情，最终抵达虚静的诗歌美学状态。朱英诞以趋近虚静的创作心态，使得其诗歌作品在复杂与纠结的内容中逐渐呈现出平和的诗歌内涵，这二者又与朱英诞在人生态度和生命哲学上的虚静形成呼应。而且，朱英诞还提倡"虚静"的阅读状态。

"夜"，可以说是抵达虚静状态的最佳时间。人世的一切暂时休憩，热闹消停，无人来往，唯有夜色中的大自然，灯光下的诗人自己。当然，这是外部环境提供的积极因素，更重要的是朱英诞对大隐于市的选择及其内心的安宁，而"夜"更是他最隐秘的角落、最心无旁骛的时刻。朱英诞一辈子几乎过着与隐士一般的生活，"隐居"和"半隐居"是他的"出世"状态。他在夜间触景生情，抑或驰骋想象，呈现自我感受、抒发个人情感，突出非凡的想象，表达独特的隐喻，书写了朱英诞式的"夜"。朱英诞甘愿做大时代的小人物，自动将自己边缘化，深入自我生活，潜入个人心灵，远离外界喧闹。"身心具隐"的他自言："世事如流水逝去，他一直在后园里掘一口井。"[①]这井正是他的人生之井，生命之诗。

在《冬醪集·代跋·病后小记》中，朱英诞直言"一向我写所谓诗是毫无拘束地写着"，这与庄子以"虚静"状态体悟"道"提出的"心斋""坐忘"一样，强调"离形""堕肢体"，同时"去知""黜聪明"，摆脱形体

---

① 陈子善：《朱英诞诗文选·序》，《朱英诞诗文选：弥斋散文、无春斋诗》，学苑出版社，2013年，第3页。

与思想的束缚，然后以无知无识、无欲无求的心胸体悟"道"。①在《再感谢——〈花下集〉后记》中，他也表明："一切世虑消歇，使我得以自由抒写"②，这也是朱英诞推崇自由诗的原因。他曾在当时认为"现在，在我们所处的时代里，只有歌，没有诗"③，真正的自由诗应该是以诗人自己的诗情作为第一位的，而不该将诗情过于束缚于政治、道德等"载道"因素。正所谓刘勰明确"虚静"美学时的经典阐述："是以陶钧文思，贵在虚静，疏瀹五藏，澡雪精神。"④而在《传彩楼诗·序》中，他也坦言"我本没有野心，所以享有极其充分的自由"⑤。对于朱英诞来说，诗歌就是内心的游戏，并没有什么功利性的追求，强调"诗是即兴的"⑥，皆为日常随性而创作。也正是因为朱英诞的"无野心"，才能达到王国维所理解的"虚静"境界，即成功摆脱"欲"，通过文学艺术达到超越于利害关系之外的物我两忘的境界。"我写诗是随便的写……但实际上几乎像'自动发生'那样，这是因为经过严格训练的，但，有如随心所欲不逾矩，也是很自然的得到的。这或者是平常说的'水到渠成'吧？"⑦朱英诞的这首《夜雨》或许便是对于何谓虚静之诗的诗意表达。"至于诗，——那是行云流水。什么也不要说，也不要问；只是倾听：雨落在树叶上；明朝，绒花将是颗颗珠泪。诗将是透明的，透明的云，清亮的水。"

"文学创作者通过个人修养，排除各种主客观非文学因素的干扰，使审美心胸进入空静澄明的精神状态，以最大程度激发创造者的灵感与激情，

---

① 庄子：《庄子·大宗师》，方勇译，中华书局，2015年，第119页。
② 朱英诞：《冬醪集·代跋·病后小记》，《朱英诞集》（第8卷），长江文艺出版社，2018年，第209页。
③ 朱英诞：《有朋友要我略谈谈自己的诗作·序》，《朱英诞集》（第9卷），长江文艺出版社，2018年，第117页。
④ 中国《文心雕龙》学会：《文心雕龙·研究》（第1辑），北京大学出版社，1995年，第55页。
⑤ 朱英诞：《传彩楼诗·序》，《朱英诞集》（第8卷），长江文艺出版社，2018年，第218页。
⑥ 朱英诞：《沈从文的诗》，《朱英诞集》（第10卷），长江文艺出版社，2018年，第124页。
⑦ 程继龙：《朱英诞新诗研究》，华中师范大学博士学位论文，2014年。

促使文学创作者内在的审美潜能转化为审美的现实。"①正是朱英诞自由、随性且无野心的创作心态,甚至可以说是一种诗观,加上朱英诞不汲汲于富贵与声名的脱俗人生的选择和经历,使他的"夜"诗在复杂、纠结的情感内容中,也出现了一批表现出诗人内心平和的作品。虚静的创作状态为他的诗歌想象空间扫清了障碍,也使他能够在夜间实现心灵的和解。

朱英诞对自己的复杂情感进行了清算,实现了和解。"夜啊,眸子是她的来源;但当你的眼睛如秋水逝去时,一切在你都变成了仙乐,从此却再也没有了凄苦的夜。"在《挽歌(三)》中,朱英诞聚焦于眼睛,眼睛如秋水逝去,其实意味着一种转变,转变之后,一切都变为仙乐,夜也不再凄苦。朱英诞确乎是实现了转变。他说"我将不辨是幸福还是痛苦"(《月亮的歌(二)》),他说"炉火搬来,蟋蟀入室,我们不睡;而且任凭我的灯皎洁无倦,我愿倾听着'清吟杂梦寐'"(《冬夜咏炉火》)。当蟋蟀临于窗下,他是那样喜悦:"客人,请进来吧,/野生的孩子,请进来,/你是多么有趣,多么自由,/你多么可喜爱,野生的/晚间的来客,请进来呀!"当诗人独自仰望星空,他是如此洒脱:"我沉沦于那深林之夜里,谁梦着我是一片月?任凭日全蚀,月全蚀。""任凭"二字在诗歌创作中反复出现,足见朱英诞的内心。显然,他已经实现了自洽。他不再纠结,因为"梦中自有我的日月,我的家乡也是你的;可是,主人也是客人啊,山山水水总是欢迎着我啊",现实与梦,家乡与客人,都在心中自有了答案;他不再徘徊,因为"从此我再不爱灯了,/我欣喜着荷叶做了我的镜,/它发出晦暗的,但是温和的光,在那大海的梦想的海水上","荷叶"喻己,"镜"乃时代话语,荷叶做了镜,发出光亮,诗人找到了个人情志与时代话语的平衡。

朱英诞诗意的平和,已经不仅仅只是指向自己,而是以更大的胸怀,抒发"我们"的情志,或是与"你"像朋友一般交流互动,最终互相获得安慰。一首《无知吟》写尽了人生在世,人们的羡慕和欲望、无奈与悲伤,另寻他路的自我解脱,以及不曾消逝的期待。"羡慕天空中的飞鸟无挂碍,自由自在地翱翔""羡慕天空中的云霞美幻而易消散",而"我的春天和朝阳呢,似乎在我的心里漂泊得远了"。在大地上踟蹰,跋涉,我们不得不接

---

① 左健:《中国古代文学鉴赏论》,复旦大学出版社,2009年,第81页。

受总在追逐属于自己的春天与朝阳的路上的悲哀。"于是，我们爱上了月亮和夜"，在暗水一般的夜里，星花点缀，"然后我们歌咏着诗篇，你做故国之神游，或者像寡妇一般啜泣"，虽然依然艰难，但是"春天总归会回来，在草叶上摇摆，朝阳总归会回来，果实累累，从我们的心上回来，仿佛自五岳遨游归来"。这是朱英诞的夜，也是我们的夜，我们歌咏，神游，啜泣，我们由此成诗，但总还未对春天和朝阳的到来绝望。诗歌不易，生命复杂，连朱英诞也不禁感叹"诗是多么扰人的事物""生命是多么扰人"，不过还好，"月色拍抚你安眠，清凉如暗雪，夜深有着雪的气息了"（《月明》）。

朱英诞以超越的视野看到了悲哀，但是仍能够在悲哀中获得超越的力量。"夜空真是一席欢乐的盛宴，也许不久大家就会分散，那也不要紧；我们本来是注定了各自有自己的命运的。"（《秋夜》）人各有命，这并非丧气，而是尊重个人命运，是以平和的心态迎接命运。虽然我们都将走上自己的路，但是我们仍然在同一个宇宙相互照应。"七月群星是如此稠密，像乡野的矢车菊，在风中觳觫。我们的小舟，共济的小舟，这星球，也是美好的一株。"（《秋夜》）朱英诞在《跋语——写诗的情况》中说自己在后期的诗歌创作中是"图破岑寂，把写诗当作遣兴，似乎恢复了诗的抒情的地位……年事已秋，不解伤春，则是属于悲喜剧的范畴也。能近取譬，诗之于我，或如病房中之有瓶花乎？"[①]遣兴成诗，抒发情怀，不解伤春，朱英诞的"夜诗"也因此在虚静之中走向了平和。

朱英诞不仅在进行诗歌创作时进入虚静的状态，他也提到了自己在阅读时保有的虚静心理，这或许也提醒我们该以怎样的阅读状态进入朱英诞"夜诗"。朱英诞曾谈及自己一次读古诗的体验，他是这样说的："读这种诗就只觉得有愉快，这并不是因为不懂得音乐，或者不会骑马饮酒乃有所憧憬，而读着诗时便是什么评头论足的诗理文论一概都忘掉了，也忘了那是旧诗，就只令我心花怒放，亦复未妨惆怅是清狂，更加喜悦单纯的诗的生

---

① 朱英诞：《跋语——写诗的情况》，《朱英诞集》（第3卷），长江文艺出版社，2018年，第546页。

命，简明地说，我'快乐'。"[①]或许，同朱英诞一样，独于夜间灯下，达到"虚静"的境界，读者才能更加喜悦单纯的诗的生命吧。

从朱英诞的创作心态、创作观念、于"夜诗"中蕴藏的平和心境，以及其隐逸的人生中，不难看出朱英诞已然获得生命与灵魂的解脱，实现了心灵与精神的洗礼，抵达了虚静的精神。

四、结　语

朱英诞在《弥斋论陶》中讲述过夜给予他的震撼，古城的夏夜让他感到有一种温暖深厚的伟大气象笼罩着他，灯光稀少，夜色浓郁，却一点不让人感到这里会发生罪恶的活动，其他景物之美总不如那夜色之能感动他整个的身心。朱英诞新诗中的夜也给予了我们震撼，复杂的情绪，牵动着每一个思绪纷飞的夜中人，意象通过想象形成梦幻又宁静的夜之世界，朱英诞引领我们最终抵达虚静，而虚静之中自有平和。"人说：我也不辞憔悴，但愿望不致浮夸，能够艰难地写出／你的——自然和艺术，或是，儿女和慈母，那千万次的对床夜语。花还是叶又落下了一片，两片。"（《林间夜语》）四十年过去了，朱英诞千万次地对床夜语，他的每一首诗，都如花或叶一般，落在我们心上。门外的青山已酣眠，他独自饮着一杯星酒，我们依稀还听见他在我们的耳边说："夜安，可爱的人生，夜安，接吻的声音，夜安，亲爱的／还有你呢，美丽的酒杯，夜安。"（《身后》）

---

① 朱英诞：《朱英诞集》（第10卷），长江文艺出版社，2018年，第132页。

论西南联大诗人群的现代"自我"审视

□ 邓招华[①]

内容提要：现代新诗的一个突出表征，是以"自我"为出发点的诗歌话语机制的确立，对"自我"的体认、言说，关涉着对现代历史经验的认知、开掘乃至提炼。不过，脱离了传统的语境与言说机制，在现代"自我"的体认与言说方面，现代新诗走得异常艰难。在现代"自我"的体认、审视方面，西南联大诗人群达到了一个新的维度。一方面是战争的阴影和现实的残酷，生与死的考验随时撞击着心灵；一方面是学院空间里的精神坚守与文化思考；现实境遇和精神状况两者相激发、相磨砺，现实的感受、思考与文化思考、文学意识相融合，无疑带来了一种新的"自我"认知，从而达到一种对现代"自我"的新的体认、审视。

关键词：西南联大诗人群；自我；言说机制；学院空间

现代新诗的一个突出表征，是以"自我"为出发点的诗歌话语机制的确立，这在诗学层面上则是对中国传统诗歌表达机制的一种突破与扬弃。中国传统诗歌的一个突出特征是：

> 没有人称代词如"你"如何"我"如何。人称代词的使用往往将发言人或主角点明，而把诗中的经验或情境限指为一个人的经验和情境；在中国诗里，语言本身就超脱了这种限指性（同理我们没有冠词，

---

① 邓招华（1976— ），男，湖南邵阳人，文学博士，汕头大学文学院教授。

英文里的冠词也是限指的)。因此，尽管诗里所描绘的是个人的经验，它却能具有一个"无我"的发言人，使个人的经验成为共有的经验、共有的情境。①

这种"物我两忘"的表达特征背后是一种"天人合一"的独特文化理念，以及超然物外的静态的宇宙观念与审美范式。这里没有主体/客体的分裂与对立，亦没有主体性的突显，这既使传统诗歌具有一种凝练、含蓄之美，也使其形成一个日趋封闭的抒情机制，并且这种抒情机制是对应于其背后的士大夫文化秩序的。而新诗得以发生的一个现代性历史语境，即是士大夫文化秩序及其"天人合一"文化理念的分崩离析。在此现代性语境中，"物我"不再具有天然的交融性，一个不无内在心理深度的现代性主体得以突显出来。由此，新诗的一个根本性改变，就是放弃了古典诗歌"以物观物"的构思方式，而是以现代自我为中心，全景式地展开对世界和自我情感的描绘与表达。这是对传统诗歌表达机制的突破与改变，也是新诗包容个体的现代经验的现代性冲动的重要体现。现代新诗人首先需要考虑的"不是在'言不尽意'的宿命中，面对语言与事物亲和与疏离的辩证，如何言说事物，如何进入、分辨诗歌的'有我之境'或'无我之境'"②，而是在现代"自我"的体认中，突破传统诗歌的表达机制，确立一种新的诗歌言说机制，以达到对现代经验的广泛占有与包容。这也是新诗得以发生的根本缘由所在。

在这个意义上，可以说，对"自我"的体认、言说，关涉着对现代历史经验的认知、开掘乃至提炼。不过，脱离了传统的语境与言说机制，在现代"自我"的体认与言说方面，现代新诗走得异常艰难。早期的新诗写作，推崇目击式的诗歌言说，重视"思想"的表达，并且为了追求"思想"的重大，突出的是诗歌言说主体的直接出场和参与，以"自我"的视野去限制世界，以因果逻辑的法则去分割生命的感觉和情趣。这种"自我"主体的强行干预和因果逻辑的单线追寻，导致早期新诗议论说理之风盛行，

① 叶维廉：《叶维廉文集》（第3卷），安徽教育出版社，2002年，第64页。
② 王光明：《现代汉诗的百年演变》，河北人民出版社，2003年，第96—97页。

而忽视了一个具有内在心理深度的现代抒情主体的开掘与建构。这样，现代"自我"的体认与言说在新诗的表达中一开始就陷入了困境。更有甚者，在当时的历史情境中，轻而易举地将关于诗歌与"自我"的关系完成了与时代精神的换喻，"诗歌是抒发（或表现）感情的，情感的核心就是'自我'，而区别于'旧文学'的新'自我'，就是解放、自由的化身，时代精神的化身"①。郭沫若的激情狂放的"天狗"式"自我"是这种认识视界的一个典型表征，在这种认识视界之中，现代"自我"的多向度存在及其复杂的现代体验无法得到正视与表达。这种无限制自我扩张意识既是对现代主体的一种肤浅的表层认知，也使浪漫化诗风带着一种浮夸。这种认知和诗风一直是现代新诗发展和深化的障碍之一。

在现代"自我"的体认、审视方面，西南联大诗人群达到了一个新的维度。一方面是战争的阴影和现实的残酷，生与死的考验随时撞击着心灵；一方面是学院空间里的精神坚守与文化思考，尤其是包括西方现代主义文学在内的西方现代文化思潮的传播、接受，打开了一个新的文化、文学视界；现实境遇和精神状况两者相激发、相磨砺，现实的感受、思考与文化思考、文学意识相融合，无疑带来了一种新的"自我"认知，从而达到一种对现代"自我"的新的体认、审视。

一、现代"自我"生存境遇的体认

身处战争中的学院空间，毁灭性的战争，饥寒流离的生命考验，日益恶化的日常生活和生存环境，是西南联大诗人无以回避的现实生存处境。不过，现实的残酷并没有摧毁内心深处的自由生命意志，相反，在时代的生死考验与学院化精神思考的碰撞中，"如何抵抗群体对个体的虐杀而保持'存在的本真'？如何承受时代的危难并且从破碎的生活中寻回生命的意义和尊严？如何肉搏身内身外无穷的黑暗、为一颗孤寂的灵魂寻找托身的屋

---

① 王光明：《现代汉诗的百年演变》，河北人民出版社，2003年，第136页。

宇？"①这种寻求"现代认同"的心灵渴求成为多数联大诗人的一个自觉创作追求。从某种意义上来说，正是这种学院空间中的"现代认同"以及执着的艺术思考，使西南联大诗人群笔下出现了一种现代意义上的生命自觉意识以及由此而来的现代"自我"生存境遇的体认、审视。

纵观西南联大诗人罗寄一的诗歌创作，对生命存在境遇的拷问等构成其诗作的一个母题，多数诗作成为对现代个体命运的一种诗性诘问。在诗作《一月一日》中，罗寄一首先展示出一幅残破、愚妄的生命图景：

无组织的年月就这样流，
从睡梦到睡梦，
多少细胞伸了懒腰，虽然是
死亡到诞生，潜伏希望，
当列车穿过痛苦的山洞。

停一停：褪色的旗帜的世界，
浮在云雾里的笑，被动员的
传统的温情，婚礼的彩车
装载自动封锁的
幸福，向天空的灰色驰奔。

诗作是对元旦的随想，也是在一个新的时间节点对生命的思索，诗人一反人们惯常的喜庆色调与激情感怀，而是冷峻地呈示一幅暗淡的生命存在景观。无论是伴随着岁月的无情流逝，生命的行程犹如"列车穿过痛苦的山洞"，还是"婚礼的彩车装载自动封锁的幸福"，都彰显出一种生命的萧索与悖论。于是，一种现代"自我"的生存困境在诗人笔端显露：

欺骗自己说开始的开始，

---

① 张松建：《现代诗的再出发：中国四十年代现代主义诗潮新探》，北京大学出版社，2009年，第234页。

好心的灵魂却甘愿躲进
装作的无知，然而逃不了
见证，多少次艰难而笨拙地
描画圆圈，却总是开头到结尾
那一个点，羁押所有的眼泪和嗟叹

元旦是一个新的开始，然而这"开始的开始"于已然破碎的生命无甚意义，一切陷入生命的自欺与怯懦中而无法自拔，犹如"圆圈"式的虚妄循环，一种生命的困顿与虚无于此诗化地呈示出来，"那一个点，羁押所有的眼泪和嗟叹"。如此，一种生命的无望与存在的困境得以突显，从诞生到死亡的生命历程即是"痛苦的行列"穿行在"自辟的里程"，而生命趋向最终的死亡，犹如"垃圾车匆匆载到霉烂的坟场"。这是一首关于元旦的献诗，诗人却抽去了习常的亮丽色彩，呈现出深邃的生命诘问的精神向度。这种生存境遇的审视以及生命存在意义的精神叩问贯穿罗寄一的多数诗作，在罗寄一的笔下，现代个体的命运是："我们是创世纪的子孙，／放逐不值价的灵魂，／到处是十字架，眼球，／灰色的和正在变灰的，钉死的门窗，／到处是生命膜拜，／是行列，捧着每一个'自己'／寂寞地向祭坛进行"（《角度之一》），一种无以摆脱的生命"寂寞"于此跃然纸上。这也是对现代"自我"生存境遇的严酷审视。诗人的笔端不是朝向外在世界，而是转向"自我"的内在灵魂，这样的审视角度，带来的是一种惨淡、虚妄的生命图景：

从此没有了响亮的山歌，／锄头镰刀驮负了千年沉重，／年青的关在网里跳不出，／徒然地望穿命运的残破／落日下山了，用它那诡奇的步伐／踏碎一片灰心像灰色的云……

——《草叶篇》

这是对现代"自我"一种全新的生命审视，也是以自嘲的笔调抒写着现代"自我"的怯懦、无力和可怜。祛除了浪漫主义"自我"的浮夸，这里呈现的是一种孤独无助的生命存在，这是对现代"自我"繁复生命存在的冷峻而深入的开掘。

这种对现代"自我"生存境遇的体认与审视，在西南联大诗人郑敏的笔下表现为对"寂寞"生命状态的体认与传达。《寂寞》一诗便是对浸透了丰富内心体验的"寂寞"的表达与思考。诗人没有囿于寂寞的感伤咏叹，而是立足于寂寞，透视世间的万物万事，进而认识到寂寞是生命的本然，是生命存在的一个根本性状态。而体认到这一点，诗人也不再焦虑不安，反而坦然直面"寂寞"，将其视为自我生命的忠实伴侣：

有一天当我正感觉
"寂寞"它啮我的心像一条蛇
忽然，我悟道：
我是和一个
最忠实的伴侣在一起

这很容易让人联想到鲁迅在《呐喊·自序》中"寂寞如一条大毒蛇"的比喻。不过，与鲁迅在寂寞中痛苦地咀嚼生命，进而进行生命的抗争不一样，诗人在此消除了鲁迅式的生命紧张，将"寂寞"视为生命的本然状态，并欣喜由此可以更好地审视世界与"自我"。而诗人也透过对"寂寞"的审视达到了对生命的一种新的体认，"我欢喜知道他在那儿 / 撕裂，压挤我的心，/ 我把人类一切渺小，可笑，猥琐 / 的情绪都掷入他的无边里，/ 然后看见：/ 生命原来是一条滚滚的河流"。《寂寞》一诗堪称郑敏对现代"自我"存在境遇的诗性审视与反思。

这种对"寂寞"的体认，既是郑敏的一种自我现代体验，也是郑敏诗歌创作的一个真正诗学起点。郑敏的诸多诗作中有着"寂寞"生命体验的精致传达。在《静夜》一诗中，诗人甚至在情人拥抱的场景刻绘中依然传达出空虚、寂寞的生命体验：

屋顶的下面，自认为幸福的情人

在自觉的幸福里暗暗体味到空虚
他们紧紧拥抱,想要压碎横在彼此间的空隙
"我们没什么不满,上帝,除了觉得有些茫然……"

  正是这种刻骨铭心的"寂寞"体认,使郑敏的诗歌创作具有了一种不可多得的知性气质,并走向了对现代个体生命存在的终极意义的追问。在诗作《生命》中,诗人如此探寻、追问生命的存在:"我们被投入时间的长河 / 也许只为了一霎的快乐 / 创造者在生命的地图上轻轻一点, / 对于旅行者早已是千山万水的峻险。// 人们,以被鞭策的童年为开始 / 每一分钟带来的前进却更是一个难结 / 从每一次以痛苦和眼泪换得的解决里, / 人们找到自我意识的一丝觉醒。""生命"在这里被表达为一个充满了困惑、痛苦的过程,诗作由此呈示出一种疲乏、困顿、空虚的生命存在境遇。可以说,在冯至、里尔克等诗学认知的影响下,郑敏对现代"自我"的审视已进入不无存在主义色彩的哲理沉思层面。

  这种现代"自我"生存境遇的体认与审视,在穆旦的诗歌创作中有着集大成地体现,诗化地呈示出现代个体"丰富而痛苦"的生命存在。1940年,穆旦创作了诗篇《我》:

    从子宫割裂,失去了温暖,
    是残缺的部分渴望着救援,
    永远是自己,锁在荒野里,

    从静止的梦离开了群体,
    痛感到时流,没有什么抓住,
    不断的回忆带不回自己,

    遇见部分时在一起哭喊,
    是初恋的狂喜,想冲出藩篱,
    伸出双手来抱住了自己,

幻化的形象，是更深的绝望，
永远是自己，锁在荒野里，
仇恨着母亲给分出了梦境。

这里，诗人是在探究生命的本真存在，也是一种全新的生命审视。诗篇首句"从子宫割裂"在给人震撼的同时，也宣示着生命残缺的开始。并且这种残缺的生命存在无以改变，"不断的回忆带不回自己"，所有的努力得到的只是"幻化的形象，是更深的绝望"。生命在此呈示为一种分裂、残缺、孤独而痛苦的存在。诗作末尾沉痛地抒写出一种生命的无望与自嘲："仇恨着母亲给分出了梦境。"诗作整体上呈现出一种生命的撕裂感，一种意识与潜意识中的恐惧与渴望，以及寻求生命超越的挣扎与无助。这种残缺、孤独的生命意识，是一种典型的现代意识与现代体验，是对"五四"浪漫化的英雄主义"自我"的否弃，也是一种艾略特式现代"自我"的审视。这犀利的"自我"剖析与自嘲，突破了浪漫主义不无虚妄的"自我"迷梦，也使现代"自我"的多向度存在及其复杂的现代体验得到正视与表达。

这种对现代"自我"生存处境的冷峻逼视在穆旦诸多诗作中有着醒目的表达，这是现代生存困境的体认中的一种刻骨的生命体验抒写。在诗作《春》中，我们看到："蓝天下，为永远的梦迷惑着的/是我们二十岁的紧闭的肉体/一如那泥土做成的鸟的歌/你们被点燃，却无处归依/呵，光，影，声，色，都已经赤裸/痛苦着，等待伸入新的组合。"这里，我们看不到传统的美丽春景的描绘，看到的只是"被点燃"的炽热的青春生命欲望，"无处归依"，只能在痛苦中等待，在自我分裂中表达出一种痛苦的生命焦灼感。在这种现代体验的抒写中，穆旦"还原"了现代个体的生存面相："八小时的工作，挖成一颗空壳"，朋友的通信也只是"联起了一大片荒原"，一切都是"变形的枉然"，"无边的迟缓"（《还原作用》）。在这知性的洞察之下，穆旦发现了现代"自我"破碎、孤立的存在，现代"自我"无所依归，漂流于时间之河，空虚而茫然。如此，在《三十诞辰有感》中，穆

旦决然抒写道:

是不情愿的情愿,不肯定的肯定,
攻击和再攻击,不过酝酿最后的叛变,
胜利和荣耀永远属于不见的主人。

然而暂刻就是诱惑,从无到有,
一个没有年岁的人站入青春的影子:
重新发现自己,在毁灭的火焰之中。

在传统观念中,"年已三十"表征着一个充满希望、踌躇满志的人生阶段的开启。而在这里,穆旦以悖论式的语言表达出一种无所适从、茫然失措的生命感受,语言的纠结、缠绕背后蕴含着生命的困顿与挫折,以及不无自我折磨的深沉的内省。这种孤独的自省在"不见的主人"(上帝)与"自我"的映照中展开,上帝视角的引入,更加突显出现代个体生存意义的缺失,一种通彻肺腑的生命荒凉感贯穿诗篇:"在过去和未来两大黑暗之间,以不断熄灭的/现在,举起了泥土,思想和荣耀,/你和我,和这可憎的一切的分野。//而在每一刻的崩溃上,看见一个敌视的我,/枉然的挚爱和守卫,只有跟着向下碎落,/没有钢铁和巨石不在它的手里化为纤粉。"诗人在过去、现在、未来之间展开诗思,冥想生命的存在,并力图重建生存的秩序和意义,然而面对生命已然破败不堪,个体的抗争挣扎也无以改变这一切,置身荒败、孤寂的精神荒原成为现代"自我"命定的劫数。这里,诗人借自己的"三十诞辰"引发出对现代"自我"生存境遇的深邃反思,由此而生的内心的挣扎、焦虑乃至绝望呈示出一种广袤的生命痛楚与悲怆。在《不幸的人们》中,诗人更是直接呈示出一种生命存在的愚妄与困顿:

诞生以后我们就学习着忏悔,
我们也曾哭泣过为了自己的侵凌,

> 这样多的是彼此的过失，
> 仿佛人类就是愚蠢加上愚蠢——
> 是谁的分派？一年又一年，
> 我们共同的天国忍受着割分，
> 所有的智慧不能够收束起，
> 最好的心愿已在倾圮下无声。

诗人以敏锐的心智洞穿了人们生活的不幸，在这背后是对现代"自我"灵魂的深沉逼视与拷问。在诗人的笔下，这种丧失了存在的终极意义之源的生命困顿，使现代"自我"最终处于一种"被围者"的生存境遇。在《被围者》中，穆旦写道：

> 一个圆，多少年的人工，
> 我们的绝望将使它完整。
> 毁坏它，朋友！让我们自己
> 就是它的残缺，比平庸更坏：
> 闪电和雨，新的气温和希望
> 才会来骚扰，也许更寒冷，
> 因为我们已是被围的一群，
> 我们消失，乃有一片"无人地带"。

这里，"一个圆"，表征着平庸的圆满，也是世俗、庸常的日常生活的象征，正是在这种日常生活的敷衍中人们丧失了终极的生命意义之源，表层的庸常、圆满掩饰不了生存的无意义状态，使人们陷入内在的生命绝望中，"我们的绝望将使它完整"。这也是对现代"自我"无所归依、庸常而破败的生命境况的诗性揭示，而诗人执着于个体生存意义的诘问，对"被围者"的生存境遇进行了突围："毁坏它，朋友！让我们自己／就是它的残缺。"这是一种对现代个体的生存境遇深邃反思与新的体认，突破庸常而空虚的生活状态，在"自我"的破碎乃至残缺中重新追寻存在的意义之源。

在这里，我们可以看到，穆旦以"走出和谐"的现代姿态，直面现代个体的残缺存在和生命困境，在对生命残缺存在的哲理体认之中，进行生命的反抗与存在意义的追问。可以说，穆旦对现代"自我"的审视与拷问已经非常深入，其间夹杂着自我折磨的痛楚的内省，以及一种撕心裂肺的生命悲怆感。

二、孤绝、冷峻的爱情审视

西南联大诗人对现代"自我"的审视在爱情诗作中也有着突出的表达。西南联大诗人以"学生诗人"为主体，对于这些年轻诗人来说，爱情是他们的生命体验与诗歌抒写的应有之义。然而，迥异于一般青春爱情诗对爱情或缠绵或幽婉的抒写，西南联大诗人的爱情抒写也是冷峻而生涩的。这自然跟他们现代意义上的"自我"审视密切相关。在一种孤独、寂寞、残缺、虚无的现代生命意识中，爱情早已褪去了亮丽的色彩，爱情的出现不但无助于弥补现代"自我"的分裂以及由此而来的灵魂的挣扎与痛楚，反而强化了这种体认。在他们的笔下，爱情诗作不是"风花雪月"的吟唱，而是现代生存困境的体认中一种刻骨的生存体验抒写。可以说，他们的爱情抒写，跟现代意义上的"自我"审视是一脉相通的，或者说，是这种自审意识的延伸与深化。如此，透过爱情诗作的考察，我们可以对西南联大诗人的现代"自我"意识与生命体验有更加透彻的理解和认知。

对于视"寂寞"为生命存在的一个根本性状态，"在'寂寞'的咬啮里／寻得'生命'最严肃的意义"(《寂寞》)的郑敏来说，爱情在她的笔下从一开始就脱去了一般青春女生抒发爱情时的缠绵与婉丽，反而浸透着一种无以捉摸的无边的孤寂，以及由此而生的心灵的隔膜与生命的痛楚。在《无题》一诗中，诗人以客观冷峻的笔调抒写出情人因相互隔膜而生的内心惆怅："我们并肩坐在这秋天的窗下，／缄默在我们之间是一汪白水／冷静的港上我们如两只小船／我知觉着你／像是那浮在远远的海上的一片阳光"，一种无边的孤寂与内心的怅惘在诗篇中荡漾开来。正是这种因生命的孤寂而来的爱的迷惘与无助，使诗人对情感、生命契合一体的现代爱情神话产生了疑问，于是爱情的"来到"在诗人笔下展现为如此图景：

> 他们听不见彼此的心的声音
> 好像互相挽着手
> 站在一片倾逝的瀑布前
> 只透过那细微的雾珠
> 看见彼此模糊了的面影
> ——《来到》

这里，爱情的面影是模糊不清的，所谓心灵的相契永不可及。在诗篇 Fantasia 中，诗人更是在自我生命的纠结中对爱情的存在发出了诘问："这时是那比死更 / 静止的虚空在统治着 / 而我投身入我的感觉里 / 好像那在冬季的无声里 / 继续的被黑绿的海洋 / 吞食着的雪片。"在这里，爱情既不浪漫，也不优雅，带来的是"比死更静止的虚空"，这突显着现代爱情的艰难，在深层次里也是诗人"寂寞"的生命体认在爱情体验中的延伸与扩展。在《永久的爱》中，我们看到的却是"爱"的短暂、易逝，"黑暗的暮晚的湖里，/ 微凉的光滑的鱼身 / 你感觉到它无声的逃脱 / 最后只轻轻将尾巴 / 击一下你的手指，带走了 / 整个世界，缄默的"。在诗人笔端，"爱"如"光滑的鱼身"一样难以把摸，这是一种爱情的悖论，而其背后交织的是现代自我的一种生命困顿与存在困境。

杜运燮对爱情的体察更多了一份知性的调侃，组诗《不是情诗》的标题就表明这不是浪漫主义意义上的爱情诗作，"不是情诗"的矛盾对立所蕴含的内在张力，无情地消解了人们对爱情的浪漫期待，展现的是世俗生活对爱情的侵蚀、挤压，以及爱情中的相互对立、欺骗。"让我们像那细白的两朵云，/ 更远更轻，终于消失 / 在平静的蓝色里，人们再不能 / 批评他们的罗曼史"（《不是情诗（一）》），表达的是世俗生活对爱情无处不在的侵蚀与挤压，以及一种爱的逃避。"他们整齐地围住白桌布 / 和无叶的花和戴花的点心，/ 都有所计算，有所防备，/ 都还有笑声，用眼角迷人，/ 都无心看我们，像邻桌的牙签"（《不是情诗（二）》），则是对爱情中的做作、虚伪的描述。"我懊悔我曾经懊悔／感谢你关切的眉毛／欣赏我绞肠的折磨∥我懊悔我曾经懊悔／你玩弄狡猾的暗示／而我掏出所有眼泪"(《不是情诗（三）》)，"懊悔的懊悔""关切的眉毛""绞肠的折磨"等充满张力的语言交错、对比，表达着爱情中深层的对立、冲突与欺骗。这种独特的爱情体验及其抒写，使浪漫的"情诗"表现为"不是情诗"的矛盾、对立。

一个有意思的现象是，西南联大诗人创作了不少"不是情诗"的"情诗"。杜运燮的《不是情诗》共有3首，王佐良的《异体十四行诗八首》、罗寄一的《诗六首》、穆旦的《诗八首》等都是以组诗的形式抒写的爱情诗作。西南联大诗人这么集中地创作爱情组诗，这个现象值得深究。深入考察这些组诗，可以发现，这些爱情诗作与一般意义上的"情诗"相去甚远，甚至消解、颠覆了传统意义上的"情诗"。在这些组诗中，现代爱情的复杂存在及驳杂内涵得到了立体化的审视与抒写，进而突显出一种悖论的生命困境与深邃的存在拷问。

王佐良的《异体十四行诗八首》首尾对应、自成一体，表达了丰富、复杂的爱情体验，有爱的欢欣，爱的苦痛，更有日常生活的凡庸对爱情的侵蚀，而最终演绎成一种"烦腻"的爱情体认。在组诗中，世俗的琐碎、无聊压抑了爱的欢欣与梦想，爱情的优雅、美好只是一个遥不可及的梦想。诗作的前三首表达出一些爱的欢欣，以及爱对世俗生活的抵抗，如"今夜这野地惊吓了我。唯有／爱情像它一样的奇美，一样的／野蛮和原始。我要找着你，／让你的身子温暖了我的"《异体十四行诗八首（二）》，"我曾在所有的图书里看见你。／幻觉更纯净，加了你胸膛的热，／在我冷冷的饥饿里，安慰了／我在尘土里失去的一切"《异体十四行诗八首（三）》。同时，诗作将爱情置于日常生活的背景中，预示了爱与日常的凡庸对抗的结局：

    让我们扯乱头发，用冰冷的颊
    证明我的瘦削，你的梳双辫的日子
    远了。让我们说：从前的眼睛，
    从前的腰身曾经是怎样的细。

这是在时间的对比中揭示爱的改变，爱的流逝，而且这一切无可挽救，奠定了整体组诗的基调。这是亘古的时间对爱的抹却，但诗作对爱的思考更多的是在与日常生活的凡庸性的对峙中展开，这里的时间不是抽象意义上的时间，而是指代日常世俗生活的展开，由此，我们看到了日常生活的世俗性、凡庸性对爱的消蚀：

  我们同要踏出这座门，
  而同时踌躇。顾虑如蛇。
  你抱了孩子无言地退回，
  而我逡巡在陈腐的比喻里。

  你的身体要粗要胖，而我
  也要戴上眼镜，贴紧了火炉，
  伤风又发脾气，在长长的下午
  拉住客人，逼他温我五十次的过去。

在日常的世俗生活中，我们"顾虑如蛇"，只能"无言地退回"，或"逡巡在陈腐的比喻里"，这就是爱在生活中的展开、表现，毫无优雅可言。在这种审视中，爱情自然与"烦腻"相去不远。于是，我们看到了对"烦腻"的触目惊心的描述："烦腻是过分的敏感，那等于／都市将一切的商品和太太的脸，／用灯光照在大的窗里，让乞丐瞧。"《异体十四行诗八首（五）》这是一个十分形象的比喻，让乞丐瞧那被灯光夸张了的商品和女人，只会使其陷入被勾起欲望却不能获致的状态，这种状态带给人的是一种痛苦、压抑甚或是无奈。而在爱情诗作中出现如此异质、怪诞的描述，可以说，是诗人对爱情的一种独特体认与表达。我们在此看到随着凡庸性不断地渗透爱情生活，痛苦、压抑、无奈的"烦腻"感觉油然而生。在第七首我们看到了一种爱的"造作"与"痛苦"，"我的三分虚假完成了你的爱娇，／完成了你的胜利。你却在／生长和春秋的回旋里，／张着痛苦的惊惧的眼"。"我和你"之间"烦腻"的感觉、关系愈加清晰、定型。而第八首的描述与表达也就呼之欲出了：

　　我们的爱情绝不纯洁。天和地，
　　草木和雨露，在迷人的抒情过后，
　　就是那泥土的根。你如水的眼睛，
　　我却是鱼，流入了你生物学的课本。

　　但孩子并不算是惩罚。一种胜利，
　　我们在感伤的哭泣里忽然亮了闪了。
　　过去的，要求的，交会在产床上，
　　但拒绝了不朽，我们拥抱在烦腻里。

"我们的爱情绝不纯洁"，这是描述，更是一种判决，所有爱情的欢乐、美好，"在迷人的抒情过后，/就是那泥土的根"，是"产床"上最后的血污的形象。所谓"孩子并不算是惩罚"，只是一种反讽，表征着日常凡庸性的胜利。而爱的最后结局是"我们拥抱在烦腻里"，这触目惊心地表达出日常生活的凡庸、琐碎对爱情的侵蚀、挤压乃至驱逐。这就是《异体十四行诗八首》所展示的"烦腻"的爱情图景。这与浪漫化的"情诗"无甚共同之处，给新诗的爱情诗作增添了一种异质，在深层次上，这也是一种刻骨铭心的现代生存体验的抒写。

罗寄一的《诗六首》则是一种对爱情的整体观照，通过远距离的俯瞰手法呈现爱情的丰富形态，诗人由此获得了一种超越性的支点，因此对爱恋过程中的欢乐、哀愁、焦灼等复杂情感的抒写，不是直抒胸臆的浪漫感伤抒写，而是冷静、客观的描述。于是，一种冷静乃至冷漠的对爱情的剖析与审视出现了：

　　冲不破时空严酷的围困，
　　头上有繁星引来心碎，
　　岂不有无望的倾慕在寂静里，

当我们包裹在寒冷中，褴褛而屈辱。

啊，多少次可怕的厌倦，
世间哀乐都如雪花点点，
消融进一个朦胧的命运，
当列车匆忙地没入无边的阴暗。

"严酷的围困""褴褛而屈辱""无边的阴暗"等这些充满冷漠色彩的词汇，无不表达出一种爱的困惑与艰难。而在第四首诗中，这些复杂多变的情感幻化为"五月风"这一独特的意象：

如果我，我和你并合，
海上去，掠过成熟的波涛，
无往不在的整体，磅礴的
五月风，飘散开而沉落。

如果我，梦如一只小蜉蝣，
夜来昼去外有庞大的寂寞，
这些幻象都如白云的美丽丰满，
吹啊，高速率，占有与抛弃的电闪。

如果有匍伏的蜕化的躯壳，
伟大的祭坛正烟火缭绕，
五月风悲痛而轻盈，它渐渐
没入天与水与无边的宁静……

在这里，"五月风"表征着一种"高速率"，"占有与抛弃的电闪"，这样，爱情的展开，如幻象般无可把握，一切都"没入天与水与无边的宁静"。整首诗抒写的是爱的幻象的破灭。而在最后一首，我们读到的只是一种爱的渴望,"让我们时时承受人类的尊严",让"所有缺欠的爱情都完成在我们紧闭的唇边"。这样,在远距离的俯瞰中,罗寄一客观、冷漠地呈现了爱恋中的生命形态。

显然,西南联大诗人的这种"情诗"不是通常意义上的浪漫"情诗",而是现实泥泞中一种刻骨的生存体验的抒写。将这种生存体验的抒写推向顶端的则是穆旦的《诗八首》。整组诗结构严谨,表达了经由"丰富的痛苦"生命体验而提炼出的一种独立的爱情体验,自成一体,展现了一个较完整的爱情历程,以及其中曲折复杂的情感状态。通过独特的爱情体验的表达,穆旦思考着爱情、生命、自然、宇宙的存在,追问着蕴藏在这一切背后的生命之道、自然之道,体现出冷峻、深邃的理性思辨色彩与形而上的哲理内涵。第一首诗如下:

你底眼睛看见这一场火灾,
你看不见我,虽然我为你点燃;
哎,那燃烧着的不过是成熟的年代,
你底,我底。我们相隔如重山!

从这自然底蜕变底程序里,
我却爱了一个暂时的你。
即使我哭泣,变灰,变灰又新生,
姑娘,那只是上帝玩弄他自己。

这描述的是爱情的开始,"我"为"你"点燃了爱的激情,然而由于情感的陌生,这爱的激情在"你"眼里却是可怕的,如"一场火灾"。"火灾"一词突兀地出现在诗的第一行,在给人震撼的同时,也预示着现代爱情的艰难。这样,虽然那燃烧的是成熟年代应有的爱的激情,而"我们相隔如重山!"诗的第二节是对爱的艰难的理性审视,在穆旦"丰富而痛苦"的生命体验之中,蕴含着一种典型的现代生命意识,即现代"自我"孤独、无助、残缺的生命意识。这种残缺、孤独的生命境遇从生命的开始就已经注定，即使爱情出现也无以改变这种状态。由此，爱恋也只是"从这自然底蜕变底程序里／我却爱了一个暂时的你"，彼此的相爱不过是永恒时间之流中一个偶然而短暂的相遇，根本无以改变自身残缺、孤独的生命存在。在这里，穆旦借用上帝来指称自然界和一切生物的创造者，或者说指称万事万物背后生生不息、无可抗拒的自然之道。正是在这自然之道面前，生命的残缺包括爱情的残缺都是无可逃避的必然。于是，我们看到了穆旦对爱情的进一步思考：

水流山石间沉淀下你我，
而我们成长，在死底子宫里。
在无数的可能里一个变形的生命
永远不能完成他自己。

我和你谈话，相信你，爱你，
这时候就听见我底主暗笑，
不断地他添来另外的你我
使我们丰富而且危险。

"水流山石间沉淀下你我"，是对生命历程开始的描述，"水流山石"喻指自然万物，而"沉淀"一词暗指生命开始的偶然性，"你""我"只是自然万物之中一个偶然的存在。"而我们成长，在死底子宫里"，则暗示出一种残缺的生命形态。这样，"你""我"的生命只是"在无数的可能里一个变形的生命／永远不能完成他自己"，这是对生命残缺的进一步体认，"你""我"永远不能达致生命的完满。带着这份生命的残缺投入爱情，"这时候就听见我底主暗笑"。"我底主"等同于上首诗中的"上帝"，是万事万物的创造者，也表征着人类无以抗拒的自然之道。无法完成自己的"你""我"在遭遇爱情时，自然也无以达致爱情的完满。同时，在爱恋过程中，一切的创造者"我底主"又可以"不断地""添来另外的你我"，这既指在爱恋中生命的无数可能性的充分敞开，也暗示在生命的无数可能性中爱情的难以把握，而这一切"使我们丰富而且危险"，由此爱情更成为一个无以把握的存在。一个现代的爱情悖论在穆旦笔下出现了："相同和相同溶为怠倦／在差别间又凝固着陌生"，过近与过远的距离都无法维持爱情，不即不离的状态使爱情异常艰难，"他底痛苦是不断的寻求／你的秩序，求得了又必须背离"（《诗八首（六）》）。最终，所谓完满的爱情只是一个乌托邦的神话，"那里，我看见你孤独的爱情／笔立着，和我底平行着生长"（《诗八首（七）》）。这样，穆旦抵达了对现代爱情的深刻反思：

  等季候一到就要各自飘落，
  而赐生我们的巨树永青，
  它对我们的不仁的嘲弄
  （和哭泣）在合一的老根里化为平静。

  "赐生我们的巨树"在这里相当于前面的"上帝""我底主"，在这宇宙万物的创造者面前，"我们"的爱情是"季候一到就要各自飘落"，最终"化为平静"，而这一切都只是上帝"对我们的不仁的嘲弄"。由于穆旦的上帝并不具有西方宗教意义上的色彩，所谓上帝"不仁"是对中国经典"天地不仁，以万物为刍狗"的化用。"天地不仁"是一种麻木、无所知觉，也是不以人的意志为转移的自然之道。在这自然之道面前，万物的摧残、破败是无可逃避的必然，爱情也一样。爱情的艰难、残缺、痛苦等既是上帝"不仁"的嘲弄，也是人类的宿命。祛除了浪漫化的"牧歌情绪"，一种充满着分裂、焦虑、痛苦乃至绝望的爱情抒写出现于穆旦的笔端。这是在残缺、孤独的生命意识之下对现代爱情的观照和反思。生命的残缺注定了人永远是孤独的个体，而爱情的出现也无以改变这一切，甚至更加强化了人们对生命残缺、孤独的体认。这种现代爱情体验的刻骨抒写，使《诗八首》超越了历来浪漫的爱情诗学传统。

  可以说，西南联大诗人的爱情抒写是异常独特的，而他们的爱情抒写是表达其现代生活感受与生命体验的一个焦点。迥异于传统的或美好或优雅的浪漫爱情，一种充满着焦虑、痛苦、虚无乃至绝望的爱情抒写，既体现着西南联大诗人对现代"自我"的严酷审视，也表征着其生命体验的广度与深度，更为新诗带来一种全新的品质。

三、结　论

如果说新诗的现代性冲动主要表现为对现代个体复杂多变的现代体验的包容、捕捉，那么新诗的现代性追求与现代"自我"的体认的维度和深度密切相关。这既是以"自我"为内核建立新的诗歌言说话语据点，突破传统的言说与表达机制的一个前提，也是新诗广泛占有、包容曲折复杂的现代历史经验的一个重要保证。在很大程度上，正是现代"自我"的认知意识的匮乏乃至缺失造成了新诗发展的坎坷。有学者指出："自五四开始，强烈的自我中心感和表现欲，便成了新诗人的普遍特征。郭沫若的《女神》是那时代的最强音，'我'被无限放大，在《天狗》等诗中每一行都占据着主语的位置。康白情也认为：我觉得'我'就是宇宙底真宰，为了生活，我们怎么可以不唱诗底高调呢？20年代中后期，自我不再被如此高扬，但情感的表现仍是诗人们的第一需要。徐志摩为爱'袒露我的坦白的胸襟'（《我有一个恋爱》），闻一多为美'呕出一颗心来'（《发现》），可为代表。30年代，诗人们的抒情主体依然突出。"[①]这种描述或许失之简略，然而，不可否认这种对现代"自我"的表层化认知以及由此而来的浪漫化的自我扩张意识遮蔽了广阔的现代历史经验，窄化了新诗的抒写内涵。即使在20世纪30年代戴望舒对古典意境、情调的回归，卞之琳的趣味化的思辨之中，我们也依然可以感觉到现代"自我"的深层审视、开掘的缺失以及由此而来的对现代历史经验的有意或无意的窄化、忽略。

正是在透过现代"自我"的认知、审视以开掘、扩张现代历史经验的层面上，西南联大诗人群迈出了重要的一步。在他们笔下，出现了现代"自我"的严格审视与"自我"生存境遇的深层开掘，以及刻骨铭心的爱情抒写，表征着在惨烈的战争环境中对个体生命存在的深邃诘问与反思。在现代诗学建构的意义上，这突破了对西方现代主义诗学技巧、手法简单挪

---

① 江弱水：《卞之琳诗艺研究》，安徽教育出版社，2000年，第72页。

用的层面，而是以现代体验的抒写回应了中国新诗自身的问题。诚如有学者指出，当传统的"天人合一"、超然物外的静态的宇宙观念、审美范式破碎之后，面对繁复多变的现代历史经验，中国新诗和中国诗人的"责任（几乎是天职）就是要把当代中国的感受、命运和生活的激变与忧虑、孤绝、乡愁、希望、放逐感（精神的和肉体的）、梦幻、恐惧和怀疑表达出来"①。这既是新诗现代性追求的重要意涵，也是新诗面临的一个重要挑战。而通过现代"自我"的深邃审视，西南联大诗人得以将现代个体孤绝、梦幻的生存境遇呈示出来。近在眼前的战争的苦难、民族的危亡，非但没有阻止西南联大诗人对现代"自我"的审视，反而加深了他们对现代"自我"生存困境的体认。或者说，身处相对独立、自由的高等学府，他们将异域的文化艺术资源跟中国的现实境遇相碰撞、相融汇，在对现实经验的包容之中，留下了特殊时代最深邃的个人心灵记录，将现代个体的生命体认推到一个新的精神向度。而他们独特的爱情体验与抒写，甚至已经成为新诗爱情诗作中一个难以逾越的存在。尤其重要的是，对现代新诗而言，这种现代体验、现代意识的抒写，为新诗带来了一种新的质地。在这个意义上，西南联大诗人对现代"自我"的审视，不仅以"自我"为内核建立起了新的诗歌言说的话语据点，还成功地回应了新诗包容广阔的现代历史经验的诗学课题。

---

① 叶维廉：《叶维廉文集》（第3卷），安徽教育出版社，2002年，第219—220页。

词性活用与偏离规范[①]

——再论新诗语言艺术的智慧与疏拙

□ 向天渊[②]

内容摘要：作为一种修辞手段，新诗语言的词性活用，能使一个词语兼具两种甚至多种表达功能，不仅丰富了诗的内涵，还能获得动静结合、虚实相生的审美效果；新诗语言偏离语法规范，大多是有意识的艺术行为，或强调某些动作、形态、处所，或使某种短暂状态得以持续，突破惯常规范以违背事理逻辑，能让读者在陌生化体验中收获特别的审美感受。尽管诗歌语言有偏离甚至突破词法、语法规范的特殊权力，但对诗人来说，这种特权也是一把双刃剑，用得好，符合诗学逻辑，可以独辟蹊径，开创诗艺新天地；设若胡乱使用，很可能使作品不知所云，陷读者如坠五色迷雾之中。诗人只有理解、掌握"遵守与突破规范"的艺术辩证法，才能最大限度地发挥语言的诗性智慧与创造潜能。

关键词：新诗；语言艺术；词性活用；偏离规范；诗学逻辑；诗性智慧

[①] 本文为西南大学研究阐释党的二十大精神专项项目"汉语和合诗学的创造性转化与创新性发展问题研究"（项目编号：SWU2209019）的阶段性成果。

[②] 向天渊（1966— ），男，重庆巫山人，西南大学中国新诗研究所教授、博士生导师，主要研究方向为中国现代诗学、比较诗学。

早在20世纪初,俄国学者什克洛夫斯基已经指出:"在艺术方面有一种'秩序',可是,希腊神庙没有一根石柱是完全按照这种秩序的,审美的节奏是一种受到破坏的散文节奏,而且已经有过一些使破坏系统化的尝试。"①1932年,捷克学者扬·穆卡洛夫斯基也曾论说过标准语言与诗歌语言的关系,在他看来,"诗歌语言不是一种标准语言。这样说并不意味着否认二者之间紧密的联系。这种联系表现如下:对诗歌而言,标准语言是一种背景,用以反映因审美原因对作品语言成分的有意扭曲,也就是对标准语言规范的有意违反。……正是这种对标准语言规则的违反,这种系统性的违反,使诗歌式地使用语言成为可能;没有这种可能性也就没有诗歌可言"。②无独有偶,中国古代也有"诗家语"的说法,两者都强调诗歌语言是偏离日常语言或标准语言规范的结果。那么,日常或标准语言究竟有哪些规范呢?语言学家张志公的看法是:"有语音规范、文字规范、语汇规范、语法规范,并非只有语法一种规范。"③就文学语言来说,最常见也最具创造空间的是对语法规范的突破。在突破语法规范方面,词性活用则有别于其他情况,其拥有久远的传统,必须加以特殊对待,所以,我们将其独立出来加以论析。当然,人们运用语言的目的在于传达思想、意义,对语言符号给予能指、所指的划分,已经标示此种道理。但在形式主义者眼中,文学语言的本质属性并不在于意义或思想的传达,而是指向传达本身,也即我们讨论过的"能指优势"④。当然,形式主义的观点在带来巨大启示的同时,也存在较为明显的片面性。实际上,文学语言也须言之有物,也要传达思想、情感,只不过传达的方式比较特别,需要讲求修辞,其目的在于更好、更加艺术化地传达独特的情感、思想与意义,实现形式与内容的审美统一,也即所谓"有意味的形式"。所以,我们接下来的讨论虽然偏重于语法层面,但也离不开语义、语用上的分析和阐释。

---

① [俄]维·什克洛夫斯基:《艺术作为手法》,[法]茨维坦·托多罗夫编选:《俄苏形式主义文论选》,蔡鸿滨译,中国社会科学出版社,1989年,第78页。

② [捷克]扬·穆卡洛夫斯基:《标准语言与诗歌语言》,赵毅衡编选,竺稼译:《符号学文学论文集》,百花文艺出版社,2004年,第17页。

③ 张志公:《文学·风格·语言规范》,《语文建设》1992年第6期。

④ 向天渊:《能指优势与语音凸显——新诗语言艺术的智慧与疏拙》,《南昌大学学报》2022年第4期。

一、新诗语言的词性活用现象

（一）词性活用的语法及修辞功能

词性活用有时又叫词类活用。虽然词性或词类活用古已有之，古人也有些许论说，但活用之名的提出并引起精细讨论却是近百年来的事情。具体地说，词类"活用"是陈承泽于1922年在《国文法草创》一书中明确提出的。当然，在此之前，《马氏文通》已经谈及词的"随文异用"现象，只不过称之为"字类假借"，即"甲类词假借后即成乙类词"①。陈承泽不同意马建忠的观点，代之以词类之"本用"及"活用"说："盖凡字一义只有一质而可有数用，从其本来之质而用之者，谓之本用……若明其本用，则活用自得类推。挈领提纲，简易之道，盖无过于此矣。"②

自此之后，词类活用成为现代汉语研究中较为重要的理论命题，包括王力、胡裕树、黄伯荣、廖序东等在内的著名语言学家都曾发表过看法。有学者在考察各家论说之后，总结出词类活用所具有的三个特点："其一，词类活用是一类词活用为另一类词，语法功能发生改变；其二，这种改变是临时的、不固定的；其三，活用往往有修辞性质。"③

从现代汉语使用的实际情况来看，此类活用的确常见于文学作品之中，主要作为修辞手段，追求更好的表达效果。对此，徐安银有较为具体的阐释："在语言的实际运用中，为了获得某种表达效果，使用词形象鲜明、简练紧凑、幽默风趣并富于变化和创新，往往故意临时改变某个词的词性的用语方法，这在修辞方式上就叫转类，又叫词类活用。"④但在古代汉语中，情况则略有不同。古代汉语词汇相对不那么丰富，往往借用旧词表达新意，

---

① 马建忠：《马氏文通》（重印版），商务印书馆，1983年，第23—24页，以及论述"名字""动字"的两卷。

② 陈承泽：《国文法草创》（重印版），商务印书馆，1982年，第18页。

③ 张昕：《试析现代汉语词类的活用及其修辞效果》，《宝鸡文理学院学报》2011年第2期。

④ 徐安银：《现代汉语词类活用修辞功能浅析》，《淮北煤炭师范学院学报》2000年第1期。

导致一词多义、词类活用现象相当普遍，于是有名词活用作动词、形容词活用作动词、数词活用作动词、代词活用作动词，以及普通名词作状语等情况的发生。与古代汉语相比，现代汉语的词汇量大很多，词语的分工更加明确，加之有较为具体、成熟的语法系统，不仅活用现象明显减少，而且"词类活用的作用不再是弥补语法的不足，而是突出表达效果，增强修辞功能"①。有学者更是概括出古今词类活用的变化趋势：其一，由满足语法功用逐渐扩大到修辞领域，而且修辞功能成为主要目的；其二，数量由多到少；其三，活用的词类类别由少到多；其四，使用语体由广到狭。②这里透露出的信息是，虽然在所有文献中词类活用占总词数的比重变小了，但活用词语的类别却增多了，加之主要出现在文学语体中，其修辞情形的复杂性与古代诗文相比，应该是有过之而无不及。

（二）新诗词性活用现象举隅

既然在现代汉语中，词性活用主要作为修辞方式而存在，其发挥功用的场域，或者说其用武之地当然是现代文学作品。新诗作为现代文学的重要组成部分，应该不乏词性活用的修辞现象。接下来，我们列举一些典型案例③，给予必要的描述与阐释，借此展示新诗的语言智慧，期望在回味既往经验的同时对未来的新诗创作有所启示。

例一："青沉沉的大海，波涛汹涌着，潮向东方。"（郭沫若《太阳礼赞》）"潮"是名词，此处用作动词。这是该诗的第一行，接下来的一行是"光芒万丈地，将要出现了哟——新生的太阳！"描绘海上日出的景象，此时，海水翻腾，霞光万丈，大海因"潮向东方"与太阳关联起来，显出形象化的特点，表达出大海对新生朝阳的向往与礼赞，大海、太阳也就超越其自然属性，具有明显的象征意味。

例二："我袋着那封信，/那封紧紧地封了的信。//……手指儿近了信箱时，/要仔细看看信面字。"（应修人《到邮局去》）"袋"是名词，此处用作动词；"近"是形容词，此处用作动词。该诗写去邮局寄情书时的行动与

---

① 赵英来：《浅谈古今汉语词类活用的异同》，《辽宁师专学报》2019年第6期。
② 徐艳华、陈小荷：《古今词类活用趋势》，《求索》2005年第7期。
③ 有些例句比较典型，其他著述也曾讨论过，对其性质与作用，各有不同的分析。

心情。诗中的"袋",指用袋装,可以是衣袋,也可以是手袋,在突出形象感的同时,也传达出行动的庄重感,毕竟,紧紧封着的信,吐露的应该是甜蜜且隐秘的内心情感;"近"作为形容词,表达的是某种状态,这里用作"接近"的意思,将投递信件的动作固态化,表达出行动的谨慎性,生怕信封上的地址和人名不够准确,将邮寄情书时的忐忑之情表达得淋漓尽致。

例三:"但我不能放歌,/悄悄是别离的笙箫;/夏虫也为我沉默,/沉默是今晚的康桥!"(徐志摩《再别康桥》)"悄悄"是副词,活用为名词;"沉默"是动词,但此处的第二个沉默活用作名词。《再别康桥》的情感基调较为复杂,既充满依恋、惆怅,又不乏潇洒、甜蜜;诗歌风格既凝重又轻松,既真实又虚幻,除了特别的意象与流畅的音韵之外,词性活用也是其艺术特色之一。"悄悄""沉默"活用作名词,放在句首做主语,起强调作用,不仅诗人不能放歌,连别离的笙箫也哑然无声,今晚的康桥只能沉默无语,这与诗的首节("轻轻的我走了,/正如我轻轻的来;/我轻轻的招手,/作别西天的云彩。")形成呼应,抒写出离别之时无限的寂寥与惆怅。

以上诗句均出自中国现代诗人,其间的词性活用很难说是有意为之,但既然这种现象在古代汉语及古代诗文中普遍存在,现代诗人无意识运用此种修辞手法,也是非常自然的事情。到了当代,尤其是在现代主义诗歌作品中,词性活用的情况,可以说大多都是诗人为追求奇特表达效果而有意为之,这样的例证比较丰富,限于篇幅,我们只能略举数例。

例四:"月光流着,已秋了,已秋得很久很久了/乳的河上,正凝为长又长的寒街/冥然间,儿时双连船的纸艺挽臂漂来/莫是要接我们回去!去到最初的居地。"(郑愁予《右边的人》)两个"秋"都是名词,前者用作动词,后者既可以说是动词,也可以理解成形容词;"乳"是名词,活用成形容词。《右边的人》既抒写坚贞爱情,也感叹生命易逝。上引几行是诗的第一节,有营造气氛和确定基调的作用,而名词"秋"指秋天,有一定的形象性,"已秋了",用语独特,简洁却蕴含着浓郁的感伤,若用平常语言表达成"已经立秋了",既平淡又拖沓,只具叙述性,没有韵味可言,不仅如此,诗中还跟上"已秋得很久很久了",进一步渲染情绪,将"天气晚来秋"与"人生老来秋"的双重意蕴统合起来。此处的"秋",从语法上讲,可以视作动词,但从词义上讲,又可以理解成形容词,由"秋凉"引申出"清凉""苍凉"甚至"悲凉"之意。如此一行看似点明时间、季节的诗句,居然能够包含多重意味,显示出诗人驾驭语言的高超水平。相比之下,"乳的河上",名词活用作形容词,取得了陌生化效果,也提升了形象性,"乳的河"与"寒街"有关联度,但也略显生涩。

例五:"如果碧潭再玻璃些/就可以照我忧伤的侧影/如果舴艋舟再舴艋些/我的忧伤就灭顶。"(余光中《碧潭——载不动,许多愁》)"玻璃""舴艋"是名词,此处都用作形容词(也可以理解成动词)。玻璃是透明的,"碧潭"是著名景点,因水色澄碧而得名,但在诗人看来,还需再透明一些,透明到胜似玻璃,才足以照我忧伤的侧影;同样,"舴艋"本就是小舟,而且早已因"载不动许多愁"而进入历史,假如这小舟再小巧些,就将和着诗人的忧伤一起沉入水中,但问题是天不遂人愿,眼前的碧潭不能(变得)更透明了,舴艋舟也不能(变得)再小巧些,看来,诗人郁结心中的忧伤,短时间内是难以化解的了。

20世纪50—70年代,台湾地区的诗坛现代及后现代主义诗风盛行,不仅郑愁予、余光中,包括痖弦、洛夫、张健等在内的一大批诗人,都特别注重运用特殊的表现手法,词性活用常见于他们的作品中,诸如"房中的赤裸冉冉上升去膈肢那些天使/没有回声,斑豹蹲立于暗中/织造一切奇遇的你的手拆散所有的发髻//……"(痖弦《献给马蒂斯》);"潮来潮去/左边的鞋印才下午/右边的鞋印已黄昏了/……他跪向你向昨日向那朵美了整个下午的云/海哟,为何在众灯之中/独点亮那一盏茫然"(洛夫《烟之外》);"枕我的头颅,白发盖着黑土/在中国,最美最母亲的国度/……用十七年未餍中国的眼睛/饕餮地图,从西湖到太湖"(余光中《当我死时》);"茉莉花芬芳了晨/你的温柔宁静了夜/有灯光时,你是春/荫翳处你乃幽淡的秋"(张健《夜语》);等等。

到了改革开放之后,中国大陆的新诗作品中,也出现不少有意采用词性活用的诗句。请看北岛的名句:"卑鄙是卑鄙者的通行证,高尚是高尚者的墓志铭。"再看傅天琳《太阳河》中的诗行:"呵,红了荔枝,黄了菠萝,绿了槟榔！/啊，熟了爱情，甜了生活，美了愿望。"再看柏桦《水绘仙侣：冒辟疆与董小宛（1642—1651）》之《水绘雅集》中的诗行："马嘶草暗、云惨尘飞，/……人欲地仙或天仙，皆看你功过的造化，/那就让我造化吧。/看千劫如花，惊险也能做成惊艳。"

（三）诗语词性活用的审美效果

从以上例句中，我们可以发现，大体而言，诗歌中的词性活用，较常见的是名词、形容词活用作动词。之所以会这样，至少应该有两个层面的原因。第一层：名词是对事物的命名，其性质大多是形象化的、静态的，动词却能显示某一动态过程，名词一旦活用为动词，就能兼具两者的属性，静中有动，动中显形，表现力得以增强。第二层：在诗歌文本中，动词的地位很重要，动词用好了，诗会生动起来，显得有活力、有灵气。就古诗而言，"采菊东篱下，悠然见南山""鸟宿池边树，僧敲月下门""绿杨烟外晓寒轻，红杏枝头春意闹""云破月来花弄影"等诗句中的动词都是典型好例。我们知道，中国古人颇有谈论"诗眼""词眼"者，比如，晚清的刘熙载在《艺概·诗概》中就曾指出："炼篇、炼章、炼句、炼字，总之所贵乎炼者，是往活处炼，非往死处炼也。夫活，亦在乎认取诗眼而已。诗眼，有全集之眼，有一篇之眼，有数句之眼，有一句之眼；有数句为眼者，有以一句为眼者，有以一二字为眼者。"[①]在《艺概·词曲概》中，刘熙载也说："'词眼'二字，见陆辅之《词旨》。其实辅之所谓眼者，仍不过某字工，某句警耳。余谓眼乃神光所聚，故有通体之眼，有数句之眼，前前后后无不待眼光照映。"[②]刘熙载并未细究其所谓某字、某句究竟是何字、何句。不过，古人在讨论炼字、炼句时，常以五言、七言诗为例，指出某字为"眼"，比如，宋代吕本中在《童蒙诗训》中记录的一种说法，颇具启示价值："潘邠老言：'七言诗第五字要响，如：返照入江翻石壁，归云拥树失山村，翻字、失字是响字也。五言诗第三字要响，如：圆荷浮小叶，细麦落轻花，浮字、落字是响字也。所谓响者，致力处也。'"[③]这些所谓的

[①] 刘熙载：《艺概笺注》，王气中笺注，贵州人民出版社，1986年，第237页。
[②] 刘熙载：《艺概笺注》，王气中笺注，贵州人民出版社，1986年，第342页。
[③] 〔宋〕吕本中：《童蒙诗训》，《宋诗话辑佚》（下册），中华书局，1980年，第587页。

"响字",均为动词,且有勾连、整合前后不同词语、意象的作用。今人黄天骥认为:"在诗句中,能够显示事物情状、动势,并能把不同词组联系组织起来的动词或形容词,便是诗眼所在。一般它处在语义自然节奏中音势拖长的位置。至于它属句中的第几个字,则视表现意象的实际需要而定。"①除动词之外,黄天骥还提到形容词做"诗眼"的问题,其实,在词性活用中,也有名词活用成形容词、形容词活用成名词的情况,前引新诗中的诗句已经有所展示。我们知道,形容词主要用于描述事物的形状、色彩、性质,往往比较抽象、虚化,名词则相对具体、实在,名词的形容词化,或者形容词的名词化,能使一个词兼具两种属性,获得虚实相生的审美效果,诗的内涵当然也就丰满了起来。

二、新诗语言对语法规范的偏离

(一)"诗家语"享有突破语法规范的特权

我们都知道,语言之所以产生,就是为了满足人与人之间的交往与交流,对此马克思、恩格斯早已做出清晰的论述:"语言和意识具有同样长久的历史:语言是一种实践的、既为别人存在并仅仅因此也为我自己存在的、现实的意识。语言也和意识一样,只是由于需要,由于和他人交往的迫切需要才产生的。"②既然如此,为了交往、交流的顺利进行,语言在使用过程中会约定形成某些规则,包括语音、文字、词汇、语法各个方面,参与交流的人都得遵循这些规则。尽管随着社会的发展,语言也会发展,并引起规则、规范的演进与改变,但在某一特定时期,语言规范必须具有稳定性,即便从长时段来看,基本语音、基本词汇、基本语法也是稳定的,新的语言现象与规范是逐渐被认可、被接受的。但是,艺术语言或者说文学语言,尤其是诗歌语言,虽然源于但却又不同于普通语言,否则,文学艺术就没有存在的必要。恩斯特·卡西尔在《人论》一书中讲过如下一段话:

---

① 黄天骥:《说"诗眼"》,《黄天骥文集》,广东人民出版社,2018年,第523页。
② [德]马克思、恩格斯:《费尔巴哈》,中共中央马克思恩格斯列宁斯大林著作编译局:《马克思恩格斯选集》(第1卷·上册),人民出版社,1972年,第35页。

"在艺术的符号和日常言语及书写的语言学的语词符号之间,却有着确凿无疑的区别。这两种活动不管在特征上还是在目的上都不是一致的:它们并不使用同样的手段,也不趋向同样的目的。不管是语言还是艺术都不是给予我们对事物或行动的单纯摹仿;它们二者都是表现。但是,一种在激发美感的形式媒介中的表现,是大不相同于一种言语的或概念的表现的。一个画家或诗人对一处地形的描述与一个地理学家或地质学家所做的描述几乎没有任何共同之处。一个科学家的著作和一个艺术家的作品中,描写的方式和动机都是不同的。"①

其实,卡西尔所说的这些不同早就被艺术家和理论家们认识到了,比如,俄国文学批评家别林斯基就曾指出:"朴素的语言不是诗歌的独一无二的确实的标志;但是,精确的语法却永远是缺乏诗意的可靠的标志。"②俄国形式主义者的"陌生化理论",捷克结构主义者的"诗歌语言观",中国古人提出的"诗家语",各自从不尽相同的维度揭示了文学语言、诗歌语言与日常语言、普通语言之间的显著区别。具体说来:"诗家语是诗人'借用'一般语言组成的诗的言说方式。一般语言一经进入这个方式就发生质变,意义后退,意味走出;交际功能下降,抒情功能上升;成了具有音乐性、弹性、随意性的灵感语言,内视语言。用西方文学家的说法,就是'精致的讲话'。"③

与一般语言相比,诗的言说方式可以极尽想象、夸张、反讽、悖谬之能事,达到看似反常、无理甚至荒诞的地步,但从表达效果上看,却是更加生动、形象,更具感染力,所谓妙趣横生、意味深长、含蓄隽永、酣畅淋漓等,都是对诗语修辞效果的夸赞之词。在中国古典诗歌中,类似李白的"白发三千丈,缘愁是个长",李煜的"问君能有几多愁?恰似一江春水向东流",李益的"早知潮有信,嫁与弄潮儿",宋之问的"近乡情更怯",张继的"月落乌啼霜满天",杨万里的"半山绝句当朝餐",都已成为千古

---

① [德]恩斯特·卡西尔:《人论》,甘阳译,上海译文出版社,1985年,第214页。
② [俄]别林斯基:《弗拉季米尔·别涅季克托夫诗集》,《别林斯基选集》(第1卷),满涛译,上海译文出版社,1979年,第211页。
③ 吕进:《论"诗家语"》,《文艺研究》2014年第5期。

名句。设若从日常事理逻辑的角度去看，这些诗句都无法讲通，但是，从艺术诗学逻辑的角度去看，它们都可谓"无理而妙""反常合道"的精妙之语。

大体说来，有违常理的诗歌语言，主要表现在语义、语法两个方面。从语义角度看，诗歌语言可以违背事理逻辑、物理逻辑，但却必须符合情感逻辑；从语法角度看，诗歌语言可以用词不当、不合语法规范，但却能够给人别有洞天、茅塞顿开的感觉。从语义方面探讨古诗、新诗语言之特殊魅力的问题，学界已有众多成果，从语法方面进行的讨论相对较少，接下来我们就新诗语言偏离语法规范的情况加以描述与阐释。

（二）新诗语言偏离语法规范的繁复情形

新诗语言偏离语法规范的情况，大多是有意识的艺术行为，也就是说，诗人并非不懂语言的正确使用方法，而是基于表达效果的考虑，有意让语言偏离或突破语法规范，较为极端的情况是形成所谓"扭断语法之脖子"的"病句"或"晦涩"难懂的句子。对此，有人加以批判，有人进行辩护，典型的辩护者如陈仲义，批判者如邓程，分别有专文进行论述[1]。由于诗学立场的不同，辩护者与批判者对现代诗歌"懂"与"不懂"的价值评判差别很大，各有理据，但也各有偏颇。倒是另一种说法值得注意，那就是澳门大学人文学院的两位学者徐杰、覃业位提出的"语言特区（Special Linguistic Zone）"理论。所谓"语言特区"，指的是"有条件地突破常规语言规则约束的语言运用特定领域"，"是有特权的区域，可以合理合法地不守规矩的特殊权力的区域"，"在很多方面都跟'经济特区（Special Economic Zone）'非常相似"[2]。按照徐杰、覃业位二人的说法，"语言特区"以"标新立异"为基本特征，诗歌文体、标题口号和网络平台，是其中的三大主要类型，而且"不同类型的语言特区突破语言规律的动因不尽一致，不

---

[1] 陈仲义：《何以"扭断语法的脖子"——现代诗语修辞研究之一》，《华中师范大学学报》2012年第1期；邓程：《何以不能"扭断语法的脖子"——与陈仲义商榷》，《枣庄学院学报》2018年第6期。

[2] 徐杰、覃业位：《"语言特区"的性质与类型》，《当代修辞学》2015年第4期。

同类型的语言特区对语言规律突破的表现也有所差异"①。这种观点，为语言创新现象给出了一个较为合理的解释。

就诗歌语言偏离、突破语法规范的表现来看，徐杰、覃业位二人列举了三种情况：第一，表动作发生之处所的介宾状语，由常规语法要求的放在中心语（动词）之前，偏离为放在中心语之后。比如："我又转问那冷郁郁的大星，/它正升起在这教堂的后背"（徐志摩《在哀克刹脱教堂前》）；"让绿苍苍的生命/重新波动在你的枝条"（舒婷《致》）；"我们还能不能像昨天那样拥抱在雨中"（汪峰《在雨中》歌词）。第二，不能与瞬间动词、心理动词以及表结果、表时量、表动量的动词还有状态形容词等搭配的助词"着"，附在了这些动词或形容词的后面。比如："我的光，即使陨落着你们时也照亮着你们"（杨炼《诺日朗》）；"放羊的人发明着孤独者的游戏，/而放猪的人无论唱什么都会跑调"（西川《山顶上的小教堂，山西汾阳附近》）；"比如前面那排静静的杨树，一致同意着/脚下那群麻雀在觅食中的欢乐"（汤养宗《我知道那口钟会在我身体中醒来》）；"她以为最好的表达/就是一心一意把树种好/饱满着，绿着，像血液一样葱绿着"（傅天琳《柠檬叶子》）。第三，不应该省去的非处所名词后面的方位词被省略了。比如："我们无辜的平安/没有根据/是黑豹/是泥土埋在黑豹的影子"（骆一禾《黑豹》）；"我将含怨沉沉睡/睡在那碧草青苔/啊，我的欢爱"（戴望舒《可知》）；"在你生命不曾有我/而在我心却有个你"（郑源《梦中情人》）。徐杰、覃业位二人还认为："特殊情感的表达需求无疑是诗歌语言创新的主要动因。此外，'陌生化'要求、韵律制约（比如押韵、节奏）等也都会促使诗歌采用非常规的语言形式。"②这种阐释也大致合理。就上述诗行而言，都存在明显的语法错误，但大都能够增强表达效果，或强调、彰显某些动作、形态、处所，或使某种短暂状态得以持续，都因为突破惯常规范而引起阅读障碍，让阅读者在克服陌生化障碍的过程中收获特别的审美感受。

应该说，徐杰、覃业位二人所概括的上述三种情况，只是基于狭义语

---

① 徐杰、覃业位：《"语言特区"的性质与类型》，《当代修辞学》2015年第4期。
② 徐杰、覃业位：《"语言特区"的性质与类型》，《当代修辞学》2015年第4期。

法规范观所做出的分析。如果扩展至逻辑事理、修辞效果层面，我们会发现，现代尤其是当代新诗语言偏离语法规范的情况远不止这些，比如，有学者就曾概括出"单词独句""组词错位"等破坏语法规范的现象①。所谓"单词独句"指极简式的省略句子成分，以至于一个词语就能构成诗行，甚至构成一首诗，比如："路口。路口。路口。／绿灯。绿灯。绿灯。"（赵恺《第五十七个黎明》）又比如，北岛的诗《生活》其内容就一个字："网"；黄永玉的诗《刷牙》的内容也只有一个词："假笑"。而"组词错位"又包括"动宾不调""主谓不配""形容不当"以及"褒词贬用""贬词褒用""小词大用""重词轻用""轻词重用"等各种情况，而这些现象也有可能出现在同一首诗中。比如："让忏悔蒸成湿雾，／糊湿了我们的眼睛也可；／但切莫把我们的心，／冷得变成石头一个，／让可怕的矜骄的刀子／在他上面磨成一面的锋，两面的锷。朋友，知道成锋的刀有个代价么？"（闻一多《谢罪以后》）"我要有你的怀抱的形状，／我往往溶化于水的线条。／你真像镜子一样的爱我呢。／你我都远了乃有了鱼化石。"（卞之琳《鱼化石》）"现在又到了灯亮的时候，／我喝了一口街上的朦胧，／倒像清醒了，伸一个懒腰，／挣脱了怪沉重的白日梦。／……"（卞之琳《记录》）"列车轧在中国的肋骨上／一节接着一节社会问题／比邻而居的是茅屋和田野间的坟／生活距离终点这样近／……"（辛笛《风景》）"阔是海的／空是天的／冻是骨的／饿是胃的／……"（余光中《无家可归之歌》）"我的腰变粗，嗓门变大／一口碎牙咬破世界／唠叨是家常便饭，有滋味／……"（唐亚平《主妇》）"从牙膏里挤出自己的倒影／体重、妄想，都梳洗过一遍／才发现，胡渣原来是钟声的碎片／像你跑进我的教堂躲雨／一个老故事还没挨枪之前／你不会相信／我们有一部分是不能被信仰的灵魂／……"（严忠正《站在华丽与哀愁之间》）"没有比流水更四川的了。／我指的不是出门遇到老乡，／／也不是异国的同行——／曾几何时，琴声放纵于政治，／／英雄煮酒，／所以它断了，在意气的春秋。／／阿谀的余音，格外动听，／适合炎黄的子孙。／／幸存，既不是小人，更不是老人，／是从久仰中逃生的／／人，对应生疏的明

---

① 洪迪：《大诗歌理念和创造诗美学：关于诗本体与诗创造的比较研究》，上海社会科学出版社，2007年，第271—272页。

月，/园林中，漠然而忧郁的心灵。// 没有比高山更峨眉的了。/ 啸吟的人，抱琴，登临——// 哪里有诗，哪里便不会有知音。"（胡冬《知音》）

稍加辨析就会发现，这些源自不同诗作的句子，相当一部分都不符合语法规范，有的明显搭配不当，有的不符合事理逻辑，有的跨行特别随意甚至显得非常粗暴，有的标点不正确，有的过于晦涩，违背清晰、明白等语言运用的基本规则。但问题是，现代诗不仅要求表达独特的个人感受，还追求独具特色的话语方式，所谓"个性化"写作、"个人性"风格，表达的正是这种诗学诉求。正因为如此，诗歌写作中偏离语法规范的行为，也就享有比其他文体写作更大的合法性，其结果就会形成"语言特区"。"特区"允许有特权，但任何权力都必须受到制约，诗歌语言的权力也当如此。但问题的复杂性在于，应该如何划定个性化写作、个人性语言风格的边界，换句话说就是，对于诗歌语言中的"病句""晦涩"现象，我们可以给予多大的容忍度。

（三）诗语突破语法规范应适可而止

从现代时期李金发、穆木天、王独清、袁可嘉等人对诗歌中象征、暗示、神秘、晦涩现象的推崇，到新时期部分批评家对朦胧诗美学原则的肯定，再到臧棣、陈仲义等为现代诗"晦涩"风格、"病句"现象所做的学理辩护，俨然已经形成一种传统，认为现代诗可以甚至必然是令人费解的，因为生命的奥秘、情感的本质是理性、逻辑所无法透视、难以把握的。比如，臧棣就认为："谈论新诗的'晦涩'问题时，人们应避免一种先入之见，把诗歌的'晦涩'仅仅归咎于诗人所采取的表现手法。诗歌的'晦涩'有它的认识论方面的来源。人的认识本身就包含着'晦涩'的成分。而诗歌作为一种人的认知方式，只不过比其他的认知方式更强化了其中的'晦涩'成分。"[1]陈仲义也曾公开表示"为'病句'正名"，在他看来："所谓'病句'是现代诗与生俱来的，它带有强大的不可变更的基因，不仅消灭不了，而且繁殖迅猛，在许多著名诗人那里，放眼皆是。"并且认为："所谓用词不当、词性滥交、语序倒装，恰恰是现代诗语有意为之。它是增强表

---

[1] 臧棣：《新诗的晦涩：合法的，或只能听天由命的》，《南方文坛》2005年第2期。

达效果的特有修辞，依据情感逻辑、想象逻辑、诗意逻辑而进行的'破格'，拥有这样深厚的美感信息与艺术含量的'出轨'是值得的，它与语言学的'三一律'不可同日而语。"①与此相反的看法是，诗歌可以使用象征、隐喻等修辞手法，也可以偏离语法规范，但不能故弄玄虚，不能使用除自己之外别人无法理解，甚至连自己也不理解的言辞与句子，"读不懂的诗就是不好的诗，没有商量的余地。因为它丧失了诗歌的基本要素，丧失了作为语言艺术之所以存在的根本理由，丧失了沟通与交流的基本作用。没有了交流与沟通，诗歌就丧失了存在的理由。而充满'个人性'的借喻，是不可能达到交流沟通的目的的。因此读不懂的诗甚至不能叫诗"②。

虽说双方观点都有一定的合理性，但如果推至极端，抑或是偏执一端，都不利于诗歌创作的推陈出新。虽然诗歌写作属于个人行为，也应该提倡个人化风格，但作为文学、作为艺术，读者的理解与接受才是其最终完成的标志，如果诗歌文本隐藏或抽掉读者进入文本的具体通道，无法实现与读者的交流、对话，那就只能算是自说自话。其实，早在20世纪70年代末，黄维樑就曾概括出现代诗的四种修辞变异情况，所谓"人变，物变，词变，句变"，并指出，由于西化、反传统、潜意识、超现实主义，与自然科学创新精神竞赛，等等，曾是现代诗人写作的原动力，使得诗法、修辞上的变形换位成为必然现象，他也认为，这是诗人的特权，因为"适可而止地运用变的修辞法，可使诗句新颖活泼，诗趣盎然"③。值得注意的是，黄维樑已经对现代诗人滥用特权、沉迷于追新求变，导致为变而变、滥变成风的诗学现象有所批判，并提出劝告说："诗人要创新求变，但不能过分标新立异，何况新异成为风尚之后，新异就变为习常，不再令人侧目了。"④这话放在今天，对新诗创作者仍有明显的启示和劝诫作用。

---

① 陈仲义：《何以"扭断语法的脖子"——现代诗语修辞研究之一》，《华中师范大学学报》2012年第1期。

② 邓程：《何以不能"扭断语法的脖子"——与陈仲义商榷》，《枣庄学院学报》2018年第6期。

③ 黄维樑：《现代诗诗法四变》，《新诗的艺术》，江西高校出版社，2006年，第70—71页。

④ 黄维樑：《现代诗诗法四变》，《新诗的艺术》，江西高校出版社，2006年，第70—71页。

三、结语：遵守与突破规范的诗性智慧

　　语法规范是正确使用语言的前提，其重要性不言而喻。尽管文学语言尤其是诗歌语言享有偏离、突破词法及语法规范的特殊权力，但对诗人来说，这种权力也是一把双刃剑，用好了，可以独辟蹊径，开创诗学、诗艺新天地，设若胡乱使用，以追新骛奇为目的，就很有可能走火入魔，使作品不知所云，陷读者如坠五色迷雾之中，古人诗文创作既忌"词障"也忌"意障"。一般来说，词障必然造成意障，所以，"字斟句酌"乃是诗文创作的重要法门。其实，不仅现代诗歌、现代主义诗歌创作会面对此种挑战，古典诗、外国诗的写作也是如此，都对诗人运用语言的智慧与能力提出了严峻考验。闻一多曾用"乐意戴着脚镣跳舞"去形容那些甘于遵循诗歌格律进行创作的诗人，并且指出："越是有魄力的作家，越是要戴着脚镣跳舞才跳得痛快，跳得好。只有不会跳舞的才怪脚镣碍事。只有不会做诗的才感觉格律的束缚。"[①]实际上，闻一多的观点也可以用来标示诗人对语言规范的遵循与掌控，毕竟，遵守规范与突破规范是艺术得以发展演进的基本规律，也就是我们常说的继往开来、守正创新。格律体诗歌存在破格、创格现象，自由体新诗自然也允许偏离与突破词法、语法规范，诗人只有理解、掌握这种艺术辩证法，才能最大限度地发挥语言的诗性智慧与创造潜能。

[①] 闻一多：《诗的格律》，《闻一多全集》（第2卷），湖北人民出版社，2004年，第139页。

西方现当代诗学

虚构的诗学：
魏尔伦古典主义诗学的精神分析[①]

□ 李国辉[②]

内容摘要：魏尔伦在晚年倡导古典主义诗学，这种诗学被视为19世纪末法国诗学转型的标志之一。魏尔伦晚年混乱、颓废的生活和创作，表明古典主义的道德观和朴素的诗风并未被诗人遵守。这种诗学是虚构出来的。运用德国心理学家图克《梦的哲学》一书的精神分析的方法，可以看到荒唐的个人生活让魏尔伦深受折磨，他的古典主义的诗学虚构，和他虔诚的宗教徒的虚构一样，都是为了创造一种安宁的、安慰人的精神空间。古典主义诗学就像原始人的祭品，诗学虚构的行为如同原始人的献祭仪式，这是一种利用幻想摆脱绝望处境的手段。

关键词：魏尔伦；古典主义；精神分析；诗学虚构

魏尔伦是法国象征主义文学的缔造人之一，也是该运动的掘墓人，这一点学界可能较少关注。随着民族主义思潮的崛起，魏尔伦最早从内部破坏象征主义，他提出古典主义的诗学路线，要求回归民族文学传统。文学史家巴尔注意到魏尔伦身份的变化："魏尔伦从风格上看是古典主义者。他

---

① 本文为国家社科基金重点项目"'中国影子'与法国象征主义大众化转型研究"（项目编号：22AWW008）的阶段性成果。
② 李国辉（1979— ），男，河南信阳人，台州学院人文学院教授，浙江省高校创新领军人才，主要研究方向为法国象征主义、自由诗理论。

感受到拉封丹和拉辛的时代。像他们一样，他厌恶修辞，主张真诚性。"①这种新身份是魏尔伦诗学的转折点，由此可以把他的诗学分为三个阶段：1883年之前，是巴纳斯派的第一阶段；1883年至1889年，是颓废主义的第二阶段；1889年至1896年（他人生的最后七年），是古典主义的第三阶段。

只要肯定魏尔伦古典主义诗学的严肃性，就会认同第三阶段说。在这个阶段，人们看到了一个"洗心革面"的魏尔伦，在道德上，他像布道者一样劝人向善；在文学上，颓废的、反传统的诗风被丢弃了，朴素、适度成为他珍视的原则。他的新诗风与同一时期罗曼派的文学主张一起，迎来了法国19世纪末的古典主义的复兴。但是巴尔可能误读了魏尔伦。将魏尔伦的诗学与他的创作和生活对照起来，可以发现两边存在着巨大的反差。本文试图说明，魏尔伦的古典主义是一种诗学虚构，源自一种心理安全机制，它的作用是用来抚慰魏尔伦晚年荒唐生活的不安与负罪感。

一、魏尔伦古典主义诗学的虚假性

魏尔伦给人最多的印象是颓废。颓废者在法兰西第三共和国往往也被视为政治上的反叛者。这用在魏尔伦身上非常合适，在普法战争期间，他曾在保卫巴黎的国民自卫队第160营短暂服役，随后加入巴黎公社，自然是新成立的共和国的敌人。在比利时监狱服刑期间，魏尔伦曾皈依过天主教，这是他放弃反叛者身份的最初迹象，也是他古典主义诗学的思想源头。信教的生活持续的时间并不长，最多只有8年，这一时期他的母亲还健在，他与他的学生勒蒂努瓦有一段田园般的生活。但是1882年魏尔伦定居巴黎，次年勒蒂努瓦逝世，这些变故让他的生活重新陷入龌龊不堪的境地中。也正是在1883年，魏尔伦在《吕泰斯》（*Lutèce*）杂志上连载《被诅咒的诗人》系列文章，宣告了他颓废者身份的正式开始，以及一个新流派的初步诞生。之后就是文学史上众所周知的事实，他被尊称为象征主义的大师。

但在1889年左右，魏尔伦开始了思想的转变。布朗热将军发动了以他的名字命名的运动，希望以民族主义的名义来建造新的政体。魏尔伦原本

① André Barre, *Le Symbolisme*, New York: Burt Franklin, 1968, p.163.

怀有的对第三共和国的厌恶，使他比较容易接受布朗热主义。文学史家亚当在他的书中指出："颓废、悲观主义和世界主义的精神，不得不让位于一种新的、国家主义的、坚定乐观主义的精神。不再有德国哲学了，不再有用脱节的语言写下的含糊的直觉感受了，存在的只是一种清楚、显明的诗，它完全具有法国的灵感和特质。魏尔伦让自己被裹挟在该潮流中。"[1]这种判断可以在魏尔伦的多种文献中找到证据。在1890年给莫雷亚斯的信中，魏尔伦表达了对古典诗人的热衷："你是否能给我要么带来一本拉伯雷的书，要么带来对中世纪、文艺复兴或者古代诗人的论著，至少我会学到一些东西，它能稍稍让我远离无知的污秽。"[2]对古典文学感兴趣，而且认为自己"无知"，这并非只是文学修养上的自责，而是对自己身上充斥的颓废风格的担忧。

在1891年于雷的访谈中，魏尔伦公开提出了回归传统的口号："文艺复兴！重回到文艺复兴！这叫做恢复传统！从17世纪和18世纪上面越过去！拉辛、高乃依都多么愚蠢啊！这些人并不是法国诗人。"[3]回到古典主义的理由是去除非民族的文学，这里民族的文学主要指在古希腊、罗马土壤中孕育的南方文学，而与它相对的则是来自德国、英国等地的北方文学。根据文化和地域来划分南北文学，并确立一个"他者"的做法，在当时的罗曼派那里也非常流行。罗曼派诗人就曾要求恢复南方文学的语言、形象和风格。为了达到目标，哪怕像拉辛这样的大作家，都受到了批评。魏尔伦还说明了古典主义的原则，它们是"真诚""朴素""明晰"。这些原则针对的是象征主义的"梦幻""复杂""晦涩"诗风。他还强调这些原则背后更为重要的诗人的精神状态：古典主义要求一种理性的、道德的精神，而之前的象征主义则渲染非理性的、放荡不羁的个性。古典主义更大的意义，是它带来的新的人生观、道德观。在1891年的诗作《幸福》（"Bonheur"）中，魏尔伦写道：

---

[1] Antoine Adam, *The Art of Paul Verlaine*, trans. Carl Morse, New York: New York University Press, 1963, p.124.

[2] Paul Verlaine, *Correspondance de Paul Verlaine*, tome 3, Paris: Albert Messein, 1929, pp.249-250.

[3] Jules Huret, *Enquête sur l'evolution littéraire*, Paris: José Corti, 1999, p.110.

> 它【朴素】陶冶心灵，让头脑宁静，
> 孕育美德，让恶行结出善果
> 让世界在它正常的状态安定下来，
> 不要有自由，除非天主把它给予世人……①

　　古典主义的道德观，具体来说，就是宗教的道德观。它要让现代人重新承认原罪，承认人的有限性；旧的戒律和规则被看作是有益的，成为人们内在化的信念。结合法国19世纪末的政治和文化环境，可以看到魏尔伦这种调整的现实意义：大革命以来的反叛精神带来了无政府状态，而流浪的波希米亚艺术家普遍患有神经症，古典主义似乎是治疗现实问题和精神问题的良药。古典主义可以让文学家恢复他精神的"正常的状态"，它是古典主义诗风的内在源泉。朴素的诗风与这种精神状态互为表里。在魏尔伦临终前，他向一位比利时诗人吐露了下面的遗训："我走向朴素的诗，差不多是古典主义的诗。"②这句话总结了他最新的诗学。

　　但是一种诗学的真实与否，并非只是看诗人说了什么，还要看他如何贯彻。结合魏尔伦晚年的生活和创作，可以发现，这种古典主义诗学及其新的道德要求，基本上属于他编造的谎言。首先看他的生活。自从勒蒂努瓦死后，魏尔伦不断酗酒，折磨他的母亲，甚至要行凶杀人，心如死灰的母亲在1886年1月撒手人寰。之后，诗人似乎没有了最后一点顾忌，完全放浪形骸了，与无赖、小混混、出卖色相者为伍。他的朋友塔亚德做了这样的见证：

> 这个人【魏尔伦】从早到晚，一直奔波于让人酩酊大醉的地方。一群喜欢排场和烈酒的门徒，其中有披着头发的妓女、衣衫不整的美少年、染着黑指甲的娼妓，陪着他从一家咖啡馆走进另一家，从"普

---

① Paul Verlaine, *Œuvres complètes de Paul Verlaine*, tome 2, Paris: Albert Messein, 1926, p.255.

② Iwan Gilkin, "Paul Verlaine", *La Jeune belgique*, 1.1, 1896, p.4.

罗科佩（Procope）"进入新开张的"金太阳（Soleil d'Or）"，有时他身边还有艺术家、好事者、附庸风雅的人……①

如果说他与兰波的生活，还有一些文学的探索的目的，那么他晚年的生活，纯粹是酒与性的深渊。这两样起到的作用是一样的，都在麻醉他的理性，放纵肉体本能的刺激。在这种生活中，时间和空间的感觉消退了，咖啡馆、小酒馆、色情旅馆和他长住的医院没有什么区别，结合引文来说，是不是"金太阳"小酒馆根本不重要。表面上魏尔伦"一直奔波"，实际上他一直静静地停留在本能的世界，他的心早就麻木了。同样，那些妓女和"美少年"都成为欲望的符号在他周围旋转，每一个符号几乎都是一样的。

1890年以后，魏尔伦结识了两位出卖色相者，一位叫菲洛梅纳·布丹，另一位叫欧也妮·克兰茨，前者三十来岁，后者要更老一些。这两位一直使用各种手段索要钱财，愚弄魏尔伦。尤其是布丹，让诗人非常痛心。他用"以斯贴"的名字称呼菲洛梅纳，这个取自《旧约》的名字，兼具美貌与危险两层意思。在写给克兰茨的信中，诗人说过这样的话："我离开了'以斯贴'，内心悲痛。我爱她，也将永远爱这位女人。但是，她让我很危险，我离开她是明智的。你，我也爱你。你一直对我好，我只有和你在一起才能好好工作。"②引文中的话，似乎仍有些"山盟海誓"的味道，其实所谓的"爱"，只是一种性的吸引罢了。这是一种没有情感的、纯粹肉体的生活。在1896年的诗集《肉欲》（Chair）中，这些女人在诗人心中的地位被写得很清楚：

　　因为一切的女性都在你身上
　　你繁殖的人，那就是我
　　我在整个女性身上爱你，你一人

---

① Laurent Tailhade, *Quelques Fantômes de jadis*, Paris: Société des trente, 1913, p.6.
② Paul Verlaine, *Correspondance de Paul Verlaine*, tome 2, Paris: Albert Messein, 1923, p.471.

集合了完整的爱情：那就是我！①

这里无意对魏尔伦进行道德审判，魏尔伦有安排自己生活的自由。但是他的生活绝对不是古典主义要求的"孕育美德"。他不是节制现代人的自由，而是将它推到更夸张的地步。所谓古典主义的道德观，被它完全抛在脑后，根本没有得到遵守。

诗歌创作上魏尔伦会不会实践"朴素"的诗呢？哪怕诗人言行不一，也要充分考虑文学本身的特殊情况，因为有一些诗人将文学与道德分开，蔑视道德的人写出美丽的作品这在文学史上并不鲜见。在文学创作上，魏尔伦的问题更让人担忧。因为住院和荒唐的生活，诗人经常缺钱，写回忆录、写诗就成了他最重要的收入来源。他似乎将写诗看作是付嫖资的一种手段，只要菲洛梅纳和克兰茨向他伸手，囊中羞涩的魏尔伦就写几首诗，放在信封中，让这些女人直接向出版人瓦尼埃要钱。一般一首十四行诗值5法郎。如果诗人想付20法郎，他要一口气写四首。在一封给出版人的信中，诗人说："这些是特别优美的诗，值双倍的价钱。不管付不付双倍的钱，请把钱款交给菲洛梅纳。"②克兰茨当然也多次做过诗人的送信人和收款员。这些用途有失正派的诗作，很难有什么崇高的"朴素"之美，相反，它们往往是草率完成的作品，甚至充满污言秽语。被当作提款机的瓦尼埃，有时对魏尔伦辜负他的期望非常不满，甚至拒绝接受诗作以示抗议。在一封写于1894年5月10日的信中，魏尔伦表达了自己的愤怒："至于诗，您不想要这些诗是什么意思？如果您不想要，您怎么让我们完成一部诗集呢？好吧，还我的自由，老天爷！"③

就诗作内容来看，从《平行集》（*Parallèlement*）到《肉欲》（*Chair*），基本上属于身体写作的范围，露骨的语言经常出现在诗中。这里可以选取

---

① Paul Verlaine, *Œuvres complètes de Paul Verlaine*, tome 3, Paris: Albert Messein, 1927, p.271.

② Paul Verlaine, *Correspondance de Paul Verlaine*, tome 2, Paris: Albert Messein, 1929, p.229.

③ Paul Verlaine, *Correspondance de Paul Verlaine*, tome 2, Paris: Albert Messein, 1929, p.245.

一些还可引用的诗作为例,在《给她写的歌》(Chansons pour Elle)诗集中,有这样的诗行:"让羞耻不再妨碍我们 / 像林中的公鹿和牝鹿那样行事。/ 让我们抛弃羞耻之心。/ 甚至更进一步,要下流无耻。"①这里的语言一点也不"朴素"。如果说它们做到了"真诚"和"明晰",但这已经背叛了情感。诗歌的真诚与明晰不仅是语言的真诚与明晰,还是情感的真诚与明晰。这里的语言抛弃了意象,甚至抛弃了情感,似乎剩下的只是一些干瘪的吆喝——诗歌已死。如果一些诗出现了意象,那么这些意象往往是性器官的暗示,没有多少情感的意味,例如《平行集》中的这几行诗:"汁液在传送,花朵在生长,/ 你的青春是一片花圃:/ 让我的手指在苔藓上游荡,/ 那里玫瑰的蓓蕾闪耀光芒。"②这首诗写的是两个女同性恋的欲望,诗行中的"苔藓"是性器官的隐语,而"手指"的"游荡",则涉及动作。不要说拿这些诗与"朴素"的诗作比,就是与魏尔伦颓废主义时期的作品相比,都是非常庸俗的。哪怕在颓废主义的巅峰时期,他也注意到了文学的优美与精致的必要性,这是文学存在的条件,也是颓废文学的生命。在给《颓废者》杂志的信中,魏尔伦这样解释颓废的旨趣:"它要凭借它的精巧、高雅、精致,反抗文学和其他事物中的平庸和丑陋。"③但是他晚年的诗作,并不是什么"高雅""精致"的作品。魏尔伦似乎完全放弃了诗歌,写诗只是一种性宣泄的方式,他也不再将自己视作责任在肩的诗人,在理性极大的萎缩下,他整个人似乎只剩下了肉体,一个仍旧会发声的肉体。同样在《给她写的歌》中,诗人呼喊道:"我们不要谈论文学,/ 让读者、作者和出版人统统见鬼!"④这里的"作者"也包含诗人自己。波德莱尔的《恶之花》中也有这类诗,它们并非毫无价值,能折射出时代的某些特征,在象征主义文学中可以聊备一格,但是这种诗离魏尔伦的古典主义诗学标准相去

---

① Paul Verlaine, *Œuvres complètes de Paul Verlaine*, tome 2, Paris: Albert Messein, 1927, p.327.

② Paul Verlaine, *Œuvres complètes de Paul Verlaine*, tome 2, Paris: Albert Messein, 1927, p.133.

③ Paul Verlaine, "Lettre au décadent", *Le Décadent*, 2 (1888), Paris: Albert Messein, 1927, pp.1–2.

④ Paul Verlaine, *Œuvres complètes de Paul Verlaine*, tome 2, Paris: Albert Messein, 1927, p.327.

甚远。

总的来看，古典主义的道德原则和文学原则，基本脱离了诗人实际的作为，这种所谓的古典主义是一种虚假的诗学。它不但是对颓废主义文学的背叛，很多时候也是对文学本身的背叛。按照这种诗学划分文学阶段是无效的，也没有价值。但这里就出现一个需要追问的问题：既然这种诗学本身是虚假的，魏尔伦倡导它的目的是什么？他为什么要说谎？

二、魏尔伦古典主义诗学的心理解释

魏尔伦诗学问题，不能单纯通过文学的视角来解决，因而需要采用更宏大的视角。人的心理模式具有稳定性，在面对不同的环境时，常常出现相同的应对方式。对魏尔伦进行精神分析，有可能解答对于这种诗学的疑问。弗洛伊德发现梦的机制有两种操作方法：转移（displacement）和浓缩（condensation）。这两种操作方法将愿望的内容改造了。德国当代精神分析学家图克（Christoph Türcke）继承了这种理论，并发展了它。发展的重点就在转移上。照图克来看，原始人通过神经细胞传达外在的刺激，这些神经细胞渐渐建立起固定的通道，于是有了记忆。可是在记忆最初产生前，外在的刺激带来的往往是幻想。幻想有一种保护作用："它们为想象力开发一个空间，一种想象性的内在空间，人类在这种空间中就不会完全听凭从外部侵袭他的刺激的摆布。通过想象这些刺激来控制这些刺激，就变得可能了——将它们的形象运到这个空间中。"[①]这种将外在刺激转到内在空间的过程，就是他新解释的"转移"。梦含有现实的刺激，但是它根据这种刺激创造了一个主观体验的世界，并满足了梦者的愿望。这种学说解释了心理是如何建立一种安全机制的：在一般的情况下，梦重造刺激；在特殊的情况下，想象力将令人恐惧的外在现实转化为有利的处境。图克借用原始人的献祭来说明，当出现可怕的自然灾难时，原始人力不从心，于是通过献

---

① Christoph Türcke, *Philosophy of Dreams*, trans. Susan H. Gillespie, New Haven, Yale University Press, 2013, p.13.

祭来"摆脱对自然的恐惧"①。献祭就像做梦一样，是原始人改变处境的方式。

魏尔伦在生活中曾多次诉诸心理的安全机制，以摆脱无法挽救的困境。在比利时枪击兰波后，原本以为可以"大事化小"的魏尔伦，惊讶地发现警察没有放过他，甚至让他入了狱，这是可怕的处罚，他在回忆录中这样记载：

> 这个派出所离城市旅馆只有几步远，我很快就到那儿了，被两个警察押送着，其中一位是所长或者副所长，这时我对这些人很不感兴趣……这间单人牢房通过特别高的气窗通风、透光，有两张床、两张桌子和两把椅子，所有其他的舒适设备都省掉了，只有一样例外，但它并没有给我带来应有的清静。②

引文中的"很不感兴趣"流露出诗人的紧张情绪，一种无法排遣的阴影笼罩在他心头。这在之后的叙述中也可以看出，诗人称他度过了"难熬的羁押期"，而且当布鲁塞尔轻罪法庭在1883年8月8日判处他两年监禁并用铁链把他绑起来时，诗人"像个孩子一样大哭起来"③。这些态度表明了魏尔伦的恐惧和无助。阴郁的监狱以及它的狱警、凶恶的囚犯，像一个巨人一样把他紧紧攥在了手心，他逃脱不得，又无法接受现实。这是让人崩溃的时期。如果在现实中改变不了自己的处境，那么就在想象中改变它。魏尔伦同样给监狱"献祭"，抚慰它，想象监狱已经被驯服，甚至成为自己的保护神。于是在《我的入狱》(*Mes Prisons*)随后的内容中，监狱变成了一座"最好的城堡""近乎可爱"，它的结构、材料和色彩，都像一个情妇的家一样温馨："我得承认，它是极其漂亮的地方，外表是淡红色的砖，近

---

① Christoph Türcke, *Philosophy of Dreams*, trans. Susan H. Gillespie, New Haven, Yale University Press, 2013, p.47.

② Paul Verlaine, *Œuvres completes de Paul Verlaine*, tome 4, Paris: Albert Messein, 1926, p.376.

③ Paul Verlaine, *Œuvres completes de Paul Verlaine*, tome 4, Paris: Albert Messein, 1926, p.391.

乎玫瑰色，这个古建筑，真正的古建筑，里面刷有石灰的白色，焦油的黑色，有着钢铁的朴素结构。"①这里的色彩，使用了许多暖色。引文中的"朴素"（sobres）一词非常值得注意，它正是古典主义诗学的核心概念。一个压迫人的建筑，最后是以古典主义的姿态安慰他的。诗人现在的处境在幻想中变得惬意了，他轻松快活地生活在一个柏拉图或者贺拉斯的学院里，身边是可亲的警察，每天诗神都会惠顾他，于是就有了后来的《智慧集》（Sagesse）。这个中世纪式的"古建筑"，当然缺不了虔诚的宗教生活，因为每一面墙、每块石头似乎都成功地编织到他的幻想生活中，这就是魏尔伦狱中皈依的背景，也是古典主义道德观第一次成为他的拯救手段的由来："祈祷，含着泪，微笑着，像个孩子，作为一个赎罪的罪犯，祈祷，两膝跪地，擎着双手，全心全意，全力以赴，照着我苏醒的教条来做！"②

出了狱，不再需要这种安全机制的时候，魏尔伦很快就会放纵他的本能，把他的"保护神"忘得一干二净。沉溺于酒色，再加上梅毒的发作，让诗人晚年近乎三分之一的时间是在医院度过的。病痛、禁酒、缺钱治疗、病室的嘈杂、病友的死亡，同样让医院成为一个半封闭的强制性空间。在这种糟糕的处境中，以往的安全机制又回来了，魏尔伦再次相信自己活在一个舒服的地方："起码这是远离世人的安宁，以及痛苦的缓解。死的念头，无论是别人的死，还是自己的，都在乙醚、酚类消毒剂的气味中烟消云散了。血流得更平静了，头又可以思考了，双手像往常那样有力、安稳。"③心态的变化，让魏尔伦颇有些泰然处之的心态，他把病房变成了工作室和会客室，乐此不疲地接待各路访客。同样是一个安慰人的地方，之前的监狱现在变成了医院，不变的是一个人身受到限制的人。

如果说监狱和医院都是外在力量给魏尔伦设置的可怕空间，那么纵欲的、肉体的生活，就是他自己给自己建造的监狱。表面上，诗人还有自由

---

① Paul Verlaine, *Œuvres completes de Paul Verlaine*, tome 4, Paris: Albert Messein, 1926, p.394.

② Paul Verlaine, *Œuvres completes de Paul Verlaine*, tome 4, Paris: Albert Messein, 1927, p.404.

③ Paul Verlaine, *Œuvres completes de Paul Verlaine*, tome 4, Paris: Albert Messein, 1927, p.300.

意志，并不是被动遭受折磨的囚徒，但是丧失个性的本能冲动，用一种更有力的手困住了他。不需要多少理智，诗人就能意识到自己的堕落，并预感到自己的毁灭。图克发现内心的审查机制（censorship）不但在梦中活跃，在清醒状态下，甚至在社会生活中，它都在发挥作用。①它不会让人的本能冲动完全控制人。魏尔伦像最初被铁链绑住时一样，看到自己已经无法逃脱了。歌德《浮士德》的结局一遍遍在他眼前上演，梅菲斯特把肉欲给了浮士德，但最终后者要被撕成碎片。魏尔伦的"以斯贴"不会一直陪在他身边，相反，她会把他送上他亲自搭建的绞刑架。在《肉欲》中，魏尔伦感叹道："这是旅途中怎样的陶醉，/一半是神圣，一半是魔鬼！"②这写出了他的矛盾和自责心态。

这时古典主义的保护神就被召唤，魏尔伦希望出现一个"朴素"的空间，让他远离沉沦的诅咒。在给卡扎尔的信中，魏尔伦表示："可怜的动物像我们所有人一样，也有消化的问题，这是要好好地改善某种可怕的事物，就像看罢开场戏的看剧的人，开场戏的时刻引来或者应能引来这种教会的时刻。"③所谓"开场戏"就是渲染欲望的戏剧；所谓"教会的时刻"，指的是人需要的忏悔和救赎。人们可以放纵欲望，就像观看热闹的"开场戏"一样，但是这会带来"可怕的事物"，它有可能是自己的毁灭，也有可能是良心上的折磨。"教会的时刻"给人带来的就是"最好的城堡"，是一个可以获得慰藉的精神空间。魏尔伦借助一个虔诚的环境、一个集体的仪式压制他的本能，本能不得不把它之前控制的头脑让位于这个精神的空间。还有一个关键词需要注意："改善（parfaire）。"这是一个动词，它有"提升""完善"的意思。它就是魏尔伦对内心安全机制的概括。当陷入堕落不能自拔后，魏尔伦为了不让良心受到巨大的压迫，就把自己打扮成一位虔诚的基督徒，在基督徒的白日梦中，他获得了内心的平和。他给卡扎尔强调：

---

① Christoph Türcke, *Philosophy of Dreams*, trans. Susan H. Gillespie, New Haven, Yale University Press, 2013, p.18.

② Paul Verlaine, *Œuvres complètes de Paul Verlaine*, tome 3, Paris: Albert Messein, 1927, p.270.

③ Paul Verlaine, *Correspondance de Paul Verlaine*, tome 3, Paris: Albert Messein, 1929, p.51.

"参加弥撒是格外重要的事情，也常常（如果不是总是）是令人生畏的事情——再说，我承认，这是一种责任。"①在此之前，魏尔伦改造的是一个外在的世界，无论是监狱，还是医院，它们都曾是异己的力量。这最后一次的改造，针对的对象却是自己。有没有一种可能，诗人幻想的基督徒，是作为一个"他者"在拯救自己？也就是说，从一个放纵的人身上分裂出一个有道德的强者？目前看魏尔伦似乎没有出现人格分裂。因而这种改造更多的是着眼于同一个自我。他发现自己被无意识的力量所左右，但是现在他已变成一位有控制力的、虔诚的人，他的内心已得到宁静。

如果心理安全机制可以解释魏尔伦构建古典主义道德观的原因，它还没有说明诗人提出古典主义诗学的原因。既然宗教可以让他获得内心的平静，他为什么又要提出一种新的诗学？这种诗学似乎并不能直接给他带来慰藉。一个可能的解释是因为宗教文学。在给卡扎尔的信中，还有下面一段话："午后的祈祷中，我特别享受打开拉丁文的《诗篇》，不管是简装本还是豪华本，那里，所有的真实，所有的道德，所有的崇敬，都在卓越的拉丁文的美轮美奂中歌唱，不是颓废的，相反，这是精巧的、真实的、原始的拉丁文。"②这里的措辞告诉人们，古典主义的诗学，总结的其实是《旧约》中《诗篇》的风格，与它对立的，则是魏尔伦参与的颓废文学。就像在宗教仪式中得到安慰一样，他从宗教文学中同样得到了这种效果。甚至中世纪之后的文学，例如七星诗社的作品，也能给他类似的感受。魏尔伦倡导古典主义诗学，就像是一种献祭的仪式，如果说原始人的祭品是献给一个可怕的神灵，那么魏尔伦的古典主义诗学就是献给他自己的良知，一个同样无时不在的灵魂。它相信变化已经发生，就暂时不会再折磨他、恐吓他。古典主义诗学是一种辅助的手段，就像监狱中的建筑、警察、神父构成一个安慰人的体系一样，古典主义诗学和宗教文学、宗教仪式也组成一个系统，我们脆弱的、有负罪感的诗人被它们簇拥着，一个安全的、

---

① Paul Verlaine, *Correspondance de Paul Verlaine*, tome 3, Paris: Albert Messein, 1929, pp.50-51.

② Paul Verlaine, *Correspondance de Paul Verlaine*, tome 3, Paris: Albert Messein, 1929, p.51.

悦人的精神空间就诞生了。

这个精神空间不是要代替、取消魏尔伦的欲望世界，它让魏尔伦更加有恃无恐地放纵。只要从这个精神空间中走出来，魏尔伦就相信自己的纯洁，就有了更加放纵的资本。而每一段时间的放纵过后，诗人总是忘不了回到这种精神空间，重新来治疗自己。这个精神空间就像巴黎布鲁塞医院一样，间歇地收治这个伤痕累累的病人。比于齐纳曾经形象地形容过这种轮回："感觉犯罪以后，需要寻求拯救；内欲满足以后，马上需要信仰。如此不断循环反复，直至令人作呕。魏尔伦已经完全失去了方向，却以为，只要把自己习惯的内容机械地拿来并写进更僵化、更正统的诗中，他就可以用法律和秩序来补偿自己全身心的堕落。"[1]这里的"补偿"说，可能来自荣格。荣格曾经提出过心理补偿现象："一边太不足，则会导致另一边过于有余。意识和无意识的关系，就是补偿性的。"[2]魏尔伦的古典主义诗学应该存在一些心理补偿的功能，它可以调和理性与原欲，获得自我的平衡状态。不过，补偿只是补足缺失的东西，不够准确，还没有触及心理安全机制的问题。无论如何，比于齐纳很好地概括了魏尔伦晚年提出古典主义诗学的目的，它不是为了扭转颓废主义、象征主义诗风，建立新的诗派，它的作用是私人性的，用以治疗内心的创伤。

三、结　语

魏尔伦相信他的古典主义诗学，将会成为未来的诗学。在去世前他告诉吉尔坎："人们到处问明天的诗将会如何。在节奏和争辩的狂欢之后（人们称之为颓废者、象征主义者和罗曼派中的论战），它将会是平和的、朴素的、伟大的。"[3]这时的魏尔伦似乎已经分不清工具与目的、理想与欲望的边界了。他相信古典主义诗学将成为普遍性的拯救手段。今天的批评家没

---

[1] 比于齐纳：《魏尔伦传》，由权、邵宝庆译，上海人民出版社，2007年，第485页。
[2] Carl Gustav Jung, *Modern Man in Search of a Soul*, trans. W. S. Dell and Cary F. Baynes, London: Routledge, 2001, p.18.
[3] Iwan Gilkin, "Paul Verlaine", *La Jeune belgique*, 1.1 (1896), p.4.

有注意古典主义诗学的私人性,往往把它当作文学史的严肃事件,英国学者麦吉尼斯就将这种诗学看作是"一种新的、锋芒毕露的、后浪漫主义的古典主义"①。他还把魏尔伦和罗曼派诗人的出现,看作是法国文学思潮的重大转折,相信这些诗人是所谓"保守现代主义"的代表,与之前象征主义的"先锋现代主义"分庭抗礼。麦吉尼斯与魏尔伦共同参与了这种诗学的虚构。如果探寻这种诗学提出的背景和目的,可以发现,它并不是真正得到实践的诗歌原则,而是让诗人摆脱绝望处境的手段。就像虚构一座"可爱的"监狱一样,古典主义诗学给魏尔伦营造了一个安宁的精神空间,这个空间的有效性,只限于他的主观体验。不过,就其主观体验而言,在某种程度上,这种诗学又不完全是虚假的。

---

① Patrick McGuinness, *Poetry & Radical Politics in fin de siècle France*, Oxford: Oxford University Press, 2019, p.264.

无法抵达的灯塔：
格丽克《野鸢尾》中亲密伦理的诗学阐释

□ 张锦鹏[①]

内容摘要：格丽克在《野鸢尾》中组织了上帝、园丁、植物的隔空对话，其中的时祷文可视为园丁向上帝诉说的内心隐秘的记录。海伦·文德勒认为，这类基于假想交谈的抒情诗由于预设了摩擦的缺失，因而可供诗人自由地探索亲密伦理。面对现世的孤独与痛苦，园丁渴望与上帝建立消抹距离的亲密伦理，上帝却将距离的存在视为园丁独立的必须，两者的冲突形成了伦理结。而伦理结的解开是通过园丁不断调整与上帝之间的距离，她逐渐趋向上帝的亲密伦理，最终达成一种微妙的平衡。诗集中三类角色的声音实际上是格丽克自己的声音，她借助他们的演绎诠释了欲望诗学，园丁与上帝之间的距离实质上是诗人与欲望之实现之间的距离，正是这一距离的存在使创作之持续成为可能。

关键词：露易丝·格丽克；《野鸢尾》；亲密伦理；伦理结；欲望诗学

露易丝·格丽克（Louise Glück）的诗具有明显的对话性，她往往使用顿呼修辞，用"你"呼唤一位特定的听者，从而将抒情诗从惯常的单声道转变为多声道，正如瑞娜·萨斯特里（Reena Sastri）所言：格丽克的诗"采用的交谈的语调和结构……是作为语言对话维度的体现，隐含着对读者

---

① 张锦鹏（1998— ），男，浙江温州人，华中师范大学文学院硕士研究生，主要研究方向为20世纪美国诗歌。

的回应的邀请"①。这一特征在获普利策奖的诗集《野鸢尾》(*The Wild Iris*)中尤为明显。丹尼尔·莫里斯（Daniel Morris）认为这部诗集标志着"格丽克职业生涯中的结构性突破"，因为诗人将"按顺序排列的相互联系的诗歌合集转化为一座复调剧场"②，在其中，园丁不断地向上帝祷告，企盼得到上帝的回应，而上帝与植物又以各自的方式向人类言说，三者的声音彼此冲撞乃至相互修正，使读者仿佛置身于语言的"竞技场"中。然而，反常的是，无论是园丁，还是上帝、植物，他们所"期望的听者似乎从未听见"③，这与海伦·文德勒（Helen Vendler）在《看不见的倾听者》(*Invisible Listeners*)中描绘的情形十分吻合：一些诗人明明拥有许多看得见的听者，可他们仍然选择一位看不见的听者作为言说的对象。文德勒认为，这背后隐藏着诗人的伦理诉求：现实中存在着许多达成亲密的障碍使诗人难以找到一位理想的听者，因而也无法建立理想的亲密关系，所以他们求助于想象，试图在乌托邦中寻找看不见的倾听者，这就"使诗看起来像一个数学提出的'纯粹'问题，其中假设了摩擦的缺失，或假定了一个绝对真空……于是如我们所见，亲密的条件和假设可以被自由地探索，称心如意的亲密伦理也可以被提出"④。那么，在《野鸢尾》中，园丁出于什么原因转向了上帝这位看不见的倾听者？她渴望与上帝建立何种亲密伦理？她与上帝之间始终无法弥合的距离又有什么诗学意义？这是本文欲图解决的关键问题。

一、无间与存距：两种亲密伦理的冲突

《野鸢尾》中的人际关系并不复杂，仅有由园丁和她的丈夫约翰（John）

---

① Reena Sastri, "Louise Glück's Twenty-First Century Lyric", *PMLA*, vol.129 no.2, 2014, p.190.

② Daniel Morris, *The Poetry of Louise Glück: A Thematic Introduction*, Columbia: University of Missouri Press, 2006, p.191.

③ Marie C, Paretti, "Louise Glück (1943-)", *Contemporary American women poets: an A-to-Z guide*, ed. Catherine Cucinella, Westport: Greenwood Press, 2002, p.151.

④ ［美］海伦·文德勒：《看不见的倾听者——抒情的亲密感之赫伯特、惠特曼、阿什贝利》，周星月、王敖译，广西师范大学出版社，2019年，第57—58页。

以及儿子诺亚（Noah）三人组成的"妻子—丈夫—孩子"的家庭关系。格丽克将《旧约·创世纪》作为这一家庭活动的"背景板"，使他们的故事影射着伊甸园中的夏娃与亚当，以及大洪水后与上帝立约的诺亚，不过格丽克放大了"夏娃"与其余二者的失谐。在《晨祷1》[①]（"Matins"）中，园丁与诺亚争论关于抑郁症者的话题，但她的观点遭到了后者的驳斥。而在与约翰的关系中，园丁遇到了更多的矛盾。在爱情之初，她试图停止耕种，而她的丈夫却想要耕种到结束，于是她"抚摸着他的脸颊 / 表示休战"，但通过"花园"的视角，我们发现"甚至爱情之初，/ 她的手正离开他的脸产生 / 一个背离的意象"[②]（《花园》，"The Garden"）。这一"背离（departure）"贯穿于他们的关系之中，使他们难以达成心灵上的亲密。如在《歌》（"Song"）中，园丁欲与约翰探讨诗中野玫瑰的象征意义，约翰却答道："如果这不是一首诗，而是 / 一座真实的花园，那么 / 这朵红玫瑰将 / 不被要求与 / 其他东西相像。"他们的深入交流止于思维模式的相左，致使园丁无法在现实中找到一位理想的听者。更何况她还面临着孤独、痛苦、死亡等更具形而上色彩的难题，这迫使她转向上帝这位"全知全能"者，渴望祂的仁慈能够抚慰痛苦的心灵。

与乔治·赫伯特（George Herbert）一样，在构想与上帝的亲密伦理时，园丁也借鉴了圣经与祷文传统。她在伊甸园神话与摩西的故事中找到了人与上帝亲密的证据，《晨祷1》就表达了她欲回到伊甸园并与上帝亲密无间的愿望：

……我是
另一种情况——抑郁，没错，但在某种程度上热烈地
依附于那棵活着的树，我的身体
实际上蜷曲在裂开的树干里，几乎平静，在黄昏的雨中

[①] 《野鸢尾》中的七首《晨祷》和十首《晚祷》本无编号，为方便区分，本文按其在诗集中出现的顺序，添加了阿拉伯数字编号。

[②] 本文所引格丽克诗均出自 *Poems：1962-2012*（Louise Glück, Farrar, Straus and Giroux, 2012），且均由笔者自译。为方便查阅，中文诗题仍沿用柳向阳译本（《月光的合金》，上海人民出版社，2016年）。

几乎能感觉到

汁液起泡，上升

在伊甸园中，上帝与人之间无法克服的纵向距离尚未出现，亚当与夏娃甚至能与祂行走在同一座园子里。上帝就像父亲那般给予他们住所、食物，当找不到他们时甚至还会问："你在哪里？"[1]园丁希望得到的就是这般的亲密，即一位无微不至的慈父与依赖于慈父的孩子之间的亲密。她将"树"视为上帝的化身，因为她发现与上帝在一起"就如与桦树在一起"（《晨祷4》），于是她"蜷曲在裂开的树干里"，也就意味着蜷曲在上帝的胸膛里。这就消抹了与上帝的物理距离，同时也为她抵挡了来自外界的伤害（诺亚的驳斥）。这位慈父的胸膛更像是母亲充满生命力的子宫，能够治愈依附者的一切创伤，患有抑郁症的园丁在其中获得了深刻的平静，而语气上的温和代表着她获得了所求的亲密。

值得注意的是，这首《晨祷1》植入了园丁与儿子诺亚争论的内容。面对充满生机的春天，诺亚给抑郁症者下达判词："抑郁症者痛恨春天，在内心世界/与外在世界之间失衡"，园丁则将自己视为另一种情况予以反驳。这次祷告终止于对诺亚又一次辩驳的转述："这是/抑郁症者的一个错误：认同于/一棵树，而那颗快乐的心/像一片落叶在花园中游荡，一个代表部分的/形象，而不是整体。"他们的争论形成了话轮对。按照常理，只有在园丁对诺亚的辩词进行第二次辩驳时，话轮对才能达到平衡的"A_1-B_1-A_2-B_2"结构。然而，祷告中的"B_2"却是缺失的，这一缺失为上帝的话轮"C"的介入腾出了空间，使之能以不在场的形式在场，因为园丁坚信上帝会站在她的立场替她辩驳，以实现话轮对的平衡。而"A_1-B-A_2-C"的结构暗含着"B=C"，也就是说，上帝与园丁持相同的观点，并能与园丁一起扭转诺亚的辩词。这表明园丁所欲与上帝建立的亲密伦理既包含物理上的亲近（蜷缩在上帝的胸膛），也包含心理上的亲近（思想的契合），而后者是约翰与诺亚难以实现的。

然而，上帝并未如园丁所愿替她反驳诺亚的辩词。在第一轮晨祷结束

---

[1] 中国基督教三自爱国运动委员会、中国基督教协会：《圣经》，2004年，第3页。

后，祂反倒肯定了诺亚的观点:"我有两个自我,两种力量"(《春雪》,"Spring Snow"),即承认园丁所体悟到的仅是部分,而非整体。对于园丁渴望依附于祂并消抹距离的愿望,在上帝看来"不是信仰,而是屈从于/依靠暴力的权威",在这种依附中,园丁将会失去自身的独立性,沦为上帝的附庸,"裂开的树干"也因此退变为将她与大千世界分隔的牢笼。所以,为了"完成"园丁,让园丁成为"独立的存在"(《远去的光》,"Retreating Light"),上帝决定扩大与园丁之间的距离,将她逐出伊甸园,因为"凡人唯有失去一座万事具备、如死水般停滞、在虚空中永存的无忧乐园,才能在尘世土壤上'脚踏实地'地建造和守护一座真正属人的'花园—家园'"[①]。于是在《晨祷2》中,我们听到了园丁因无法弥合与上帝的距离而发出的深切悲悼:"无法企及的父啊!"祷告时的人称也由"我"转换为更具普遍性的"我们",以此倾诉"失乐园"的痛苦,试图博取天父的同情。

但上帝并未治愈园丁的痛苦,因为痛苦正是祂所期望的,正如祂在《最初的黑暗》("Early Darkness")中所言:"你们受难不是因为你们相互抚摸/而是因为你们出生,/因为你们需要与我/分离的生命。"也就是说,痛苦是上帝用来"完成"园丁的"催熟剂"。在接近诗集尾声的《远去的光》中,上帝终于完整地阐明了自己的亲密伦理。祂将园丁视为总是等着听故事的"十分年幼的孩子",但祂厌倦了讲故事,便给园丁纸与笔,希望她能写"自己的故事"。然而,上帝发现园丁能做的"只是哭泣",且"不会用/真正的勇气或热情思考",其缘由是园丁还没有自己的生活与悲剧,所以祂决定给园丁以生活,给园丁以悲剧。当看到园丁伏案书写自己的故事时,祂感到了满足,因为确信园丁"已经不再需要我"。诗歌的语气也由叹息与愤怒转向欣慰,表明上帝达到了所求的亲密。

由此可见,上帝提出的亲密伦理是以距离的存在为前提的,在祂那里,因距离扩开实现的独立与成长是达成亲密的必要条件,这与园丁在《晨祷1》中提出的物理上与心理上都消抹距离的亲密伦理相悖。两种亲密伦理的冲突生成了《野鸢尾》中最为根本的伦理结,为整部诗集提供了张力与动力。

---

① 包慧怡:《格丽克诗歌中的多声部"花园"叙事》,《外国文学研究》2021年第1期。

伦理结是文学伦理学批评的核心概念之一，它是"文学作品结构中矛盾与冲突的集中体现。伦理结构成伦理困境，揭示文学文本的基本伦理问题"。①而《野鸢尾》通过园丁与上帝的"隔空对话"所欲探讨的基本伦理问题则为，当"我"与"你"对亲密伦理的构想有着根本的冲突时，"我们"该如何达成亲密？

二、微妙的平衡：修正亲密伦理的构想

《野鸢尾》中的伦理结并不是伦理死结，它在"'我们'该如何达成亲密"这条伦理线上逐渐解构。在这一过程中，上帝，尤其是园丁不断修正自己对于亲密伦理的构想，直至双方达成一种微妙的平衡。伦理线是指"文学文本的纵向结构"，是"贯穿在整个文学作品中的主导性伦理问题"，其作用是"把伦理结串联起来，形成错综复杂的伦理结构"②。为了突显伦理结的解构过程，格丽克在诗集中植入了时间的维度，使之具有充盈的时间流动感。她将一日的时间、一年的时间与一生的时间调和，在园丁向上帝这位看不见的倾听者做的十七次祷告背后，是从晨到晚、从春到秋、从幼年到老年的时间流变，伦理结的表现形态在其中也不断变异，但总的趋势是逐渐解开。

如果说，园丁在《晨祷1》中提出的亲密伦理属于父女模式，那么随着上帝将她"从天堂驱逐"（《晨祷2》），她也开始了自己的独立之路。尽管《晨祷2》中的园丁仍然悲切地呼唤着上帝，但语气的变化暗示着他们之间扩开的不仅是物理距离，还有心理距离。文德勒认为，相比于戏剧与小说，抒情诗"较少地靠叙述行动中的人物来传达伦理意义，而更靠可信的语气"，诗人"召唤出的语气不仅刻画了说话者，还刻画了他与倾听者的关系，于纸上创造出他们之间联系的性质"③。《晨祷2》的语气明显不同于

---

① 聂珍钊：《文学伦理学批判导论》，北京大学出版社，2014年，第258页。
② 聂珍钊：《文学伦理学批判导论》，北京大学出版社，2014年，第265页。
③ ［美］海伦·文德勒：《看不见的倾听者——抒情的亲密感之赫伯特、惠特曼、阿什贝利》，周星月、王敖译，广西师范大学出版社，2019年，第13页。

《晨祷1》，后者属于被溺爱的孩子的语气，而前者则是被父亲伤害的孩子的语气。从"无法企及的父啊"（《晨祷2》）的悲切，到"除了 / 我们不知道这教训是什么"的困惑，再到"最初的眼泪 / 充满了我们的眼睛"的痛苦，到最后"我们从未想到 / 我们正学着崇拜的你"的愠怒，园丁的语气在一首诗的空间内几经转变，折射出失去与父的亲密后，她的心路历程。而整首诗的语气结束于愠怒，体现出一种主动的姿态，仿佛一位赌气的孩子主动拉开了与父亲的距离，这也是朝上帝的亲密伦理迈进的第一步。

在第二轮晨祷中，园丁开始修正自己对亲密伦理的构想，改变了以往纵向的父女模式，转而以爱称呼上帝，试图构建一种横向的更具独立性的亲密模式，因为她意识到位于纵向关系中的"强者 / 总是承受谎言因为弱者总是 / 被恐惧驱使"（《晨祷3》）。她既向内审视自身，意识到曾经对上帝的依附可能仅是出于恐惧，又向外思索上帝，对祂的处境多了份理解与同情。祈祷时的语气也蜕去了以往依附恳求的性质，尽管仍然无法克服与上帝的距离，但此时的园丁不再"只是哭泣"（《远去的光》），而是通过自己的思索寻找上帝存在的证据。虽然她得出的结论是"你不可能存在"（《晨祷3》），但也给自己留下余地："我不能爱 / 我不能构想的"，隐含着上帝以她能"构想"的方式向她显现的愿望。上帝对此并非无动于衷，祂一直倾听着园丁的诉求，并以自己的方式予以回应，做出适当的妥协："我已经顺从了你的喜好，耐心地观察 / 你所爱之物，仅通过 // 工具说话，用 / 泥土的细节，如你所好"（《晴朗的早晨》，"Clear Morning"），但距离的存在是祂亲密伦理的核心，所以祂不打算进一步妥协，将自己与园丁的"局限相'适应'，同意由可被人类感官知晓的元素来认识自己"[①]。

既然无法凭借感官弥合与上帝的距离，园丁认为，或许可以通过想象来弥合。从《晨祷3》到《晨祷5》就暗含着这一线索，体现出园丁构想的亲密模式的再次转型：将上帝转化为想象的产物。这吻合《远去的光》中上帝对园丁的期望，即通过书写进行自己的创造，两者的亲密伦理在此刻进一步趋近，伦理结也进一步解开。《晨祷3》就已透露出园丁要通过"构

---

① Linda Gregerson, "The Sower against Gardens", *On Louise Glück: Change What You See*, ed. Joanne Feit Diehl, Ann Arbor: The University of Michigan Press, 2005, pp.31-32.

想（conceive）"来实现与上帝的亲密的冲动，到了《晨祷4》，当上帝不在场的疑虑持续上升，她开始将神性从桦树中驱逐：

>……我还是继续
>对这些桦树说话吧，
>就像我过去的生活：让它们
>做它们最糟糕的，让它们
>用浪漫主义者将我掩埋，
>它们带尖的黄色叶子
>飘落并将我覆盖。

　　这里的树不再是代表着上帝的树，而是代表着浪漫主义者的树，从他们那里，园丁习得了创作故事的方法，而失去与上帝的亲密的悲剧又使她有了创造的材料。从此，她的生活不再仅仅与上帝有关，她还有了独立于上帝之外的生活。意识到这一点，园丁的内心恢复了平静，《晨祷5》的语气就像是对一位健忘的朋友的言说。她在祷告开头虚构了上帝的存在，"你想知道我如何打发时间？"以及"你应该知道"的说辞似乎是在回应上帝关于"你怎么打发时间"的疑问。园丁满足于这种想象，在祷告末尾，她又一次虚构了上帝的疑问，并转述说："你想看我的双手？"仿佛上帝在问："我能看你的双手吗？"问题的答案掌握在园丁手中，就像离开父亲到别处成长的孩子，在父亲之外开辟出了一片父亲不知道的生活领域，在这一领域中，孩子比父亲更具权威，使父亲不得不向孩子请教。

　　然而，想象毕竟无法替代现实，无法真正弥合失去上帝的孤独与痛苦。面对在尘世孑然一身的处境，园丁还需为遭受的痛苦寻找理由，来支撑她与上帝亲密的想象。在《晨祷6》中，她首次思考了痛苦的意义，并且重新以父称呼上帝，不过她并不是以孩子的语气，而是以求索者的语气呼唤：

>……父啊，
>作为我独处的代理，至少

减轻我的罪；解除

孤独的耻辱标志，除非

这是你的计划让我

再一次永远完整

值得注意的是，园丁祈求的不是消除自己的罪，而是"减轻（alleviate）"，祈求的不是解除孤独而是解除孤独的"耻辱标志（stigma）"，罪与失去上帝后的孤独于她而言已是实现"完整（sound）"的条件。也就是说，在园丁的求索中，上帝远离她所带来的痛苦正是上帝计划的一部分，如此，痛苦也就成了上帝在场的证明，饱含着上帝的期待，而这种认识正符合上帝的意图。虽然园丁未曾听到上帝在《最初的黑暗》《远去的光》等诗中所阐明的亲密伦理以及关于痛苦意义的言说，但他们终于达成了共识，二者的伦理结也随之解开。在最后一首晨祷中，园丁重新将上帝构想为"朋友（friend）"，而后改口为更具多义性的"伙伴（partner）"，"伙伴"既可以比"朋友"更为亲密而成为"伴侣"，也可以比"朋友"更为疏远而仅仅是"搭档"。在这里，园丁建立了一种更具弹性的亲密伦理。她想象自己与上帝一同观看日出，大地（人类的领域）仿佛成为了太阳（上帝的领域）之外的一个光源，而上帝"被扰动，在／大地面前无法／控制自己"（《晨祷7》），并为之感到惊讶。与上帝观看日出的是同样具有创造力的存在，她与上帝肩并肩，让上帝确信自己"已将你完成"（《九月的曦光》，"September Twilight"）。

从《晨祷1》中的父女模式到《晨祷3》的横向模式，再到其后的想象模式与伙伴模式，园丁不断调整着自己与上帝之间的距离，格丽克借此探索了两种处于悖论关系的亲密伦理逐渐达成共识的过程，并表明其要义在于不断地磨合，且要相信对方"最终将会把你赢回"（《催眠曲》，"Lullaby"）。

三、诗人与欲望：追逐永在撤退的灯塔

《野鸢尾》中有不少诗篇的叙述声音明显高于其他诗篇，借用苏珊·S. 兰瑟（Susan Sniader Lanser）的话说，这些诗在个人型叙述声音之上叠加了作者型叙述声音，甚至完全用作者型叙述声音写成，因为它们是"'异故事的'、集体的并具有潜在自我指称意义"①，如《月光中的爱》（"Love in Moonlight"）、《歌》、《远去的光》、《普雷斯克艾尔》（"Presque Isle"）等诗作就具有自我指称的元诗性，再加上园丁除了信徒、妻子、母亲等伦理身份外还具有诗人这一身份，并且常在祷告中将痛苦与诗人相联，这就使整部诗集也具有了元诗性质，正如保罗·布雷斯林（Paul Breslin）所言："上帝之于造物正如园丁之于花朵，也如诗人之于诗歌。"②从这一角度看，园丁在祷告时构想的与上帝的交谈仅是诗集的一个层面，在上帝、园丁、植物的声音背后其实是格丽克自己的声音，他们"在语调上的相似表明，这些组诗的对话实际上是内心交谈的陪衬"③，格丽克借助他们的声音演绎的实际上是诗人与诗歌也即她与创作的关系问题。

倘若我们学着格丽克笔下的上帝——"当我离你更加遥远的时候，/ 我能把你看得更清楚"（《远去的风》，"Retreating Wind"）——从更远的距离审视上帝，将会发现祂可以被抽绎为"欲望的未满状态"，也就是说，《野鸢尾》中看不见的倾听者的本质是诗人得不到满足的欲望。不仅是《野鸢尾》，文德勒分析的三位诗人所呼唤的倾听者本质上也可被抽绎为"欲望的未满状态"：赫伯特不满于传统祷告中与上帝的纵向交流、惠特曼未满于社会中男性间亲密关系的缺失、阿什伯利无法在自己的时代找到合适的人

---

① [美] 苏珊·S.兰瑟：《虚构的权威——女性作家与叙述声音》，黄必康译，北京大学出版社，2002年，第17页。

② Paul Breslin, "Thanatos Turannos: The Poetry of Louise Glück", *On Louise Glück: Change What You See*, ed. Joanne Feit Diehl, Ann Arbor: The University of Michigan Press, 2005, p.127.

③ Daniel Morris, *The Poetry of Louise Glück: A Thematic Introduction*, Columbia: University of Missouri Press, 2006, p.230.

分享审美观点，正是这种未满状态诱惑他们呼唤看不见的倾听者，在纸上创造与之交谈的亲密时刻。然而，与他们不同的是，格丽克真正要探索的不是与想象之"人"的亲密伦理，而是诗人与欲望之间的关系，园丁与上帝之间的距离实质上代表着诗人与欲望之实现之间的距离。如果我们将园丁的时祷文视为她的口头文本，那么将会看到正是上帝的"远去"，使她不断地创作，最终成为诗人，一旦欲望得到了满足，理想的亲密伦理得到建立，创作便将停止。所以当《野鸢尾》中的时间跨越"门道（doorway）"，由晨入晚，由春入秋，由幼年入老年，格丽克使园丁在《晨祷7》中建立的与上帝的亲密再次失去，而正是这一失去使成为诗人的园丁不至于死亡，使她能不断创造出新的时祷文。

晚祷系列不同于晨祷系列的排列组合，格丽克将之从"2+2+2+1"发展为"3+3+4"，不仅增加了园丁祷告的次数还扩展了园丁连续的视角，这背后是园丁表达欲即创作力的增强。而两个系列的根本不同在于，晚祷系列不再将重心置于如何构想与上帝的亲密，而更加关注如何诠释上帝不在场的意义。《晚祷1》（"Vespers"）就将"被痛苦地抑制的欲望"视为"更值得 / 坐在你的右手边，如果它存在，享用着 / 那易腐的，那不朽的无花果"的前提，未被满足的欲望经过想象的转化，成为神性恩惠的授权。在最后一轮晚祷中，园丁先是将无法与上帝达成亲密的孤独与渴求相联："为什么你想要我 / 在最后的时刻是孤独的，除非你想要我这么渴求希望"（《晚祷7》），这一观点在具有作者型叙述声音的《晚祷：基督再临》（"Vespers: Parousia"）中又被重新表述为创作与失去之间的关系："我努力将你赢回 / 这是写作的 / 意义。"赢回预设的是失去，倘若写作的意义就是将失去的赢回，那么一旦园丁真正获得了伊甸园中人类始祖与上帝那般的亲密，写作也将失去意义，甚至写作这一行为也将不会发生。在叙述声音更权威的《普雷斯克艾尔》一诗中，格丽克似乎为诗人们提出了"一份协议的条件"，她描绘了生命中的亲密时刻，并将之转化为图像（image），然后将笔触转向一个房间：

那个房间必定还在，位于四楼，

带有一个俯望大海的小阳台。

一个方形的白色房间，衬单在床的边缘处折回。

它还没有化为无，化为现实。

　　诗篇中的镜头由远及近，先是模糊的四楼，接着对准阳台，随后进入房间内部，最终聚焦于床单的折回处，这些细节营造出十足的真实感，但最末一句却打破了读者的期待：这一房间仅存在于这首诗中。值得注意的是，格丽克将"化为无"与"化为现实"相连，也就是说，要"变为有"就必须"不化为现实"，要有这首诗中的房间，这个房间就不能存在或者抵达。格丽克就曾直言生活"因渴望而高贵"，她不想过"因成就感而宁静的生活"①，在一次访谈中她解释道："对我而言，满足于存在就是一种死亡"②，这也诠释了诗人与欲望之间的关系，正如她在《诗人的教育》（*Education of the Poet*）中所写：

　　　　似乎对我来说，制作艺术的欲望产生了一种持续性的渴望感，有时是一种不安，但并非不可避免，以浪漫或是性感的方式演绎。似乎总是有某些东西在前头，下一首诗或下一个故事，可以看见，至少，可以理解，但不可触及。要完全理解它，就意味着要为它魂牵梦绕；一种声音、一种语调，变为了一种折磨——象征这一声音的诗篇似乎在某处已经完成。它像一座灯塔，不同的是，当我们游向它时，它就向后撤退。③

　　诗人创作诗歌就像泳者游向灯塔，倘若要让创作持续下去，灯塔就必须一直向后撤退，而这正是诗人与现实签订的协议：让所欲的现实成为无

---

　　① Louise Glück, *Proofs & Theories*: *Essays on Poetry*, Hopewell: The Ecco Press, 1994, p.3.

　　② Joanne Feit Diehl, "An Interview with Louise Glück," *On Louise Glück*: *Change What You See*, ed. Joanne Feit Diehl, Ann Arbor: The University of Michigan Press, 2005, p.127.

　　③ Louise Glück, *Proofs & Theories*: *Essays on Poetry*, Hopewell: The Ecco Press, 1994, p.16.

法抵达的灯塔，以让诗人在诗中不断追逐。

将"欲望的未满状态"视为创作必须采取的姿态，一直是格丽克的诗学观念。出版于《野鸢尾》之前的诗集《阿勒山》（*Ararat*）就是献给已故的父亲与已故的姐姐的，正是他们的故世唤起了格丽克向"看不见的倾听者"言说的欲望，从而诞生了这部诗集。而在诗集内部，格丽克也一再表明以失去赢得的观点，例如在《花朵的爱人》（"Lover of Flowers"）中，诗人写道："对我妹妹而言，这正是爱的条件 / 她是我父亲的女儿 / 对她而言，爱的面容 / 是转过脸的面容"，"转过脸去"既可理解为父亲不爱的表现，又可理解为将脸"不化为现实"，两种解释都指向未看到父亲爱的面容。这种未被满足的欲望对于诗人的妹妹而言，反倒成为"爱的条件"。出版于《野鸢尾》之后的《草场》（*Meadowlands*）的核心仍是未被满足的欲望：面对奥德修斯离家后留下的空缺，珀涅罗珀孤独地在大厅里织布，但唯有失去作为身体（现实）的奥德修斯，作为声音（想象）的他才能够出现，大海"带走的仅是第一个，/ 现实的丈夫"（《伊萨卡》，"Ithaca"），而另一个丈夫在梦中或图像中展开，"被在织布机上织布的女人塑造"，裹尸布也由此"变为一件婚服"。格丽克就是在织布机上织布的诗人，正如时祷文最终成为园丁的创造，未能在现实中满足的欲望都被她织成图像，一部部诗集，就是她与欲望的"婚服"。

四、结　语

格丽克在《野鸢尾》中戴上园丁的人格面具向上帝这位看不见的倾听者做了十七次祷告，尽管上帝对她而言永恒不在场，两者的亲密伦理有着根本的冲突，但与上帝达成亲密的诱惑吸引着她不断前行，使她从被溺爱的孩子成长为独立的诗人。格丽克就像布朗肖笔下的写作者，欲望的未满状态吸引着她开启追求文学空间的冒险之旅，但无论她怎样尝试，欲望的实现状态总是无法抵达，而这种无法抵达又诱惑着她继续尝试，写作就这样被转化为无限的进程。

"心脏狂跳的越野赛跑者"
——20世纪欧美诗歌的经验表达及其转轨

□ 张静轩[①]

  内容摘要：借助本雅明对"经验"的理论分析，及蒂鲁斯·米勒对本雅明理论的分析和阐释，并参考叙事学理论，可对以特朗斯特罗姆《回家》和扎加耶夫斯基《你的电话》为代表的一系列欧美诗歌典型文本进行重新解读和阐释。这类文本的经验表达暗藏于抒情表象之下，反映着诗歌抒情主体被疏远乃至隔绝的文化处境，以及现代诗歌经验传达由畅通流转到阻滞封闭的变化，伴随这一变化而来的是诗歌抒情主体经验表达的困境。认识这一困境并对其进行梳理，也有助于加深对相关文本文化政治内涵的理解。

  关键词：本雅明；外国诗歌；叙事学

  有这样一类诗歌，当你试图从其抒情手段或者表现手法去解释它时，总会感到似是而非，很难触到诗歌坚硬的果核，又时常忽视文本深处的经验表达，导致种种误读。闻名遐迩的瑞典诗人托马斯·特朗斯特罗姆的《回家》就是一例，其中有个"心脏狂跳的越野赛跑者"形象，生动鲜活，使人记忆犹新，但诗人为赛跑者塑形的诗学动机，总让人捉摸不透。幸运

---

  ① 张静轩（1994— ），男，湖北天门人，清华大学人文学院博士，主要研究方向为中国现代文学，在《中国现代文学研究丛刊》《文艺争鸣》《南方文坛》等刊物发表学术论文多篇。

的是，有不少类似的案例，或许比特朗斯特罗姆的杰作更具可解性，我们可以借由对这类文本的解读，延伸出一种带有叙事研究色彩的诗歌阅读视角，进而理解这类文本。

也许，要进入特朗斯特罗姆的诗学密林，我们得从别的诗歌文本出发，先借典型文本建立起参照视野。例如，波兰诗人亚当·扎加耶夫斯基的短诗《你的电话》，常以其精致的结构令人沉迷：

> 你的电话插了进来
> 正当我写着一封给你的信。
> 请别打扰我
> 当我正和你说话。我们两个的
> 缺席交叉着，
> 其中一个的爱将他自己撕开
> 如绷带。①

诗人寥寥数笔就为一桩生活小事赋予了可观的艺术纵深，堪称佳作。若仅将此诗作为精细巧妙的小诗典范加以阅读，就会忽略其中一个极为重要，甚至不可回避的问题：电话何以使这个文本呈现出交叉的样态，甚至撕裂预设的情感？假设仅仅将这个问题归于诗人在写作时的刻意设计，也能勉强自洽，但显然漠视了文本的深意。

作为一个抒情文本，这首诗精简得近乎严丝合缝，已容不下冗杂的批评，还能添上些什么呢？甚至其核心字眼——"爱"，也因为这首诗高度的形式化，压缩了被添油加醋的可能。读者无法去揣测情感的内蕴，而只能叹服于诗人巧妙的抽象手段：将情感冷静地作为结构的一部分。"爱"在此语境中，不过是线条分明的交叉结构中位置稳固的一个焦点，既无浪漫主义式的情感外溢风险，也不像传统的象征主义诗歌那样，"仿佛远远传来一

---

① 该诗原收入诗集《震惊》（1985），此译本初载《扬子江》诗刊2010年第1期，为李以亮译；也可参见《无止境　扎加耶夫斯基诗选》，李以亮译，花城出版社，2015年。

些悠长的回音"①。或者可以从艾伦·退特那里借来一个讨巧的说法："诗的意义就是它的张力，即我们在诗中所能发现的全部外展和内包的有机整体"②，那么这首诗以两个喻体，即电话和信，来连接一个喻旨，即情感，而这种形式上的不对应，暗合了情感撕裂的危险。这看似是一条有效的解读路径。

若对这首诗的阅读到这里止步，就忽略了这首诗歌作为叙事文本被打开的更多可能性，也自然对其中的经验问题视而不见，不巧的是，经验问题或许正是打开这首诗的一把钥匙。这个问题，需要从扎加耶夫斯基对托多罗夫的驳斥说起。茨维坦·托多罗夫在《赞美平凡》一文中称赞了荷兰风俗画家对日常生活的呈现，这引发了扎加耶夫斯基的不满："托多罗夫的姿态是危险的——它撕裂现实丰富的肌理，我们从以前的世代所获得的整个背景，这是我们有义务完好无损地传递给未来世代的东西。它是一个由人类的经验组成的网……""'平凡'这一概念遗漏了英雄主义和神圣的可能性——悲剧的颤抖仍在远处——它一如既往，毫无变化。"③由扎加耶夫斯基对托多罗夫的批评可以看出，在对艺术品表现日常生活这一问题上，扎氏的态度带有明显的保守色彩。对扎氏而言，过去世代所传递的"人类的经验组成的网"才是他所重视的，其中包含了平凡生活所易于遗漏的"神圣的可能性"。换言之，扎加耶夫斯基自己所希求的，是超越平凡生活，寄意于整体经验，进而演绎其诗学观念。

但话说回来，《你的电话》采写的对象不正是荷兰风俗画家同样注重的日常生活吗？写信的人，打电话的人，无时无刻不在这世界上存在着，这是读者早就习惯，甚至麻木了的场景。但诗人的特殊处理，在于对这些碎片化的经验进行了重新编排，使之成为"经验之网"上的横纵线，这样一来，"你的电话"就成了一个显然的"事件"——借齐泽克的说法，这通电

---

① [法]波德莱尔：《感应》，《恶之花 巴黎的忧郁》，钱春绮译，人民文学出版社，1991年，第21页。

② [美]艾伦·退特：《论诗的张力》，赵毅衡编选：《"新批评"文集》，百花文艺出版社，2001年，第130页。

③ [波兰]亚当·扎加耶夫斯基：《粗鄙与崇高》，《捍卫热情》，李以亮译，花城出版社，2015年，第26页。

话是"破坏了象征结构的真实之物"①。正因为电话铃的响起,执笔写信中的抒情主体"我",笼罩在悲剧性的命运阴云中。

此言是否过甚?暂按下不表,先由扎加耶夫斯基强调的概念"经验"说开去。

本雅明《讲故事的人》不无伤感地宣称:"似乎一种原本对我们不可或缺的东西,我们最保险的所有,从我们身上给剥夺了:这就是交流经验的能力。"②"经验"是什么?与扎氏诗学中的经验概念有何异同?且一一梳理之。

本雅明所谓"经验",因其前后思想的变化以及写作语境的不同,饱含多样而开放的理论生命力。在其早期写作的《经验》一文中,本雅明注目于年长者与青年人的经验交流,一方面身感其悲地称赞"对于奋斗的人来说,经验可能是痛苦的,但它不会使他绝望"③,一方面鄙夷非利士人的浅薄:"非利士人有自己的'经验';这是一种永恒的无灵魂状态。"④在本雅明后来的写作中,他将"经验"视作伟大作家精神遗产的核心。在评论威利·哈斯的《时代的巨人》一书时,本雅明指出"人的一生当中,真正具有生产性的经验就像种子一样,微不足道且不为人知"⑤,他称赞剧作家霍夫曼斯塔尔"以后历史主义般的成熟,把从这里生发出来的能量转化为形式的结构"⑥。也就是说,本雅明所认同的处理经验的方式,是以"形式的结构"表达深埋于作家心中的经验。

---

① [斯洛文]齐泽克:《事件》,王师译,上海文艺出版社,2016年,第20页。

② [德]本雅明:《讲故事的人》,[德]汉娜·阿伦特编:《启迪:本雅明文选》(第2版),张旭东、王斑译,生活·读书·新知三联书店,2012年,第95页。

③ Walter Benjamin, "Experience", in his Selected Writings, Volume 1 (1913-1926), Edited by Marcus Bullock and Michael W. Jennings, Cambridge, Massachusetts: The Belknap Press of Harvard University Press, 1996, pp.3-5.

④ Walter Benjamin, "Experience", in his Selected Writings, Volume 1 (1913-1926), Edited by Marcus Bullock and Michael W. Jennings, Cambridge, Massachusetts: The Belknap Press of Harvard University Press, 1996, pp.3-5.

⑤ [德]本雅明:《神学批评》,《写作与救赎:本雅明文选》,李茂增、苏仲乐译,东方出版社,2017年,第101页。

⑥ [德]本雅明:《神学批评》,《写作与救赎:本雅明文选》,李茂增、苏仲乐译,东方出版社,2017年,第102页。

而"经验"的含义,则需要回头对本雅明写作的原始语境稍作梳理。美国学者蒂鲁斯·米勒在《本雅明:经验、文学和现代性》一文中,对本雅明使用的词语进行了细致的区分:"本雅明在概念上和历史上详细阐述了一种语言上的区别,这种区别是他从德语中获得的区别,而不是从英语和法语中得到的:'Erfhrung'和'Erlebnis'之间的区别,它们通常被译为'经验、经历、体验'。动词'Erfahren'和名词'Erlebnis'指随着时间的推移,通过重复性的动作,携带了一种知识的内涵","与此相对,动词'Erleben'和名词Erlebnis是指一种更接近现代的、主观的和心理学概念的经验……它暗示着一个独特的、非常强烈的个人体验,并且它的内在于个体或者精神的定位意味着将其本质传递给任何其他人都成了一个难题"[1]。参考米勒的梳理,本雅明的"经验"系统可以一分为二:其一为累积性的重复的传统经验,其二则是现代个体的独特体验,几乎不可与人交流。

如是而言,《讲故事的人》对列斯科夫的关注,就近乎一种对传统经验的追忆。按汉译列斯科夫著作已有数种,研究者也多对列斯科夫有唯物史观角度的评介:"他抱着为人民谋求幸福的心愿,以他无比丰富的生活阅历,半生勤奋的笔耕和杰出的语言才能,在他的篇幅不大的小说中逼真地展现了整个俄罗斯。"[2]这样的评价看似老套,但对理解列斯科夫乃至理解本雅明对列斯科夫的评价都有所帮助,列斯科夫以民间故事为创作来源,"对遥远的地方和悠久的年代皆感相宜"[3],而其简练的形式与充满活力的内容,则是传统的累积性经验的最好载体。本雅明一面追怀列斯科夫,一面感叹经验贬值,消息与现代小说替代传统故事,使传统讲故事的技艺和列斯科夫这样的作家几近消亡。

此番简单梳理,当然无法穷尽本雅明对"经验"的定义,但却为理解现代诗歌提供了别样的视角,由此我们可以回到对《你的电话》文本的讨

---

[1] [美]蒂鲁斯·米勒:《本雅明:经验、文学和现代性》,庄新译,《中国中外文艺理论研究》2015年第1期。

[2] 周敏显:《列斯科夫的生平与创作》,《左撇子·列斯科夫中短篇小说选》,周敏显、魏原枢译,上海译文出版社,1987年,前言页。

[3] [德]本雅明:《讲故事的人》,[德]汉娜·阿伦特编:《启迪:本雅明文选》(第2版),张旭东、王斑译,生活·读书·新知三联书店,2012年,第95页。

论中。不妨借本雅明之"经验",来探查扎加耶夫斯基的诗歌写作,在其中寻觅扎氏所谓"经验"的踪迹。这样一来,解读《你的电话》就需要借助叙事层面的考察手段。

对抒情诗的叙事考察,已有德国学者彼得·霍恩等珠玉在前,如《抒情诗叙事学分析》提出:"将叙事学的结构运用于诗歌的目的主要是实践性的:叙事理论是一个成熟的框架,我们可以改善、延伸并阐明抒情诗歌分析的方法论。众所周知,抒情诗歌正缺乏这样的理论基础。"[①]将抒情诗视作叙事文本加以研究,实则是对抒情诗解读路径的一种有益补充。参考霍恩等人的说法,不难发现,《你的电话》也是一个颇具特色的叙事文本,稍加演绎,就能得到这样的叙事脉络:"我"端坐桌前,手中握着笔,在伏案写作一封信,"我"的笔迹随着时间出现在信纸上。就在此刻,突然电话铃声大响——这通电话打断了"我"的写作,使"我"从写信的专注中抽离,然后起身,站在了屏幕亮起的电话前,而电子屏中显示的,是收信人"你"的电话号码。又或者电话并无屏幕,是"我"在接完了这通电话后,回到书桌前,望着尚未写完的信,讲出了这个故事……

或者,这个文本可以被视作两个叙事单元,第一个单元,是"我"正在写信,信件里是无数情感,随着"我"的书写缓慢地在纸上呈现,这封信在写完以后将要被投递,由车、马甚至信鸽带向远方。而第二个单元,则是"我"接到了一通电话,电话里"你"把所有想说的话都畅快述尽,"我们"互诉衷肠,随着电话挂断,交流戛然而止。

文本中"我"作为叙述主体,既是事件的叙述者,也是事件的承受者。得益于扎加耶夫斯基对"经验"的强调(当然,以波兰语/法语写作的扎加耶夫斯基所使用的"经验"与本雅明之概念绝不完全吻合),我们可以窥探这个由电话引发的事件的涵义。与其说《你的电话》表达的是经验自身的内容,不如说是表现了"经验"传达过程这一形式的崩塌。诗歌中出现了两种传播媒介,电话与信件,一种代表现代的快捷通信,一种则是传统的(手工)媒介。此时我们会想起本雅明的断语:"如果讲故事的艺术日渐

---

① [德]彼得·霍恩、詹斯·基弗:《抒情诗叙事学分析》,谭君强译,北京师范大学出版社,2020年,第2页。

稀罕，消息的广泛播扬是这种状况的罪魁祸首。"①由是而言，电话就使得这个写信的"我"面临着一种必然的悲剧命运，不论是否接听这通电话，"我"苦心写作的信件已经失去了意义，远方传来的消息近在眼前，不论我是否拿起电话的听筒，那边的人已经将所有讯息准备就绪，只在我接听的顷刻间传递给我。这时，桌上的信纸就成了一个令人尴尬的符号，它饱含深情——诗中的"爱"，但它又毫无价值，因电话的迅捷便利显得如此笨拙，甚至荒唐可笑。"我"的体验本身就构成一种普遍的危机，可以说，一通电话响起，世界上所有的信件都面临着失去意义的危险。

将蒂鲁斯·米勒对本雅明"经验"和"经历"概念的区分借用到此文本中，我们就会发现，作为累积性经验的信件，受到了承载个人化经历的电话的强力挤压。进一步说，"我们两个的／缺席交叉着"在这里也就有了近乎诀别的意味，在写信的"我"这里，收信者已经永远缺席，反之打电话的"你"，也将永远无法进入"我"的信件世界中，两个质地不均、时间相异的叙事单元，显得泾渭分明。此外，得益于诗人巧妙的省略，《你的电话》中并无对信息的冗余描绘，诗人在意的显然是叙事主体的行为而非其内涵。诗歌文本中的信件和电话，都是有形式而无内容的，我们只能知道叙事主体写信和接电话的可能行动，但对信件中所写的和电话中所讲的一无所知。这种近似限知视角的叙事方式进而强化了读者的错愕。面对如此精简的文本，读者同样不能加入信件或电话的沟通中，这也暗含"经验"之不可交流。读者所看见的，仅是其形式外壳，就如那封桌上的信件，深陷于以自身存在证明自身无意义的悖谬。

伴随意义渐淡的，是叙事主体的身份。本雅明追忆的不仅是经验，还有故事的讲述者："讲故事的人已经变成与我们疏远的事物，而且越来越远。"②本雅明的态度耐人寻味，按理说，他应该关心故事胜于关心故事的讲述者，因为故事才是承载经验的符号系统，而这个讲出故事的人无关紧

---

① ［德］本雅明：《讲故事的人》，［德］汉娜·阿伦特编：《启迪：本雅明文选》（第2版），张旭东、王斑译，生活·读书·新知三联书店，2012年，第100页。

② ［德］本雅明：《讲故事的人》，［德］汉娜·阿伦特编：《启迪：本雅明文选》（第2版），张旭东、王斑译，生活·读书·新知三联书店，2012年，第95页。

要。在专业的文学阅读中，尤其在新批评和结构诗学出现后，作者更是被驱离了文本世界。但其实本雅明一向重视经验的承载者："民间艺术和粗俗作品，在此处应该被认为是所谓伟大艺术作品背后一种独特的伟大运动，它像接力赛跑一样将某些特定主题代代相传"①，而在以讲故事为媒介的经验传承中，不管是"无名讲故事人"还是贴近口语的讲故事的作家，都可以视为累积型经验中的接力跑者，正等待着交出手中的接力棒。

回头看看《你的电话》，叙事主体"我"与不再需要寄付的信件，则表现了接力赛跑的戛然中止。电话铃声使得信件失去了作为媒介的意义，进而取消了写信者"我"的意义。作为叙事主体，"我"的处境比全无意义的信件更加堪忧，既无法开口表达，又必须表述文本中的静默——换一个稍显拗口的说法，"我"的叙事是为了证明叙事的空洞，讲述叙事的空洞成为了"我"叙事的唯一动机。或许这正是扎加耶夫斯基试图传达的人类经验中"悲剧的颤抖"的那部分，而其代价是牺牲叙事主体"我"，使之成为一个既无跑道，也无接力棒的赛跑者，颇似加缪笔下的西西弗斯。《你的电话》中的叙事主体，为《讲故事的人》中的这一段话提供了最好的形象："乘坐马拉车上学的一代人现在伫立于荒郊野地，头顶上苍茫的天穹早已物换星移，唯独白云依旧。孑立于白云之下，身陷天摧地裂暴力场中的，是那渺小、孱弱的人的躯体。"②孑然独立的"我"，正是媒介蜕变、经验贬值下人类的缩影。

当然，这样分析并不是为了将扎加耶夫斯基的诗歌文本变成本雅明诗学的一个注脚或者实例，恰恰相反，扎氏诗作和写作主张，与本雅明的理论设想有很大的区别。以"经验"为例，本雅明重视经验的累积和传播，为经验贬值以及经验传播者远去而扼腕；扎加耶夫斯基则不同，他的写作将"累积型经验"的丧失纳入了"人类的经验组成的网"，敏感地记录了这些瞬间并以求传递给他所想象的"下一世代"。就扎加耶夫斯基而言，现代

---

① ［德］本雅明：《民间艺术片论》，《写作与救赎：本雅明文选》，李茂增、苏仲乐译，东方出版社，2017年，第91页。

② ［德］本雅明：《讲故事的人》，［德］汉娜·阿伦特编：《启迪：本雅明文选》（第2版），张旭东、王斑译，生活·读书·新知三联书店，2012年，第96页。

诗人或许不是"讲故事的人",而更像表现"故事"摧折和经验转轨的人,他在《你的故事》等文本中设置的叙事主体,则承担了讲述事件和承受经验巨变的双重身份。

推而广之,似乎不难在现代诗歌,尤其是二战后的欧美诗歌中寻到这样的叙事主体,将诗歌作为抒情文本的研究习惯,导致这类抒情主体多少被忽视或者淡化了。如艾伦·金斯伯格的《嚎叫》,此处只取开头:"我看见我这一代的精英被疯狂毁灭,饥肠辘辘赤身露体歇斯底里,拖着疲惫的身子黎明时分晃过黑人街区寻求痛快地注射一针,/天使般头脑的嬉普士们渴望在机械般的黑夜中同星光闪烁般的发电机发生古老的神圣联系。"①诗中同样有叙事主体"我",将一代美国青年濒于崩溃的历史体验和心理体验和盘托出。抛掉对这首诗的既有印象,将其作为一个叙事文本,就会发现这是一个在麻醉品、性、政治、后工业图景中漫游的故事,诗人威廉·卡洛斯·威廉斯在为《嚎叫》所写的序言中将之类比为《神曲》,称"从所有证据来看,他经历过地狱"②,这也证明了《嚎叫》在戏仿史诗中达成的叙事性。

以往的研究多忽略了这个叙事主体,或直接将其嫁接在金斯伯格本人的生活经验上,这也不无道理,但却削弱了"我"的特殊价值。叙述主体"我"在《嚎叫》中不仅是见证者,甚至不仅是文本中种种越界行为的体验者,还是一个痛苦的讲述者。以讲述者身份存在于文本中的"我",需要记录一种极为特殊的代际体验,其难度可想而知,借本雅明语:"过去的真实图像(image)稍纵即逝。过去只有在其作为可知的图像闪现的那一瞬间才可以被捕获,然后便永远的抽身而去。"③"我"所能做的,当然不是真实地复现这个代际体验,而是以不断地体验和承受来保证这一体验在文本世

---

① [美]艾伦·金斯伯格:《金斯伯格诗选》,文楚安译,四川文艺出版社,2000年,第114页。此处"嬉普士"外文为"hipster",译者将之解释为"与'hippy'(嬉皮)有关,但含义更深,更广泛"。

② William Carlos Williams, "*Howl for carl Solomon*", *As a preface of Allen Ginsburg's Howl, and Other Poems*, San Francisco: The City Lights Pocket Bookshop, 1996, pp.7-8.

③ [德]本雅明:《历史哲学论纲》,《写作与救赎:本雅明文选》,李茂增、苏仲乐译,东方出版社,2017年,第44页。

界中的存在。这样，即便金斯伯格后来转向了佛教式的静修[①]，不再进行《嚎叫》式的书写，抒情主体"我"也依然能维持文本世界的完整。"我"所经历和陈述的内容，固然不是一个对人"有所指教"的累积型故事，但却是对独特代际体验的鲜活表现。《嚎叫》中的叙事主体与本雅明对累积型经验的追忆恰好相反，他追逐着那种难以交流的代际经历，并以偏执到几乎癫狂的语调冲击着读者。

从《你的电话》到《嚎叫》，叙事主体"我"在诗歌中扮演的往往不是"讲故事的人"的角色，而更像是经验或经历的体验者。这类抒情主体并非本雅明理论的直接例证（他们也不需要扮演这些角色），但为集体经验或个体经验留下了清晰的轨迹，就像泥地里的辙痕。假设忽略这些文本，或者以抒情文本的名义掩埋这些叙事主体的价值，那就造成了阅读的偏狭，对诗人和文本来说，这都是极大的不公。

推而广之，我们就能广泛发现这种经验转轨对诗歌表达方式的巨大影响。或者说，每一时代的优秀诗人都不免尝试为其经验寻求一个诗歌的形体。20世纪30年代的兰斯顿·休斯笔下，不平则鸣是其写作的核心动机，如其《黑人》：

> 我是黑人：
> 像夜晚一样黑，
> 像非洲腹地一样黑
>
> 我是奴隶：
> 凯撒叫我把他的门阶打扫干净
> 我为华盛顿刷过鞋子
> 我是工人：
> 我的手建起过金字塔
> 我粉刷伍尔沃斯大楼

[①] 关于金斯伯格的转型，参见胡亮：《两个金斯伯格》，张执浩主编：《汉诗·采莲船》，长江文艺出版社，2017年，第326页。

我是歌手：
从非洲到佐治亚州的大路上
我一直唱着悲伤的歌
我创造了拉格泰姆

我是受害者：
比利时人在刚果砍断了我的手
在密西西比河他们冷酷地私刑处死我

我是黑人：
像夜晚一样黑
像非洲腹地一样黑①

兰斯顿·休斯笔下，"我"是作为黑人群体的共名存在的，这个叙事主体超越了时间和地域的界限，直接指认黑人在历史与现实中所受的不公待遇，而在这种写作方式背后，是对种族主义适时的反思和回击。诗人对群体经验的集中处理流畅清晰，情感也很透明。而叙事主体"我"，既是诗人对自己族群身份的指认，又是黑人集体经验作为开放体系的证明，作者既可以将自己的当代体验添加进去（如20世纪30年代伍尔沃斯大楼的建设），又可以远涉已经尘封的古埃及历史，这无疑是典型集体经验式的，而阅读者通过在阅读中添加进自己的经验，即能形成强大的族群共感。

但恰如本雅明所言，世事巨变，经验也随之而逝。到了20世纪80年代，连代际经验的传递都会在诗歌中形成阻滞，比如以小说家名世的雷蒙德·卡佛，他的《我父亲二十二岁生日时的照片》就展现了这样的阻滞：

十月。在这阴湿，陌生的厨房里

---

① ［美］兰斯顿·休斯：《兰斯顿·休斯诗选》，凌越、梁嘉莹译，上海文艺出版社，2018年，第4页。

我端详父亲那张拘谨的年轻人的脸。
他腼腆地咧开嘴笑,一只手拎着一串
多刺的金鲈。另一只手是一瓶嘉士伯啤酒。

穿着牛仔裤和粗棉布衬衫,他靠在
1934年的福特车的前挡泥板上。他想给子孙摆出一副粗率而健壮的模样
耳朵上歪着一顶旧帽子。
整整一生父亲都想要敢作敢为。

但眼睛出卖了他,还有他的手
松垮地拎着那串死鲈
和那瓶啤酒。父亲,我爱你。
但我怎么能说谢谢你?我也同样管不住我的酒。
甚至不知道到哪里去钓鱼。①

一种对代际经验有意的戏仿,呈现了经验所面临的状况——既没有传奇故事,也没有可资借鉴的人生经验。父子之间传承的只有酗酒和钓鱼这样难上台面的习惯,这既是卡佛对其生活的复写,也是一代美国诗人经验困境的独特写照。这进而造成了写作的困境,诗人们如果不像金斯伯格、罗伯特·洛威尔等人那样自剖心灵,恐怕就得像卡佛这样描写苍白的代际关系。

经验的困境当然导致了诗歌写作的转轨,而有些诗人则抓住了经验变化的一瞬,为之进行了精准的赋形,而其生涩文本的阅读难度恰与感知经验本身的难度相对应,开头所举托马斯·特朗斯特罗姆的短诗《回家》正是再好不过的典型文本:

---

① [美]雷蒙德·卡佛:《我父亲二十二岁生日时的照片》,《我们所有人:雷蒙德·卡佛诗全集》,舒丹丹译,译林出版社,2013年,第37页。

电话交谈流入深夜，在村庄和市郊闪烁
然后我不安地躺在旅馆的床上
我像指南针上的指针
心脏狂跳的越野赛跑者带着它穿越森林①

在此可以重申本文开头的问题：该怎样理解《回家》？经过前文的论证，我们可以毫不费力地在此找到一个抒情主体"我"。离家远行的晚上，"我"沉浸于挂断电话后的静谧，眼含温情地望向窗外，仿佛能看到电话信号留下的闪烁。于是"我"发生了难以克制的分裂：电话的便利自然是弥合了"我"和家宅的物理距离，但却又激发了回家的强烈欲望。于是，一个"我"卧在旅馆陌生的床上辗转反侧；另一个"我"，一个承载身体归家经验的幻像，由乌有的越野赛跑者带向家的方向。以《奥德赛》为代表的古典归家故事中，回家是艰难的，不仅要历经海上的风浪，还得抵御塞壬的魅惑；但在特朗斯特罗姆的诗作中，回家居然变成了不可能的行动。电话赋予了人畅通无碍的远程交流能力，电话所传播的消息也缓解了思归的苦楚，但却并不能满足传统的归家意愿，甚至使此意愿再无立锥之地。叙事主体对这一困境的感受既无从表达也无须表达，只有使之因物化形，才能捕获这样的独特感受。因此，我们越体认到传统经验交流方式的崩塌，那个越野赛跑者迅速起伏的胸廓，也就越清晰起来。显形的赛跑者意象有动势而无实体，暗示着个人经验的不可传达，诗歌文本也正是在这个层面上，对现代生活进行了反思和赋形。

---

① ［瑞典］特朗斯特罗姆：《特朗斯特罗姆诗全集》，李笠译，南海出版公司，2001年，第198页。

当代诗歌研究

文化记忆视阈中的黑陶诗歌
——兼论黑陶诗歌、黑陶散文之间的互文性[1]

□ 陈义海[2]

内容摘要：首届"艾青诗歌奖"获得者黑陶在其诗歌创作题材上形成了独属于他的鲜明特色。他的诗歌立足于江南与陶瓷这两大题材，用极其个性化的语言生动体现了他诗歌的"江南性""乡村性"和"火焰性"。黑陶笔下的江南，以位于苏、浙、皖三省交界的宜兴丁蜀镇这个"烟火乡镇"为中心，以20世纪70—80年代初的乡村为书写对象，通过独具风格化的语言展现了迥异于传统诗学观念中的江南，即父性的江南，硬朗的江南。黑陶对陶都、陶土、陶瓷、陶火的书写，更是将他的诗歌写作与其他当代诗人的写作清晰地区分开来。同时，黑陶诗歌的"江南书写"，也是通过诗歌保存文化记忆与社会记忆的一种有效尝试；其中所包含的乡镇记忆、乡村生活细节记忆，使得他的作品在获得审美价值的同时也具备了很高的社会学认识价值。黑陶的诗歌语言轻柔中透着逼人的刚性，是典型的用陶火"烧制出的语言"；而他自己的诗歌与散文之间所形成的互文关系，同样值得我们关注。

关键词：黑陶诗歌；父性江南；陶瓷；火焰；社会记忆

---

① 基金项目：本文为江苏省社科基金（重点项目）"近四十年江苏新诗综合研究"（项目编号：20ZWA002）的阶段性成果。

② 陈义海（1963— ），男，江苏东台人，比较文学博士，盐城师范学院文学院教授，双语诗人，翻译家，中国文艺评论家协会会员，兼任江苏省比较文学学会副会长，江苏省中华诗学研究会会长，西南大学中国新诗研究所客座教授，曾获得江苏省第四届、第七届紫金山文学奖。

黑陶的诗歌与江南、乡村、陶瓷天然地联系在一起，与无锡宜兴丁蜀镇这座"南方乡土迷宫"①天然地联系在一起。诗人用"黑陶"做自己的笔名，并在诗中写道："在夏天的阴影里 / 在孤独的星球上 / 我是 / 那名啜饮火焰的黑皮肤的孩子。"（《我是……》）②这是黑陶与那片土地在精神上的永久约定。从黏土到陶瓷，是一个不可逆转的物质形态的转化；这种物性的定格特征，也显著地体现在黑陶诗歌的总体风格上；正如他自己所说："写作，就是将汉字，镂刻在纸上。"③黑陶用三十多年的苦吟，成就了他最富特色的地方书写，而这种地方书写也是"文化记忆"在诗歌创作上的典型体现。

近三十年来，文学家、埃及学家、史学家、传媒学家、社会学家和心理学家们从不同的角度对社会记忆和文化记忆展开研究，成果丰硕。④文化记忆或者社会记忆，几乎成了一种"显学"。然而，从文化记忆的视角审视当代诗人创作的成果，目前还非常少见；而黑陶的诗歌则是一个不可多得的、文化记忆视阈中的样本。同时，黑陶诗歌中所体现的文化记忆，与他所出版的《绿昼》《漆蓝书简》《泥与焰》《烧制汉语》等散文作品之间，形成了一种互文关系。这是一种特殊的互文，是不同文体之间的互文。我们可以从他散文作品的"现场"，感受他诗歌中的意境；我们也可以从他诗歌作品的氛围，进入他散文作品的"情节"。在一个作家那里，能形成这种"诗歌⇌散文"的双向关系的，在当今中国诗坛是鲜见的。

虽然黑陶的众多诗歌中有不乏表现当下的优秀作品，但是，他最具代表性的作品多是写过去的；换言之，他既是"经验型"诗人，更是"回忆型"诗人，他的诗歌是一种成系列的文化记忆。这种记忆性书写在黑陶的诗歌中可以分为两大类：一类是对江南、乡村的书写，包括农业、乡镇、江南习俗与器物等主题；另一类是对陶窑、陶瓷、陶器生产的诗性描写与表现。本文虽分三点讨论，但均可以用"文化记忆"贯之。

---

① 黑陶：《家乡的火焰，炼制了属于我的汉字》，《农民日报》2023年5月31日。
② 黑陶：《寂火》，北岳文艺出版社，2014年。
③ 黑陶：《镂刻感》，《烧制汉语》，东方出版社，2016年，第89页。
④ [德国] 哈拉尔德·韦尔策：《社会记忆·代序》，《社会记忆：历史·回忆·传承》，季斌译，北京大学出版社，2007年，第3页。

一、记忆中的江南

作为一个早已远离乡村的当代诗人,黑陶肉身在都市,精神在乡村;所以,他对江南的书写,更体现为一种回忆和还原。隔着时间的距离,在记忆长廊深处的乡村晦暗生活场景,因为诗性表达而显得多姿多彩。黑陶笔下的乡村,是位于苏、浙、皖三省交界的宜兴丁蜀镇这个"烟火乡镇"[①],但在黑陶的笔下,"南方"一词出现的频率要远远高于"江南"。这是因为他认为"江南"一词被庸俗化了,所以无论是在诗中还是在散文中,他似乎在刻意回避使用"江南"。他曾写道:"'江南'原本是一个非常美好的词,但时至今日,这个词所遭受的蹂躏是空前剧烈的。它丰富、复杂的内蕴已经被粗暴地庸俗化、简单化,它已经被极其恶毒地蒙上了一层市井风尘之色。在我个人的内在感受中,再用'江南'这两个汉字已近乎是一种亵渎,所以我宁要'南方'而不用'江南'。"[②]的确,在传统的印象中,江南是氤氲的、缠绵的,但黑陶觉得这不是江南的全部,他认为有一个"父性江南"的存在。他认为,"江南这块地域的大海元素,长久以来,被人严重忽略……他们看不见,还有火,独自映耀过我,并源源诞生出南国汹涌陶器的灼烫火焰",并认为他"正在写出"父性江南。[③]可见,黑陶用"南方"一词,在一定程度上是要区别于小桥流水、杏花春雨的江南,而突出他的家乡丁蜀镇作为陶瓷之乡的异质性。当然,太湖西岸的宜兴地区,毕竟是以太湖流域为核心的"八州一府"的狭义江南的一部分,所以,本文在行文上还是依照了传统的说法。

文化记忆与少年形象。在对江南的文化回忆中,黑陶极少用"我",取而代之的是"少年"。在他的诗中,"少年"是一个行走者、观察者、叙述者、沉思者;同时,他也是诗人再现记忆中江南乡村的一个视角,是诗人

---

① 黑陶:《跋:自画像》,《烧制汉语》,东方出版社,2016年,第381页。
② 黑陶:《地域写作与黑陶的南方》,《绿昼:黑陶散文》,鹭江出版社,2006年,第329页。
③ 黑陶:《父性的江南》,《烧制汉语》,东方出版社,2016年,第48页。

叙述和抒情时的一个链环；如果抽掉了"少年"这个角色，他的诗歌的叙事框架便不能支撑：

一个少年离去后／庭院变得空旷（《庭院》）

汩汩的井泉——／自幽暗的童年和人世深处／持续涌现的／重瓣纯白（《宇宙的水杯中》）

老虎窗内安睡的少年／他的脸／被……微微触凉（《一棵开花的泡桐》）

内向少年的羞怯／是一弯新月（《内向少年的羞怯》）

大雨停歇的夏夜／少年孤单（《大雨停歇的夏夜》）

童年午夜／突然悸醒的那个压迫窒息的梦之上（《星空静观》）

沉睡的少年，抵达了火焰流溢的金色梦境（《春天》）

一位少年目睹／生活从燃烧到灰烬的无尽过程（《无尽循环的生活》）

穿黑胶鞋的少年……陷入了他还不懂的黄昏沉思（《沉思》）

稻草的陈香中，依然没有烫醒酣睡冬麦所梦见的那个蜷缩少年（《冬夜如此漫长》）

黑陶诗中的"少年"，在他的散文中也反复出现：

"沿着河埠往前走，少年沾满污泥的赤脚浸入了水中。河流刹那间激人的凉意，通过赤脚，传进身体隐秘的内部。"

——《河埠》[①]

可见，在黑陶的创作中，不管是诗歌还是散文，"少年"一定是一个明确的关键词。黑陶诗中的少年形象首先是一个行动者。在20世纪70—80年代初的中国乡村，少年是一个很特别的群体。他们被置于生活的边缘，他们没有功课的管束，一般也很少参加到所谓的"生产劳动"中去，他们的

---

① 黑陶：《河埠》，《泥与焰》，古吴轩出版社，2004年，第237页。

存在只体现人丁价值,即体现在每个家庭的人口数上。或许正是被"忽略"了,这些孩子才有机会"爬山、吊树、捉迷藏、挖野蒜、在竹林里苦练'鲤鱼打挺'"。①然而,这些"无业游民"却因为他们的这种身份、地位,而获得了比20世纪80年代之后出生的孩子更多的活动空间和精神自由,他们是清贫乡间四处飞舞的"精灵",虽然经常是以饥饿作为代价。这也是为什么(正如下文所讨论的)他们如此强烈地意识到灶间和灶膛的存在。其次,少年是黑陶诗歌中一个观察者,也是"我"的化身;他与父亲、母亲、亲人、生存环境之间形成关系,使叙事得以进行;通过他,砸石头的母亲、烧陶窑的父亲、陶窑的火焰、从县城来的轮船等,得以见证。再次,少年还是诗人的代言人。黑陶在诗中很少用"我"这个人称代词,他让"少年"在诗中行动、观察、思想,在让他在诗中担当一个角色的同时,也为诗歌提供了一个对乡村生活感受的视角。儿童时期的记忆除了更真切、生动,同时,他对环境的感受往往具有某种神秘感;他的"不知"和"半知",为诗歌带来童心的灵动:"灯熄了……硬冷的棉被/被微小蜷缩的灼热身子/终于渐渐焐软//父母已起的疲倦鼾声/让陈旧的家慢慢浮动起来"(《入睡之前》),这些诗行,通过童年回忆再现了20世纪70年代乡村生活的真实,但又不是完全受缚于记忆,"家慢慢浮动起来",是记忆的"溢出"与延伸部分,既是孤单少年特有的感觉,也是诗人借助于儿童视角赋予记忆以诗性。

当然,黑陶笔下的少年记忆,既是他的"个人记忆",也是与他年龄相仿的那几代人的"集体记忆"。他在散文著作中曾写过,他要把他的诗集《寂火》写成一部"江南的少年史。地球上人类的少年史"②。我们认为,他的诗文中确实透露出这种"普世性"。

记忆中的母性江南与父性江南。黑陶书写的江南,是典型的江南诗人写江南。我们也相信,最好的江南诗,一定是出自江南诗人之手,而不是出自打马走过江南的过客。黑陶所成长的环境,田野、集镇、陶窑、书院、庙宇残迹、太湖、河湾,注定了他笔下江南的文化底色。北方诗人笔下的乡村,显得荒凉、粗粝、遥远,而黑陶笔下的南方家乡,虽然截取的多是

---

① 黑陶:《少年忆》,《泥与焰》,古吴轩出版社,2004年,第262页。
② 黑陶:《寂火》,《烧制汉语》,东方出版社,2016年,第349页。

70—80年代初的记忆片断,但清贫当中透着灵气,沉闷之中洋溢着活力。藕、酒、米、布、网、虾、鱼、水、灶台、轮船、丝绸、紫砂……这些符号给黑陶的诗歌烙下了鲜明的江南印记。"一只篮子/盛满晃动的水影/挂在/阁楼的后窗//一只篮子/静静,正在散发/祖母/母亲/和姐姐的/荷叶气息"(《水乡》),这些诗行从意象到意境,无疑都是"最江南"的书写;"茶客们都是茶叶末子/时间泡着他们/一代有一代的味道"(《茶馆》),这里透出的更是"老江南"的气息;"陈旧的木梁间/散发着六月粽子和菖蒲的淡香"(《老家》),虽然文字上不着"江南"二字,但读者一眼就可以看出,这是江南诗。

然而,这只是黑陶江南诗的一个方面。确切地说,在他的笔下既有一个母性的江南,同时更有一个父性的江南。

对母性江南的书写,黑陶常常是以自己的母亲作为原型的。"母亲是农民,农余在一家大队办的碾砣厂干活。"①母亲的这种身份,在黑陶的诗歌中既表现为善良、温润的江南妇女形象,但又体现为在石头面前的不一样的母性特征。作为这位砸石头、碾石粉的母亲的儿子,不是在被亲吻和被拥抱中长大的,而是在"无数的碎裂声中/我被她/抚养成人"(《砸石头的母亲》)。在这种表现中,母性的"刚"性一面便突显出来了。此外,黑陶对母性的表现往往是置于劳动场景中的,通过劳动中的细节来刻画的:"山一般堆成的石头面前/那个女人挥起手臂时/风/常常吹乱她的鬓丝"(同上);"一粒蚂蚁/在钝亮的镰刀口上/愣愣地/注视母亲"(《收获》)。诗人是通过"风""鬓丝""蚂蚁"和"愣愣地"这些细节,以曲写的方式,传神地刻画了一个20世纪七八十年代江南劳动妇女的形象;但是,这里的母性形象与传统意义上的长发依依的"浣衣"女子的江南女性形象,已经完全不同,母性的柔韧中已经掺入了父性的坚毅。

对父性江南的书写,是黑陶江南书写中最显著的特色之一。无论是在诗歌中还是散文中,黑陶笔下的父性书写主要是以他自己的父亲为原型的;同时,它也包括了许许多多"广义父亲",那些被窑火映红了胸脯的南方汉子。黑陶强调有一个"父性江南"的存在,在一定程度上跟他所处的区域

① 黑陶:《合新厂》,《泥与焰》,古吴轩出版社,2004年,第184页。

和他所生活的小环境有着密切的关系。以丁蜀镇为中心的陶瓷生产，由土到陶所体现的物性之不可逆转的历程，赋予了这方水土以别样的品格，并使之成为吴侬软语大环境中的一个父性"板块"、雄性"飞地"："在火焰里埋首或者穿越的人，坚硬、透明，宛如一个个闪烁低暗眼睛的铜质雕像。"①走进黑陶的诗和文，就是走进这样一个"铜质雕像"的世界。黑陶的散文多次写到他身材瘦小的父亲，他虽然瘦小但又像"铜质雕塑"一样刚毅：

火焰色肌肤的年迈父亲，年轻时烧过龙窑，也用一根木杠走几十里地从南山挑回青郁的松枝。儿时酷夏，窑场上的父亲，瘦小身躯被窑火烤得黑红油亮，暴绽的汗珠，像无数条细河，在胸脯和背脊上不间断流淌。

——《古龙窑》②

父亲在河边仓库内午睡……瘦小的父亲在午睡。白花花的夏阳，在莹绿的蠡河上像碎银般闪烁。

——《河边仓库》③

而在他的诗中，父亲的形象同样是火焰的形象、脊背油亮的形象，只是更加浓缩与紧致："巨大的驳船运来了松枝／父亲汗流浃背"（《浓香》）、"火焰的父亲在砍伐身子……焰之陶又一批出窑"（《蓝漆之夜》）、"北街的夏天照耀父亲……瘦小、佝偻的人民之父"（《北街之夏》）、"父亲，身沾露水、脸膛红热的父亲，／带回河流激烈的黎明气息"（《黎明父亲》）、"吃在布上。睡在布上。衰老在布上。／一个一个的儿女，也全被扔在布上"（《父亲与布》）。这些诗行极其生动地刻画了一个终日匆忙的父亲的形象。他可以是黑陶自己的父亲（"狭义父亲"），也可以是劳碌在陶都的乡

---

① 黑陶：《南方》，《绿昼：黑陶散文》，鹭江出版社，2006年，第121页。
② 黑陶：《古龙窑》，《泥与焰》，古吴轩出版社，2004年，第117页。
③ 黑陶：《河边仓库》，《泥与焰》，古吴轩出版社，2004年，第178页。

镇之间成百上千的父亲（"广义父亲"）。"像父亲弓起的油亮脊背，/大海，剧烈地，和礁岸、底岩和广大的天宇摩擦"（《大海》）、"大海的摇篮/隐约，有父亲火焰/在波浪中/金光闪闪"（《我注视的海水内部》），这里所书写的则是被抽象、升华了的父亲，既是表现作为肉身的父亲的形象，也是对那片"火焰土地"上所涌动的父性特质的颂赞。

至此，可以看出，黑陶笔下的江南记忆书写，不是一种纯粹的心理学意义上的记忆再现，而是经过了他的文化价值判断的"修复性"记忆呈现。他对母性江南和父性江南的书写，在一定程度上颠覆了传统江南文学的传统格调。他的这两行诗，"黄昏，分别从窑场和田野归来的父母，/满头满脸，熏散火焰和花束的金属热息"（《热息》），极具代表性。无论是母亲还是父亲，身上散发出来的，都是"金属热息"，这正是父性江南的热息。

二、记忆中的"乡镇"

黑陶所写的乡镇，并不是今天作为行政区划的乡镇；他笔下的乡镇，是从乡下到镇上，从镇上到乡下，乡村与市镇之间不断切换的江南空间。所谓"乡"，并不是指穷乡僻壤的纯粹乡野；所谓"镇"，也不过是相对于"农村大队"的小集镇——这是典型的江南乡镇的特点。其实，明代以来江南地区城乡差异并不是很大，城里和乡下的交通较为发达（多为水路交通），城乡之间的差异也就是几里路、数十里路左右的距离。总之，黑陶笔下的"乡镇"的镇，远不是宜兴县城那样的大镇，而无锡在他儿时的记忆中，则是一个他不敢想象的大都市。也就是说，黑陶记忆中的乡镇，也"乡"也"镇"，仍然属于广义的乡村记忆；他的乡镇书写，仍属于广义的江南乡村书写。

色彩、温度与气味的乡镇记忆。在黑陶看来，乡镇给了他生命，并启迪了他最初的幻想："乡镇生我血我/白荷的光里生我的乡镇是一位农妇。"（《乡镇》）作为陶瓷之乡，黑陶笔下的乡镇首先是有温度的，甚至是炙热的：窑火的热、夏天的热。"一万座窑尽情燃烧"，烧热了"一万座尽情燃烧的乡镇"（《夏天黑暗》）、"反射绿光的河流/让夏天的乡镇发烫"

(《夏午》)、"乡镇热烘烘的，/ 长木盆内——/ 晚归母亲劳累过度的沐浴肉体是热烘烘的"(《夏夜练习册》)、"瓦屋天窗的上方 / 一角夜空开始显现乡镇的幽蓝"(《入睡之前》)——这些以少年的视角所捕捉到的乡镇的温度和色彩，是所有方志里都无法查找到的时代记忆。

乡镇记忆中的气味记忆是黑陶乡镇书写中十分生动的一个方面。他曾在自己的散文著作中记述过这种特殊的记忆："……未经火烧的干燥陶坯，破碎后散出的泥尘味、从窑场干活回家，父亲身上的汗湿和火焰味、母亲带回的矿石加工厂激烈的粉尘味、米粥煮好后弥漫家中的米香味、过年时咸猪头被煮烂时散发的诱人的咸香味、猪圈里的猪粪味……"[①]这些味道或气息，既是个人记忆，也是一种社会记忆。作为个人记忆，不同时期的气息深藏在人的潜意识深处，但并不是所有人都能将这种遥远的记忆激发出来。如果说在散文中，黑陶的表现是直陈的，那么在他的诗歌中，他对于记忆的表现则更加丰富、有力，且与其他环境因素交织在一起："迟缓但是准时，黎明浑浊呛人 / 乡镇移动的铁多么坚硬 / 柔软的，是舷窗外丰满的绿水 / 是内部置身于新鲜猪粪、乡音、甘蔗渣子和明灭烟头间温热肉体"(《县城轮船码头》)，这首诗真实地再现了20世纪70年代穿梭于乡村与市镇之间的客运小轮船的景况。这"乡镇移动的铁"，是江南交通发达的标志；而轮船内部的情景，则是视觉、听觉、嗅觉、触觉的结合体，是一个时代的缩影与记忆的汇集。

灶膛记忆。华夏文明是典型的农业文明，北方的炕、南方的灶（炉灶、灶台、灶膛、灶间）是文化记忆中温馨的部分，也是乡土书写中经常出现的意象。它们像英国人的壁炉一样，总是与家庭、家园的气氛紧密相连。起源于商朝的灶神崇拜，以及源自《史记》的成语"民以食为天"，都形象地反映了炉灶在中国人家庭中的重要地位。在中国的南方，特别是在经济落后的年代，"铁锅是清贫家庭的圣器"，灶膛里的火焰则是饥饿少年心中最炽烈的希望，而烧火的过程也是饥饿少年走向希望的一个旅程。黑陶的诗歌和散文中反复出现灶膛记忆。在这些书写中，他不只是作为一个旁观者，他也是记忆中的行动者、参与者。这首先可以从他的散文中见出：

---

① 黑陶：《气味：童年和故乡》，《烧制汉语》，东方出版社，2016年，第208页。

铁锅是清贫家庭的圣器。硕大光洁的黑铁之锅，长年累月稳居于泥石砌成的大灶台上，沉默、宽容，散发幽微的金属蓝意。平时，在金黄干净的原木锅盖掩盖下，它总是保持独特的冷静……锅底的灶膛是火焰天堂。我了解内中的图景和每类火焰的性格（荡漾不息的灶火，总是将童年小凳上那个塞柴男孩凑上去的脸庞烫热映红）。稻草的火柔软无骨，如晚风中乡镇上空的炊烟或流云，温热又持久；燃烧的麦秸热烈喧吵，一把塞进灶膛，就成了一把把的新年鞭炮，噼噼啪啪响个不停……

——《灶》①

　　最激烈灼热的地方，其实在一天中的大部分时间，也最寂寞冷——这就是灶间。一只白炽灯从倾斜的木橡上悬荡下来，孤零零地置于空中。南墙上的大部分面积，是已经关不严的数扇木隔矮窗，一小方格一小方格的光亮里，能辨出细舞的灰尘……一口碗橱，靠北墙而站，它的内部，是变冷的汤和菜，是半罐挖去大半的凝脂猪油，是秘密储存、已经板结的糖……

——《农宅形式》②

　　将劈开的旧竹塞进灶膛，萎靡的火焰迅速即凶猛起来，并伴有"呼呼"的啸声——烧饭少年凑上去的脸，顿时有烫疼的感觉。

——《竹》③

　　这些叙述，既是一种集体记忆，更是个人记忆的苏醒；它既体现了存在于大多数人记忆深处的共性，也体现了作者所处的个别生存空间的特殊性。"圣器""天堂"，写出了一个乡村少年对食物的渴望，对烹制食物过程

---

① 黑陶：《灶》，《泥与焰》，古吴轩出版社，2004年，第14页。
② 黑陶：《农宅形式》，《泥与焰》，古吴轩出版社，2004年，第124页。
③ 黑陶：《竹》，《泥与焰》，古吴轩出版社，2004年，第232页。

的宗教式的崇拜，也是对物质贫乏年代的刻骨表达。对各种柴火所产生的火焰的精细叙述，对灶间内部空间、细节的入微描写，既体现了回忆主体的主观选择，也体现了他回忆对象的一往情深。

如上所述，黑陶的诗歌和散文之间形成了一个作家自身的不同文体之间的互文。黑陶对灶膛的回忆性书写，在其散文中突出的是现场感，而在其诗歌中则体现为情绪的凝炼，感觉的升华："灶膛内的稻草火焰渐渐偃息／缓慢变黑的暗红灰烬，微耀……铁锅里忍耐的河水终于沸腾"（《秘密》），这些细节上的刻画，一方面表明了作为"圣所"的厨房是少年刻骨铭心的记忆，同时更体现出这些记忆在作者心中的地位。"火焰的灶膛存在血肉和思想／烟黑的灶膛内部／稻草的火／曼妙，鲜艳／它们使劲舔吻发烫的锅底／然后／渐萎的火焰暗红、熄灭／——清贫的粥饭，又一次熟了"（《无尽循环的生活》），在这些诗行中，诗人赋予记忆中的灶膛火焰以"肉体"和"思想"；从平凡稻草的火焰中，诗人所看到的是不平凡的"曼妙""鲜艳"之美；火焰与铁锅的接触，在诗人眼里则如情人的深情之"吻"——乡镇农家灶膛里的这些年复一年的、十分枯燥乏味的日常，因诗人诗性的回忆和精致的表达而获得了生命、美感，甚至崇高感。"清贫的粥饭，又一次熟了"，让读者从幻美"天国"一下子回到人间，同时，也与前面的幻美诗行中的旨趣，形成一种物质与精神的映照关系。

灶膛虽然平凡，但因为记忆和书写，而获得了诗学价值、文化学价值，甚至社会学价值。诗性的表达虽然不如民俗学所记录的那样"客观"，但注入的情感的书写却是最真实、最难忘的书写。

关于豨的记忆。猪一般很难成为诗歌所抒写的对方，但在黑陶的诗歌中，特别是在散文中，则反复写到猪。南方少见牛羊，猪是乡村常见的家畜。但在20世纪70年代，每家养猪的数量，甚至不比现在居民养的宠物狗多。"那时家里还养猪。一年养两头，一头在年中卖掉，一头过年时杀。"① 猪，是一种特定年代的"记号"：一头猪缓解"经济危机"，另一头猪让一户人家有过上"小康"生活的幻觉。

---

① 黑陶：《合新厂》，《泥与焰》，古吴轩出版社，2004年，第184页。

> 父亲，身沾露水、脸膛红热的父亲，
> 带回河流激烈的黎明气息，
> 带回来自县城的
> 补丁麻袋内两只幼小白猪的惊慌尖叫。
>
> ——《黎明父亲》

这是一幅极其生动的生活场景的再现，通过"少年"的视角，再现了城乡之间的交通关系，再现了父亲在家中的独特的职责，更是再现了"两头猪"在家庭中的"重要地位"。黑陶的散文与这首诗形成了密切的互文："上城捉好小猪的农民拥挤着上岸。扎紧口子的麻袋里，猪的带童音的尖叫让太阳完全现出鲜红的样子。"①可以看出，《黎明的父亲》中关于猪的描写与《乡镇》中关于猪的描写，是源自同一个记忆，是一个记忆在诗和文中的两种表达。《乡镇》一文中"猪的带童音的尖叫让太阳完全现出鲜红的样子"，其实也显示出极强的诗意，是黑陶诗化散文的体现。当然，从下面两个引文中，我们更能看出黑陶关于猪的记忆的生活基础：

> 丁蜀大桥上常有血腥……到杀猪坊，已能看到远处蠡河边丁蜀中学的大门。杀猪坊是公家办的一个收猪、杀猪的地方……每只到来的猪都有强烈预感……被抬上磅秤的猪通常因为恐惧而乏极，已经再叫不出长长的尖音，喉咙里只是残存低沉的"呼哧呼哧"声……在垂死的群猪的哀嚎声中，我走完我的初中之路。
>
> ——《往丁蜀中学之路》②

> （家中）杀猪异常热闹，请刀手……喊人帮捆……猪的嚎叫……溅血……烫猪……解剖猪肉……杀猪时我必是跟着父亲完成全过程的。
>
> ——《少年忆》③

---

① 黑陶：《乡镇》，《泥与焰》，古吴轩出版社，2004年，第215页。
② 黑陶：《往丁蜀中学之路》，《泥与焰》，古吴轩出版社，2004年，第193页。
③ 黑陶：《少年忆》，《泥与焰》，古吴轩出版社，2004年，第254页。

场景记忆。对江南生活、生产等场景的生动再现，是黑陶诗歌在内容上的显著特点。灶膛前烧火的少年，在陶窑的火焰前晃动着身影的男子，收获季脱粒机前奔忙的乡民，都是一幅幅通过记忆和细腻的表现而被激活的特定历史阶段的画面。在再现这些画面时，黑陶通常采取"有限度的"夸张与变形，给本没有诗意的现实，罩上诗性的外衣："谷粒飞溅／像亿万把弓箭射出的雨滴／又像土地喷涌的神圣礼花……累极而睡眠的孩子／已经梦见白米的海洋。"（《午夜无比灿烂》）这些诗行把半机械化时代的打谷脱粒的场景描摹得惟妙惟肖，"谷粒飞溅"是我们熟悉的场景，而"神圣的礼花""白米的海洋"则是对记忆的修饰和升华。正如哈布瓦赫所说："尽管我们确信自己的记忆是精确无误的，但社会却不时地要求人们不能只是在思想中再现他们生活中的事情，而且还要润饰它们，削减它们，或者完善它们，乃至于赋予它们一种现实都不曾拥有的魅力。"[①]

当然，未经"润饰"的"原始记忆"，如果所呈现的场景或瞬间是众人未曾注意过的，或者，是众人记忆中都有却未曾恰当地表现过的，往往具有其独特的价值和魅力。比如以下这首诗：

> 我认识它／淡天蓝色／有着两支兰叶的毛巾／／北风的冬夜／围着热水的脸盆／先是我和姐姐／再是母亲／最后是父亲／抖开后散出热气的毛巾／混合家人的体味／让童年多么温暖／／淡天蓝色／兰叶的局部已经破损／一天中更多的时间／它总是安静地／挂在家中歪斜的木质脸盆架上／／就像现在／安静地／挂在我的记忆里
>
> ——《淡天蓝色毛巾》

这首诗定格了"旧时代"很多农村家庭生活的一个场景：洗脸。它既是清贫时代的生活写照，也是中国家庭伦理的一种体现。同一条毛巾（一家人只合用一条洗脸毛巾）、同一盆热水（只舍得用一盆洗脸水），把一家

---

① ［法国］哈布瓦赫：《论集体记忆》，毕然、郭金华译，上海人民出版社，2002年，第93页。

人温暖地连接在一起。如此简陋的生活，却让作者觉得那是记忆中"温暖"的部分。"围着""先是""再是""最后是""抖开"，这些词活现了一个冬夜农家的生活场景。"淡天蓝色""兰叶""体味""破损""歪斜"，这些都是作者毛巾记忆的细致纹理，是他记忆之网上的一个个结点。这不仅是"挂在"作者"记忆里"的一条毛巾，也是挂在很多中国人的记忆中的一条毛巾——是集体记忆和个人记忆的交汇。"进行回忆的人目的不在于单纯地了解过去，而是为了确认和确定眼前的自我形象。"[1]黑陶的回忆是有"立场"的，诗中似乎也暗含了这样一个隐含的对生活的理解：一家人共用一条毛巾、一盆洗脸水的日子，是"温暖"的，而如今一家人每人一条毛巾、接着热水龙头里从不间断的热水洗脸，似乎并无书写价值。

近些年来，关于乡村的文化记忆，多围绕景观设计等所谓硬件展开，且最终多是落实在所谓"场馆建设"上，而黑陶笔下的这种场景记忆、事件记忆、活动记忆，却是被忽略了。他笔下这些存留在人们大脑中的文化符码、社会记忆，随着时光的流逝，随着一代又一代人的走远，必将在时间里、烟尘里永远沉寂。黑陶的乡镇记忆，使得他的诗歌（包括他的散文）得以超越诗学价值，而呈现出宝贵的文化价值和社会价值。

三、被歌颂的土与火

在黑陶诗歌的江南记忆书写中，陶窑、陶瓷、火焰书写是最为突出、成就最高的一个方面。制陶，这"火焰和泥土的古老工艺"，是黑陶家乡"百姓赖以生存的劳动方式"[2]，"火焰是乡镇生活的核心，是擎盖滨太湖这块地域的一张巨大的荷叶，几乎家家户户都从这火焰中讨得一份自己的生计"[3]。而黑陶便是在这种极其特殊的环境中长大的：他是窑焰熏陶的孩子，也是被窑焰熏"黑"的孩子。陶窑中那"古老的火焰"，就是他童年"最早见识的象形文字"（《古老火焰》），"故乡与人类的火焰，贯穿于我

---

[1] 金寿福：《扬·阿斯曼的文化记忆理论》，《外国语文》2017年第2期。
[2] 黑陶：《南方》，《绿昼：黑陶散文》，鹭江出版社，2006年，第121页。
[3] 黑陶：《阴影灼烫》，《泥与焰》，古吴轩出版社，2004年，第4页。

童年与少年的火焰",自然成为他的诗集《寂火》中的"主题意象"①,可见陶窑书写不仅是黑陶诗歌的确切主题,同时也对他诗歌的语言风格的形成产生了最为关键的影响,使得他的文字"都通红发烫""都坚硬闪烁",因为"它们都在黑夜的火中反复炼过"(《汉字》)。黑陶的陶窑书写,也锻造了他笔下的"父性江南"。窑场上堆垒的泥坯、黑夜中窑膛里奔突的烈焰、出窑时亲人们被窑火映红的胸膛……在读者面前展现了一个迥异于"小桥流水"的江南。

陶瓷生产是人类文明进步的标志,是人类在新石器时代的曙光中迸发的智慧的火花,是在发现金属之前人类所发现的泥土与火焰的神奇联姻。以丁蜀镇为中心的陶瓷之乡的成长环境,改变了黑陶,也成就了黑陶。"红焰闪闪的窑厂和周边长满农作物的田野都属于少年们捉迷藏的范围。在陶器与火焰隐秘的缝隙间跑累了,黑影憧憧的人形就会移到已经结满露水的空旷田野。"②那个在火焰之间捉迷藏的少年,最终用那火焰"烧制"出了自己的文字,并让那火焰燃遍字里行间。

对土的歌颂。陶瓷的神奇首先体现在泥土自身的奥妙,而对陶土的发现也更体现出人类对泥土奥妙的体悟。在没有物理学和化学的远古时期,人类对物性的体认却已体现出他与万物的心性融合。在诗人笔下,土作为最古老的元素,呈现出其诗性的一面:

泥:紫若钟鼎

泥:红似胭脂

泥:青如葱翠

矿:神性的泥土沉睡

矿:东方陶瓷的不绝母源

矿:聚集亿万年乌紫红青黄绿白的暴雨交响

——《矿藏篇》

---

① 黑陶:《寂火》,《烧制汉语》,东方出版社,2016年,第349页。
② 黑陶:《阴影灼烫》,《泥与焰》,古吴轩出版社,2004年,第3页。

在诗人的笔下，陶土是一个五彩斑斓的世界，是一个充满生命力以至于神性的本体。但陶土的物性只有在遇到火之后，它才找到了自己最完美的归宿："殷红的火焰的汗珠／沿着手指滴落／愿望泥土／献出最后的贞操。"《火焰篇》当泥土告别它本有的"贞操"，它便在新的物性里获得了新的生命。"在青衣男子灵韧的双手中，在平原黑夜的烈火内，／成为一只宁静子宫：灌满风雨、行星和四季轮转的不息之声"（《紫砂》），这是对陶土的超逸性歌颂，将泥土的生命与万物的生命交融在一起。一只紫砂壶，它不仅是空间上的一种存在，由于它与万物的关联，它也如"一只宁静的子宫"而承载万物。

火焰记忆与火焰书写。这是黑陶的陶窑书写诗篇中最精彩、最热烈、最灼烫的部分。"窑火""火焰""烈焰""白焰"，燃情于他诗歌的字里行间。如果说黑陶是当代诗人中书写陶瓷最出色的诗人，那么，他也是当下诗人中书写表现"火焰"最杰出的诗人。通过对火焰多姿多彩的表现，他给我们展现了一个"燃烧的江南"、一个"一切皆烫"的江南——"一切皆烫！含香的烫。热爱的烫。绝望却坚持的烫。"（《窑》）

黑陶对火焰的记忆，可以在他的多篇散文中见到："堆如山丘的浓香松柴被龙窑疯狂吞噬，龙肚之内，剧烈的火焰不舍昼夜地锐叫、窜跃……黑沉沉的夜里，承传不辍的窑火逸出洞眼，遥望狂野中的龙身，金鳞闪闪，欲飞欲舞，宛如时光倒流，给人带来一种东方式的古老而又奇异的美感。"[①]黑陶关于火焰书写，不管是散文在先，还是诗歌在先，二者之间无疑形成了一种互文关系：散文突出的是场景描写，诗歌突出的是火焰在生命、精神和美学层面上的展开。

黑陶笔下的火焰呈现出奔放之美、粗犷之美、灼烫之美。"一亿个低矮的窑之故乡／一亿个炎夏在激涌、在燃烧／一亿颗太阳在碰撞、在爆炸"（《火焰篇》），这些诗行通过极其夸张的手法展现了江南的雄性之美。"窑之故乡""炎夏"和"太阳"与江南大地合一，诗性书写的同时也驱散了人们对江南的传统认知。黑陶对火焰的歌颂同时也是多视角的，从物性的火焰升华到美学的火焰：

---

① 黑陶：《古龙窑》，《泥与焰》，古吴轩出版社，2004年，第117页。

以一道威严的法则
火焰，拒绝假美

是痛
是爱
是故乡之血
你看，美的透明固体
正隐晃
　　——《火焰篇》

　　火焰，是"美的透明固体"，这是诗人的慧眼对物质形态的透视，是对有限事物的超越，是用精神"抽取"出来的异美。"拒绝假美"，更是对火焰的神圣物性的最高赞美，同时也包含了诗人对美学的别样体认。而陶土通过火焰的"窑变"过程，在黑陶看来，也是一个生命转化的过程。在他看来，陶土是有生命的，火焰是有生命的，陶窑本身也是有生命的。他反复使用"疼痛""剧痛""喊痛""奋力燃烧""受难"等表述，赋予泥土的"窑变"过程以生命和人格。"在纯白的焰流中受难、生育或死亡。/发烫的乡亲说，这是幸福，也是甜蜜。"（《窑》）"受难"→"生育"→"死亡"，窑膛中的陶坯因此有了造物主受难的形象；正因为有了生命的注入，制陶的过程在诗人的笔下便不只是一种工艺。

　　火焰与人民。黑陶的火焰歌颂又与人民歌颂是合一的。窑火是滚烫的，烧窑的人是滚烫的。他笔下"烧窑的父亲"，既是他自己的父亲，也是陶瓷之乡许许多多的父亲；这许许多多的"父亲"，组成了用鲜血"点燃窑焰"的作为一个群体的世代陶工。

兄弟的脸膛与父亲的胸脯，被岁月之火激烈锻打。
我所熟悉的制陶的人民，
坚硬、黑红，犹如充满渴意、内蕴太阳的岩石琥珀。

......

黑夜的群星因为烫痛而颤抖不停。

像沁出的一颗颗太阳,鼻上、颔下的汗珠,饱满且又晶红。

由泥土而石质的通红烫缸终于诞生。

人民粗劲、坚茧的大手,不顾热浪,又一只只,

将它们全部滚进了黎明!

——《人民篇》

然而,这不是一种平面的歌颂。世代制陶的人民被置身于天地之间,置身于星辰之下;他们的劳作与星辰和太阳呼应,与地下的矿藏呼应,与窑膛里的火焰呼应。当他们把烧制出来的"烫缸"隆隆地"滚进了黎明"时,他们仿佛是用自己的手,造出了一个又一个的太阳;滚动"烫缸"的他们,犹如奔走在江南大地上的夸父。可见,黑陶在完成他的陶窑系列书写的同时,也完成了他对"父性江南"内涵的生动阐释。

"烧制"出的汉语。对陶瓷生产的书写,也锻就了黑陶的语言风格。正如他在散文集《烧制汉语》中所写的"用家乡之火,炼汉语之词"那样,黑陶以由泥制坯、由泥坯经受烈火考验生成陶器的方式,锤炼出独属于他自己的诗歌语言(包括他的散文语言)。关于这一点,他在诗中也写过:"陶,这家乡的特产/让一个灵魂的情感/变得晶莹、坚硬而又复杂"(《月·银纸》),情感上的"晶莹""坚硬""复杂",落实在语言上则体现为炽烈、质感、立体、刚劲。所以,他在另一首诗中则写道:"我写下的每一行字句/即使普通/但都坚硬闪烁/都有,让肉体喊痛的烈焰温度"(《汉字》),这便是他自己强调的语言必须有的"镂刻感"。

的确,无论是表现窑场与烈焰,还是表现那些铜像般的陶工,黑陶的语言富于质感、立体感、色彩感、触痛感,给人以视觉和精神的双重冲击力。"五彩泥泉""黎明的斧刃""打磨月亮坯身""火焰工厂""亡灵鲜红的心脏""火焰舔舐""神性的陶盆",无疑都是"镂刻"在纸面上的表达。同时,在陶窑书写中,黑陶既善于用最质朴的语言将陶瓷生产的过程呈现出来,又能从具体中超逸出来,将读者引向更为广阔的精神空间,颇具希腊

诗人埃利蒂斯的奔放风格。埃利蒂斯获得诺贝尔文学奖的得奖理由是:"他是以希腊传统为背景,用感觉的力量和理智的敏锐,描写现代人为自由和创新而奋斗。"①我们也可以套用这个表述:黑陶的诗歌以江南特别是陶瓷之乡为背景,通过质感的语言和智性的表达,诗性地呈现了窑火映照的下的父性江南。"火焰狞厉。空中的木头村庄,被微小却沉重的黎明火焰舔舐。/ 粗石条搭成的乡街睡眠于暮春。/ 一万亩麦芒内的青色雨味——一万只寂静寂静叫喊的晶莹嘴唇。/ 叫喊的乡土,从不诉说。"(《琥珀》)这些诗行间所律动的情绪,总让人想起埃利蒂斯的《疯狂的石榴树》中"力量和理性"的平衡。而"火焰"始终是黑陶诗中最闪亮的意象,领略了他诗中的火焰,也就把握了他诗歌的精髓。形象地说,黑陶奉献给我们的是"发烫的语言"。

无论是广义的江南书写,还是具体到陶窑、火焰书写,它们都是基于诗人童年或少年的记忆,即"童年火焰"(《窑场废墟〈回乡偶书〉》),都是隔着时间距离的文化记忆和诗性再现。虽然陶都的火焰至今绵延不绝,但定格在黑陶诗歌中的火焰,总是跟一个年代、一个少年的成长联系在一起的。

通过以上讨论,黑陶三十多年的诗歌创作生涯的总体轮廓应基本清晰:首先,如果以他的诗集《寂火》为中心,黑陶是一个典型的"回忆型"诗人。他对江南(南方)的书写,是"文化记忆"在诗歌文体上的最生动的实践。其次,黑陶是一个典型的"地域性"和"时代性"诗人,他诗中的20世纪70年代记忆、江南乡村(乡镇)记忆,是一笔难见于方志的精神遗产。他自己也承认:"'地域性'和'时代性'一样,是一个真正诗人(作家)的宿命,你其实想摆脱都摆脱不了。'地域性'不是一个外在的概念,而是一种内在的品质。"②而他的系列作品已经充分证明了这一点。再次,黑陶是诗歌与散文并举的"两栖型"诗人,如他所说:"散文和诗在我是一

---

① 诗刊社:《诺贝尔文学奖获得者诗选》,中国文联出版社,1986年,第418页。
② 梦亦非、黑陶:《地域写作与黑陶的南方》,《绿昼:黑陶散文》,鹭江出版社,2006年,第331页。

个系统工程，是我构建和幻想我个人南方的两翼。"[①]但需要特别指出的是，"既诗也文"的作家比比皆是，黑陶的诗与文并举，不是指他"写了不少诗歌，也写了不少散文"，而是指他的诗歌与散文之间形成了主题和语言风格的内在逻辑，形成了一个作家自身的不同文体之间的密切互文：他的诗歌是进入他散文的通道，相应地，他的散文又是进入他诗歌的通道——两种文体形成了彼此间的互证关系。以上三个方面已足见黑陶在当代诗学探索上的显著的差异性特征，而他诗歌语言上的总体风格，无疑是上述三个方面在他身上叠加后，所产生的"化学反应"。

---

① 梦亦非、黑陶：《地域写作与黑陶的南方》，《绿昼：黑陶散文》，鹭江出版社，2006年，第336页。

《诗探索》与20世纪80年代诗歌史的"重写"[①]

□ 宋 敏[②]

内容摘要：《诗探索》以新的审美眼光和价值标准参与到20世纪80年代诗歌史的"重写"之中，通过批评实践为诗歌史写作提供有效参照。《诗探索》正确评价中老年诗人诗作的同时发掘青年诗人群体，以一种"在场"的姿态捕捉诗坛发展动向，为诗歌史写作选定书写对象。体认断裂的现代诗歌传统，包括重评被压抑的诗人，打捞被忽视的角落以及挖掘、保存诗歌史料，对既有诗歌史进行纠偏和补正。通过诗歌形式变化讨论和新诗发展历程梳理总结新诗发展规律，张扬先锋性的批评理念，由此抵达文学观念变革这一"重写"的实质。

关键词：《诗探索》；诗歌史；"重写"

新时期之初，为促进文艺的繁荣发展，在20世纪60—70年代被毁坏、被扭曲的文艺批评急需重建，作为其中重要一支的诗歌批评也不例外。不少研究者以新的审美眼光和价值标准对文学史进行重写，《诗探索》在其中也扮演了重要的角色，其主导的批评实践不仅为诗歌史的撰写进行了对象的筛选与评定，还从历史变革和纷繁复杂的诗歌现象中把握和总结诗歌发

---

① 本文为湖南省社会科学成果评审委员会课题"中国现代文学观念与社会思潮的互动机制研究"（项目编号：XSP22YBC152）的阶段性成果。

② 宋敏（1998— ），女，山东淄博人，山东大学文学院博士研究生，主要研究方向为中国当代文学。

展规律，为新时期诗歌的发展提供了参照。诗歌批评任务繁重，既要对当下诗歌现场进行及时的评价和总结，又要追溯断裂的现代新诗传统，以新的审美的眼光代替意识形态化的标尺对现代诗人进行重新评价和定位，同时也为新时期诗歌的合法性追寻历史流脉。《诗探索》同仁们以刊物为媒介参与和推动诗歌批评建设，在新时期诗歌批评体系的重建中发挥了重要作用。

一、选定诗歌史写作对象

《诗探索》对诗歌史的"重写"并不是以写史的方式进行的，而是通过批评实践为诗歌史的写作提供参照。"文学批评史一直在不断地为文学史筛选叙述对象、提供历史信息和价值判断，进而限定了文学史叙述的基本框架。"[1]史的书写往往面向过去发生的事件，对现在正在发生发展的文学现象的把握则需要借助文学批评的帮助才能完成，《诗探索》对诗歌现场的勘探与观照就为诗歌史的写作提供了重要信息。《诗探索》组织诗评者对当下不同诗人群体和各类诗歌现象展开评论，正确评价中老年诗人群体的诗歌创作，同时，发掘有发展潜力和已在诗坛崭露头角的青年诗人群体。《诗探索》以一种"在场"的姿态，关注不同代际的诗人诗作，在全面覆盖式的勘察中捕捉着诗坛的发展动向，为诗歌史写作选定书写对象。

一方面，《诗探索》对中老诗人的诗歌创作展开了重评和总结工作，所谓重评主要是颠覆以往的评价方式，采用新的评价体系研究诗人诗作。《诗探索》刊发关于中老年诗人诗作评价的文章多达30余篇，创刊号就发表了3篇有关艾青[2]、公刘[3]、邵燕祥[4]等中老年诗人诗作的评介文章，为《诗探

---

[1] 方岩：《批评史如何生产文学史——以"新时期文学十年"会议和期刊专栏为例》，《文艺争鸣》2019年第6期。

[2] 王春煜：《通过灵魂的窗户——艾青诗歌艺术谈》，《诗探索》1980年第1期。

[3] 王睿、宁瑶：《春风与野火的歌——读公刘的〈离离原上草〉》，《诗探索》1980年第1期。

[4] 柯国淳：《把长长的身影留在背后——读邵燕祥的诗〈假如生活重新开头〉》，《诗探索》1980年第1期。

索》后续持续关注中老年诗人诗作奠定了基调。自是期起,《诗探索》又陆续刊发了有关闻捷、贺敬之、张志民、蔡其矫、黄永玉、李季、臧克家、流沙河、周良沛、田地、公木、邹荻帆、雁翼、绿原、刘祖慈等中老年诗人诗作的研究文章。《诗探索》对其诗作的思想内容和艺术特点给予较为完整全面的分析,使得中老年诗人们的诗歌被更多读者熟知,并且理论性的总结有利于将其进一步推入诗歌史,走向经典化。

《诗探索》在关注老诗人新时期归来之后的创作情况之外,还从中透视诗坛存在的问题与分歧,推动诗学思想和诗歌批评发展的同时,为诗歌史写作留存下了真实的历史信息。《诗探索》于1981年第3期"诗人研究"栏目发表了叶橹的《公刘诗作新探》一文,该文通过具体诗作分析指出了诗人前后期诗作风格的变化。在论及公刘的归来后诗歌时,还结合当时诗歌界的"小我"与"大我"之争,指出"问题的关键和根本是取决于诗人自身的精神境界"。"诗人如果真切地表现了'我',而这个'我'的灵魂是高尚的,这个'我'的神经是与祖国和人民的命运血肉相连的,那么,他所写的即使是'小我',人们也仍然可以从中看到'大我'。"[①]《诗探索》编辑在排版时特意在目录处将该文标题加粗显示,表现出对这篇文章的重视和推介。由此观之,《诗探索》在文章筛选的过程中,有自己明确的考量标准,既重视评论者对诗人诗作总体创作风格的阐释和评价,又注重文章关注当下的即时性,为后来的诗歌史书写提供了信息与价值判断的双重内容。

另一方面,对于在诗坛中评价褒贬不一的青年诗人,《诗探索》对他们的诗作进行具体的解读和评价,推动了青年诗人的接受、传播及其诗歌的经典化。熟悉中国新诗发展史的批评者们在注视新时期诗歌现场之时便很快察觉了新时期诗人尤其是青年诗人群体的写作在诗歌观念、表现手法、写作资源等诸多方面呈现出与以往诗歌创作的显著差异,因此他们纷纷撰文对此进行探讨和思考,对舒婷、江河、张学梦、雷抒雁等青年诗人的诗歌展开深入的论述,以挖掘他们诗歌的独特之处。《诗探索》为此专门开辟"诗坛新秀"栏目,从总第2期便开始刊发相关文章,推介初浮现于诗坛而值得被关注的诗人。该栏目刊发过有关张学梦、曲有源、王小妮、叶文福、

---

① 叶橹:《公刘诗作新探》,《诗探索》1981年第3期。

徐刚、李松涛、赵恺、江河、李钢、刘小放等十余位青年诗人诗作的评介文章。除了"诗坛新秀"栏目,"诗人研究""诗人诗作评介"等栏目也参与到青年诗人诗作的研究之中,新时期初在中老年诗人仍然占据诗坛主流地位和掌握诗坛话语权的情形之下,《诗探索》连续多期刊发青年诗人诗歌的研究文章,其对青年诗人的推介力度已经是非常之大了。

　　《诗探索》所刊发的系列文章关注到青年诗人独特的精神世界,致力于挖掘其诗作中呈现出的现实的思想力量。新时期之初正是反思前史、展望未来的过渡性阶段,对极"左"路线进行反思成为新时期文学的重要题材之一,诗歌短小精悍的优势决定了它在这一过程中扮演的冲锋陷阵的"排头兵"角色。匡满的《同小草一起歌唱——记雷抒雁》(1980年第1期)一文揭示了雷抒雁的《小草在歌唱》等诗作中表现出的勇于批判黑暗现实、自我反思的可贵精神;沙鸥的《勇敢的探索者——谈曲有源诗的一封信》(1981年第1期)则赞扬了曲有源敢于讲真话、抒真情的精神,他的《"打呼噜"会议》《权力的"退赔"》等诗歌都敢于暴露黑暗、针砭时弊;高洪波的《展现这个火热的时代——记叶文福》(1981年第2期)肯定了叶文福《将军,不能这样做》一诗抨击封建特权现象、为人民发声的责任感。这些青年诗人都是时代的见证者,他们以手中的笔和激情迸发的诗句记录下了新时期的精神风貌。此外,《诗探索》还刊发了有关徐刚、李松涛、李钢、刘小放等青年诗人的诗作评论①,这些诗人在历史的沉淀和筛选之中已逐渐淡出人们的视线,如今并不为人所熟知,但他们曾在20世纪80年代的诗坛上绽放,《诗探索》及时刊发关于他们的诗作的评介,是对新时期诗坛的一种跟踪记录,为后人了解当时的诗歌概况提供了重要史料。

　　此外,《诗探索》还对不同题材类型的诗歌创作予以关注,全面观照新时期诗坛的概貌,为新时期诗歌史的撰写提供了重要材料。如总第11期对儿童诗研究的侧重,该期刊发了董之林的《百花园中一枝春——读〈中国新时期儿童诗选〉》、尹世霖的《儿童朗诵诗浅议》、木斧的《圣野的儿童

---

① 相关文章有韩作荣的《他用燃烧的心灵写诗——记青年诗人徐刚》(1981年第4期)、阿红的《坚实的脚印——谈李松涛同志的诗》(1981年第4期)、白航的《读李钢的诗有感》(总第12期)、苗雨时的《"乡土上的一棵草"——评刘小放的诗》(总第12期)等。

诗》以及樊发稼的《开自儿童心灵深处的诗花——〈彩色的童年〉读后》等文章，虽未单独设立专栏进行讨论，但目录处以横线划分的方式将这几篇文章与其他文章区分开来，显示了《诗探索》对新时期诗歌的不同题材进行专题研究的目的。意识到开展专题研究的重要性后，《诗探索》随后就在总第12期开设了"新边塞诗笔谈"专栏，刊发了杨牧的《我们在衔接中开拓上升——新边塞诗抒怀》、周涛的《我们面对着自己的生活》、林染的《西部中国的另一种开拓》，这些文章的作者不是诗歌研究人员而是"新边塞诗"的作者。能在同一期刊发新边塞诗人的笔谈文章，大概率是《诗探索》为了开设"新边塞诗"研究栏目而通过专门组稿或约稿的方式来实现的。《诗探索》还零散地刊发过有关工业诗、石油诗等不同题材类型诗歌的研究文章，其所刊发文章的研究范围广阔，可谓是对新时期诗歌现场全面扫描式的勘察。《诗探索》对儿童诗、新边塞诗、石油诗、工业诗等不同题材类型诗歌的兼顾，反映出它对新时期诗坛各类诗歌现象的关注，力图通过整体性的关注对新时期诗歌现场做出总结，为诗歌史的书写奠定了坚实的基础。

二、体认现代诗歌传统

新中国成立后，革命文学成为文学的主流，阶级性成为衡量文艺的唯一标准，作品是否反映现实生活、是否为人民服务直接影响到作品的评价问题。一部分现代诗人沉迷于自我的诗歌艺术世界，其作品大多采用象征、暗示等手法描绘朦胧的意境，未能与火热的革命相结合，因此被认为是小资产阶级的"落后文艺"。新时期思想解放，文艺评价标准走向多元，如何评价过去被贬低的诗人诗作成为诗歌界面临的重要问题。《诗探索》作为全国首个诗歌理论刊物，扛起了重评被压抑、被埋藏的诗人的重担，其选发的文章都以新的视角打量过去被错误评价的诗人，以审美标准看待其诗歌创作，挖掘其诗歌的艺术内涵，找回"五四"时期就已确立但在长期革命过程中被忽视的新诗的浪漫主义、象征主义传统。

《诗探索》以审美的眼光回溯现代诗歌发展史，体认断裂的现代诗歌传统,由此进一步对意识形态化的文学史书写进行纠偏和补正。"艺术作品有其自身的内在逻辑,审美上的自主性,将有助于文学史写作从某种意识形态的纠缠中摆脱出来。"①浪漫主义、象征主义和现代主义诗歌曾在我国现代诗歌发展史上占据重要一席,但在火热的革命战争和现实需要的要求下,现实主义叙事诗开始占据主流地位,其他的诗歌风格受到排斥,在我国诗歌界的评价也普遍较低。新时期思想解放,文艺界倡导"百花齐放",《诗探索》就开启了对这部分诗人诗作的重评工作,通过回溯现代诗歌传统,召唤诗歌精神的回归。《诗探索》创刊号发表了凡尼的《徐志摩简论》一文,该文力图摆脱条条框框的约束对徐志摩给予实事求是的分析与评价,是新时期以来评述徐志摩诗歌最早的文章之一。该文指出志摩诗体现了反封建、要求个性解放的五四精神,同时也表达了对黑暗现实的不满,只是由于个人经历的限制,他的反抗和控诉是微弱的,有些诗歌还带有消沉、感伤的情绪。艺术风格方面,志摩诗则表现出结构严谨而形式多变、善于运用象征手法和叠句、词汇华美丰富、富有韵律美等特点。同样,戴望舒被人误解为一位没落、颓废的现代派诗人,新时期以后才有诗评者对其重新评价,《诗探索》也刊发了相关文章,如张丹、徐安的《为自己制最合自己脚的鞋子——戴望舒诗歌的艺术表现》(1981年第4期)。该文认为戴望舒诗歌流露出来的迷惘、苦闷的情绪是由于在黑暗年代里对现实不满又找不到出路的一种抗议,而他的诗歌将古典诗歌传统与象征派艺术手法相结合,情感细腻,讲究节奏感和韵律美,善用通感、幻觉、意象叠加等手法,语言明白晓畅,具有很高的艺术造诣。《诗探索》1982年第1期发表了孙玉石的《不曾凋谢的鲜花——读〈白色花〉随想》和以衡《春风,又绿了九片叶子——读〈九叶集〉》,对"七月诗派"和"九叶诗派"这两个被忽视的诗歌流派给予应有的肯定性评价。追求艺术真实的重新评价促进了诗人的接受,使得诗集的出版和诗人入史成为可能,而对诗人的接受反过来也推动着其诗歌的进一步评价和挖掘,在这种双向互动中,新时期诗歌和诗歌批评迎来繁荣局面。

---

① 董迎春:《当代诗歌史"重写"问题域及文学史写作自律——以20世纪80年代诗歌为中心》,《广西社会科学》2011年第9期。

除对现代诗人给予客观公正的重新评价之外,《诗探索》还致力于打捞历史进程中被忽视的角落。《诗探索》着眼曾经在新诗史上活跃和做出贡献但没有引起批评者重视的诗人,刊发了多篇相关评论文章,如钱光培的《朱湘散论》(1982年第2期)结合朱湘的具体诗作分析了他在音律、诗行、诗节等新诗形式建设方面的贡献,并且肯定了其在叙事诗创作方面的成绩。《诗探索》还关注到一些被其他身份遮蔽了诗作光芒的文学家,刊发了陈辽的《叶圣陶在"五四"时期的新诗》(1981年第3期)以及祝宽的《革命前驱李大钊的文学论和新诗创作》(总第12期)等文章。此外,还有些文章是对重要诗人未受到重视的某阶段的诗作进行研究,孙克恒在《闪光的破碎的爱：〈瓶〉》(1982年第3期)中对郭沫若写于1925年但未引起过多关注的诗集《瓶》做了评述。诗集《瓶》描写的主要是青年男子对爱情的执着追求,孙文认为这组诗歌"相当完整地抒写了诗人对一个少女火热的恋情从产生、发展直至破灭的如痴如狂的心理历程"。[①]这篇文章的意义不在于发掘了《瓶》这一诗集的内涵,而在于它展现了一个情感炽热、富有浪漫想象的青年郭沫若,为读者更加全面地认识和了解郭沫若提供了一个入口。同样,《诗探索》还刊发了两篇研究臧克家早期诗作的文章——封敏的《试评臧克家早期的诗》(1981年第1期)和张惠仁的《臧克家初期诗作的艺术特色》(总第11期),它们主要分析和总结了臧克家早期诗作精湛的诗艺,如诗风含蓄、构思精巧、注重炼字炼句和格律形式美等,这些文章意在彰显诗人"严肃认真的写作态度和勤劳持久的写作精神"[②],促进新时期诗歌创作的进一步发展。

《诗探索》重视现代诗歌史料的挖掘与保存,通过刊发当事人的回忆性文章,提供了"诗歌史生动鲜活的局部与细节"[③],以"野史"路径重构诗歌史,同时也见证了历史进程中我国诗坛的面貌。"九叶诗人"成员之一王辛笛通过《试谈四十年代上海新诗风貌》(1982年第3期)讲述了20世纪40

---

① 孙克恒:《闪光的破碎的爱：〈瓶〉》,《诗探索》1982年第3期。
② 封敏:《试评臧克家早期的诗》,《诗探索》1981年第1期。
③ 何言宏:《"重写诗歌史"！——诗歌研究与诗歌批评》,《当代作家评论》2009年第2期。

年代包括"九叶诗人"在内的诸多诗人对黑暗社会现实的讽刺和抨击，谈到上海的刊物创办和出版情况，交代了《中国新诗》《诗创造》的编辑人和撰稿人，强调了两个刊物对和平与民主的争取和维护以及对青年诗作者的鼓励等。同为"九叶诗人"的唐湜在《辛笛与敬容》（总第10期）中回忆了"九叶诗派"同仁们在上海法国公园参加"月下诗会"谈诗论文、编集稿件的情景，并对辛笛和陈敬容的诗作进行富含才情的客观解读。相关文章的发表让"九叶诗派"的创立、发展过程和诗歌风貌得以清晰地展现出来，帮助广大读者了解了相关历史史实，同时，为诗评者进行相关研究提供了极大便利。

"一切历史都是当代史"，历史认识是现实的思想活动的呈示，其中蕴含着现实的价值观念和评价尺度，在一定程度上，对历史的言说中隐含着"当代"的需要。以之观照《诗探索》对现代诗歌的关注，并结合《诗探索》对朦胧诗的扶持，可以看出其"当代"意图，即为新时期诗歌接续断裂的诗歌传统，通过追溯现代诗歌中的反抗黑暗暴力和勇于战斗的精神，为新时期诗歌寻找精神脉络，佐证朦胧诗充满反抗和怀疑精神的合法性；通过指认现代诗歌中的抒情传统，肯定诗人将鲜明的主观情感和炽热的激情投射进诗歌创作的行为，为新时期诗歌的"抒情"特性寻找合理性；通过分析现代诗歌中运用的象征主义手法和营造的朦胧诗境，为新时期诗歌中所呈现出的西方现代主义手法和"朦胧"的风格找寻历史依据，从而以肯定前者的方式佐证新时期诗歌存在的合法性。总而言之，回归"现代"的目的是更好地把握"当下"，《诗探索》通过打捞与体认现代诗歌传统，找到连接现代诗歌和当代诗歌的桥梁，以回溯历史的方式为新时期诗歌寻找到了有力的发展依据。

三、总结新诗发展规律

从五四时期起，文学的变革就愈演愈烈，而诗歌是所有文体类型中变动最大的一类，旧体诗词在以胡适等人为代表的文学革命派的否弃下迅速衰落，白话诗逐渐在诗坛占据垄断地位。中国新诗革命的倡导者们把废除文言文、提倡白话文，摆脱格律的束缚，实行诗体大解放看作是中国诗歌发展的必然路径。此后，"小诗体""湖畔诗派""新月派""象征诗派""现代诗派"等诗歌流派在白话新诗的基础上进一步开拓和发展着中国新诗，使得我国新诗从建设初期就进入多种诗歌形态并行交错、互相对峙又互相融合的复杂局面。中国新诗发展史不会停滞，"因为它永远把它的开端和它的结尾联结起来"①，发展是一个延续不断的过程。对中国新诗发展规律的探讨是十分必要的，有利于梳理清楚新诗产生和发展的历史因缘，揭示诗歌发展的内部规律，同时为未来新诗的发展作出某种预测。

《诗探索》对新诗发展规律的梳理首先在于对诗歌体式问题的探讨。自由体诗占据了新时期诗坛的大半壁江山，尤其是青年诗人多以写自由体诗歌为主，而新中国成立以来"齐言"式的民歌体失去其原有的活力，诗歌的格律和自由问题自然而然地引起诗歌界的探讨，《诗探索》就针对这个议题刊发了多篇研究文章，使得问题得到充分的讨论并引起重视，进一步凝结出新诗发展的客观规律。丁芒在《诗歌民族传统杂谈》（1981年第2期）一文中认为"格律，是我国民族诗歌重要特色与优良传统"②，应继承和发展古典诗歌的格律传统，讲求诗意和诗味。丁文更倾向于格律诗创作，与之相反，陈良运在《关于新诗形式问题的思考》（1982年第2期）一文中通览中国诗歌发展历程，提出诗创作从"齐言"向"杂言"发展是必然的趋势。他将新诗形式分为民歌体和新格律体、半格律体、自由体诗三大类，通过统计《诗刊》发表各类诗作的比例和《鸭绿江》在1981年所做的"诗苑民意测验"③对新诗形式的发展作出预测："以自由体为主，半格律体竞相发展是中国新诗形式发展的方向"④，"齐言"式的民歌体和新格律诗则不会有大的起色了。陈良运以数据分析的方式指认了自由体诗和半格律体

---

① ［意］贝奈戴托·克罗齐：《历史学的理论和实际》，傅任敢译，商务印书馆，1982年，第70页。

② 丁芒：《诗歌民族传统杂谈》，《诗探索》1981年第2期。

③ 该项民意测验共有199位诗人和评论家参与，选择"百花齐放"的人数为50人，占总人数的25.1%；选择"百花齐放自由体为主"的有129人，占总人数的64.8%；选择"百花齐放新格律体为主"的有12人，占总人数的6%；选择"新格律体"和"旧诗词民歌体"的均仅1人，各占总人数的0.5%。

④ 陈良运：《关于新诗形式问题的思考》，《诗探索》1982年第2期。

为未来新诗的发展方向，格律诗则将被历史淘汰。降大任也在《诗歌形式的历史趋向：自由体与逼近口语》（1982年第3期）一文中提出"现代新诗的形式趋于自由体、逼近口语完全是历史的必然；我们完全没有必要效法古代格律诗，为新诗创造什么格律"①。在这里，降大任也对作为新诗发展方向的自由体诗作出了肯定性评价。

研究者的观点和立场呈现出矛盾对立的局面，这并非是任何一方罔顾事实随意断言造成的，而是格律和自由二者本身就是一个不断运动和发展的矛盾体，它们"都因对方的存在而存在，都向各自的对立面转化，这就构成了中国新诗艺术形式发展史"②。针对这一问题，《诗探索》并不仅仅是简单地陈列诗评者的观点，而是在展示观点的同时，综合新诗发展规律，指出新诗发展的自身特性。《诗探索》于1981年第1期发表了唐湜的《诗的自由化与格律化运动》，唐湜在该文中理性分析了诗的自由化与格律化运动，从《诗三百》的劳动乐歌谈起，简要地梳理了我国古代诗歌和欧洲诗歌在各个历史时期的发展流变，得出结论："在中国，诗的发展就是通过这种自由化与格律化的相互渗透、相互转化，甚至相互交错的辩证道路走过来的。"③此文表明，不论各种诗歌形式现在如何被看待，只要把每一诗歌形式放在其产生发展的历史阶段中去考虑，就会发现它的存在和结果符合历史的必然性规律，不同诗歌形式的嬗变则体现出一种不断向前发展和变化的规律的普遍性。

诗歌形式的嬗变之中蕴含着否定之否定的本质，我国新诗从诞生起就受多种因素的干扰而呈现出一种螺旋式发展的趋势，但其发展方向并未发生转变，始终保持着对新诗现代化的追求。变化本身是对固有规则的不驯服，是一种不断自我更新、自我超越的流动状态，是促成诗歌发展完善的重要动力。《诗探索》对诗歌形式的探讨良好地契合了新时期诗歌发展的需要，为新时期诗歌和诗歌批评的发展扫清了障碍。首先，《诗探索》对新诗历史流变的梳理显示出新诗反叛传统、追求新变的内在精神，推动着新时

---

① 降大任：《诗歌形式的历史趋向：自由体与逼近口语》，《诗探索》1982年第3期。
② 龙泉明：《中国新诗流变论（1917—1949）》，人民文学出版社，1999年，第4页。
③ 唐湜：《诗的自由化与格律化运动》，《诗探索》1981年第1期。

期诗歌从民歌传统的束缚中挣脱出来，以求新求变的勇气更新新诗创作的风格和样式，为诗坛的繁荣注入新鲜血液。其次，《诗探索》对变化的突显又契合了时代变化的要求，在与时代共谋中达成了诗歌的自我发展。动乱年代的结束与改革开放的开始要求着文学做出相应的回复，文学要适应时代的发展变化，就需要实现自我的变化与更新，摒除僵化的文艺思想，舍弃固有的创作思维与创作模式，以文学的方式反思历史，并为新时期的到来鼓与呼。最后，《诗探索》以对新诗发展规律的梳理与总结介入新时期诗歌史的"重写"之中，其介入并非是通过"重写"文学史文本的方式实现的，而是以其对批评实践的组织与安排张扬一种先锋性的批评理念，由此抵达文学观念变革这一"重写"的实质。

"历史研究的目的不在复原和理解历史，而在以历史说明现在，用过去预示未来，并通过以当代的尺度解释、评价往昔的事实来干预现实、参与社会实践和社会变革。"[①]梳理新诗历史发展、总结新诗发展规律的目的并不仅在于在回望历史中产生新的理解，更多的则是由之观照当下和未来的诗歌并做出某种判断或展望，从根本上推动我国新诗的发展。《诗探索》清楚地意识到新时期诗歌尤其是朦胧诗的发展面临的非议和困境，刊发了多篇梳理新诗发展历程并以历史性眼光论证新时期诗歌符合新诗发展进程规律性的文章，以此为新时期诗歌摇旗呐喊。孙玉石在《新诗流派发展的历史启示》（1981年第3期）中列举了小诗流派、新月派、现代派、"新诗歌"派等诗歌流派对外国诗歌的学习和吸收，阐明了外国诗歌的优秀传统是新诗流派发展的艺术源泉的观点。回顾历史的最终目的是观照当下现实，该文虽然以中国新诗史上各诗歌流派为主要论述对象，但其所讲的吸纳外国诗歌艺术手法的问题却是朦胧诗论争中的焦点，对各诗歌流派吸收外国诗歌有益因素促进自身发展这一史实的梳理侧面佐证了朦胧诗吸收西方现代派手法的合理性。谢冕的《在新的崛起面前》更是直接以五四新诗运动为例，论证了"古怪"诗存在的合理性："对于具有数千年历史的旧诗，新诗就是'古怪'的；对于黄遵宪，胡适就是'古怪'的；对于郭沫若，李季

---

① 尹鸿、罗成琰、康林：《现代文学研究的第三代：走向成功与面临挑战》，《文学评论》1989年第5期。

就是'古怪'的。当年郭沫若的《天狗》《晨安》《凤凰涅槃》的出现，对于神韵妙悟的主张者们，不啻是青面獠牙的妖物，但对如今的读者，它却是可以理解的平和之物了。"[1]谢冕列举了中国现代诗歌史上曾被视为怪异甚至怪诞却引领后续诗歌发展方向的一些诗人诗作，直言不讳地提出"有风，有浪，有骚动，才是运动的正常规律"[2]，提倡对当下"古怪"的朦胧诗采取宽容、理解的态度，不能将其视为异端赶尽杀绝而扼杀诗坛出现充满自由和创造性的繁荣局面的可能性。《诗探索》刊发的这些文章通过大量历史史实的梳理和列举回溯了历史过程中新诗的发展演变，并由之观照现实进而指明诗歌发展规律，反思当下诗歌批评存在的问题，为新时期诗歌的生存发展寻找历史性依据。这种批评思路不仅因翔实的材料列举而颇具说服力，而且其中所展现出的历史性眼光亦极具理性思考的气质。

新时期的诗歌研究者们并不仅仅满足于对当下的诗歌作出某种解读或者追寻某些被遗忘、忽视的诗歌群体，而是将目光投向中国新诗乃至包括古典诗歌在内的整个诗歌变迁的历史，探求诗歌发展的内部规律，将焦点放置在影响诗歌发展的关键问题上，细致地梳理历史发展流脉，给予较为科学的解释与判断。更重要的是，通过整体性的观察和历史性的回溯更好地思考当下诗歌发展面临的问题，并且恰如其分地给予新时期诗歌发展以必要的理论支撑，这正是《诗探索》参与"重写"新时期诗歌史的要义之所在。

---

[1] 谢冕：《在新的崛起面前》，《诗探索》1980年第1期。
[2] 谢冕：《在新的崛起面前》，《诗探索》1980年第1期。

郑小琼诗歌中底层书写的意象呈现与性别关怀

□ 王怀昭[①]

内容摘要：在郑小琼底层女性生命经验的诗歌书写中，"蝙蝠"承载诗人的性别绝叫，"铁"成为诗人坚韧刚强的生命意志的外在投射，"火"指向诗人追求真理的精神与生命之火的燃烧，由此，诗人构筑独属于打工女性的诗歌意象以及意象群，以意象及意象群凝结诗人自身的性别经验、打工女性的伦理经验，进而传达诗人的底层伦理关怀。在诗集《女工记》中，诗人暂时搁置以前那种复杂多变的意象技巧，开始以丰富的情感逻辑贯穿诗歌始终，在叙事场景之间进行女工的故事与内心剖白的自由转换，在呈现打工女性的性别经验时也流露出诗人可贵的性别关怀。

关键词：意象呈现；性别关怀；诗歌话语实践

郑小琼是21世纪以来为数不多的接洽时代精神，又葆有鲜明诗歌个性的女诗人。历来，研究界重视的是郑小琼诗歌在21世纪以来的诗坛中的价值，继而侧重郑小琼诗歌中的打工经验和性别经验所具有的重要意义，强调生命体验与性别伦理对郑小琼诗歌创作实践的影响。其实，从诗歌意象这一诗歌质素出发，探讨诗人的性别经验和生命疼痛如何借助意象表达出来，研究诗人诗歌话语实践的生成与嬗变，或许亦颇有意义。因此，本文

---

① 王怀昭（1989— ），女，福建泉州人，文学博士，广西师范大学讲师，主要研究方向为现当代文学。

着重考察郑小琼十多年来发表的书写底层经验的诗作与诗集，主要包括组诗《进化论》、诗集《郑小琼诗选》《纯种植物》《女工记》《郑小琼的诗》等，探讨意象呈现、生命经验如何与诗人的性别关怀、诗歌话语实践交融为一。

一、"蝙蝠"式的性别"俯冲"

继20世纪90年代女性诗歌全面转向身体经验和生活经验的书写之后，90年代后期出现了"下半身写作"。"下半身写作""表现出双重身体话语特征：既有以躯体话语对抗20世纪90年代后期技术主义异化的先锋性特征，以诗人尹丽川为代表；也有个人化追求快感游戏的后现代文化特征，以巫昂为代表"①。这一倾向延续到21世纪初。

在这样的时代语境和诗歌生态中，郑小琼的组诗《进化论》适时而出。就诗歌内在肌理而言，《进化论》有着相当明显的女性身体狂欢色彩，这与"下半身写作"推崇的性与欲望的本质化呈现有着某种隐秘的联系和相似性，但更重要的是，郑小琼以女性身体书写为基础，作出了突破性和延展性的诗歌话语实践。郑小琼一改诗歌创作初期浅白的情爱叙述和个人感伤，把写作视点由内心转向外界，探查粗鄙卑琐的生活现场和南方打工场域，书写包括她自己在内的底层女性的生存境况。体现在组诗《进化论》中，就是诗人所营构的意象以及意象群，呈现出非常明显的性别化特征以及鲜明的个性色彩。

"'自身'通常以一只动物为象征，代表我们的本能特性及其与我们周围环境的联系。"②郑小琼用蝙蝠、蚯蚓、昏鸦、草履虫、蚂蟥五个动物意象来指涉自身，或指涉"我们"——底层女性，全方位描画底层女性在现代化城市中的生存位置、生存空间和生存图景。在开篇的《蝙蝠》中，

---

① 王怀昭、林丹娅：《前瞻后顾：21世纪女性诗歌赋活之道》，《东南学术》2019年第6期。
② ［瑞典］卡尔·荣格：《人类及其象征》，张举文、荣文库译，辽宁教育出版社，1988年，第182页。

蝙蝠的意象贯穿整首诗篇，指向女性的生理特征和性别特性。由指涉女性自身到象征女性意识中"觉醒了"的部分，蝙蝠发生了意象转换。沿着黑夜蜗行，它在女人的肉体里蜷伏，在她的血液里飞翔。"她变形的手长出了蝙蝠一样的刺，它尖细的头颅/她有形的慌叫。"[①]诗人把以翟永明、唐亚平、海男为代表的20世纪80年代女性诗歌所高举的"黑夜意识"熔铸到蝙蝠的意象中，同时衍生出郑小琼式的性别"俯冲"——直击诗人所在的打工现场，直指打工女性在欲望夹缝中进退失据的生存面貌，字里行间充满怒气和血气。底层女性的苦难命运循环式地向前转动，犹如诗中女性的蝙蝠挣扎、追逐、尖叫，而自我繁殖这一行为本身又决定了蝙蝠必定要经历潜逃、飞翔、撕咬。这是女性的蝙蝠原初的激情，也是她们原初的宿命。

　　蝙蝠暗示偏离太阳中心的女性身份，"蛰伏底层的蚯蚓"则喻示打工女性的生存位置。一些打工女性迫于生存，转为街头流莺。她们先是在工厂里出卖劳力，而后到霓虹灯深处出卖肉体。生存现实的艰难不堪腐蚀着她们的身心灵，让她们原本并不稳固的道德意识变得模糊、趋于淡漠。她们安然接受弱者的身份，坦然妥协在金钱和欲望中，渐渐形成一套自洽的生存逻辑，那就是用肉体欲望代替愤怒呐喊、向命运发言。诗人深入剖析打工女性放弃挣扎、甘愿向命运妥协的无奈。于此，郑小琼在多个动物意象的自由转换中，以激进狂飙的诗歌语言，淋漓尽致地延展"蝙蝠"式的黑夜意识，在对底层女性生存境况的体察中，诗人自觉充任了底层女性的代言人。

　　《进化论》是郑小琼诗歌美学版图中的重要作品，其后书写的关于"黑暗"的诗作，延续了这组诗篇的精神硬度和诗质深度。诗人以全景式的视角，观看这座城市的繁华与幽暗、光明与黯淡。长诗在某种程度上体现出诗人刻画城市全貌的诗歌雄心，但难免有诗歌情感不够克制理性的问题。

　　21世纪以来，不少女诗人做着精神回返的努力，她们纷纷汲取中西方文化精神资源，或是凭借西方文化精神叩问人类的终极价值，或是以中国传统文化精神赋活女性诗歌，力图重寻女性诗歌的内在伦理支撑。比如翟

---

① 郑小琼：《进化论》，吴海歌主编：《1999—2005中国新诗金碟回放》，青海人民出版社，2007年，第256页。

永明，以古代的才女故事接通现代的女性意识，从而扩大诗歌的精神气象。比如金铃子，在书生意气的古代世界里，重塑极具独立自主意识的女性。面对兼具光明与幽暗的城市版图，郑小琼开出的药方，亦是精神回返。她意识到，回返到中国古代文化传统中去汲取精神力量，并非是普通的文化追忆，而是现代文化与古代文化的互相造就、相互成全。诗人坦言，在"遥远的大凉山，/那里有梦境与唐代的诗歌，诗歌的兄长"；她必须"沿着大雪返回长安/在丝绸上写下太阳的遗嘱"①。

组诗《进化论》和长诗《完整的黑暗》，代表了郑小琼诗歌美学中"黑暗世界"的部分。尽管在这之后郑小琼很快转向粗粝的"铁"和热烈的"火"的写作，没有创作出更多关于"蝙蝠的""黑暗的"诗篇，但它们无疑奠定了郑小琼诗歌中凝重、尖锐、细腻的情感基调。《进化论》以多个动物意象纠结篇章，或指涉女性自身，或作为女性的人格表征的外化，或反映女性的生存图景，直指底层女性卑琐的生存样貌，发出"蝙蝠"式的血色绝叫。而在《完整的黑暗》中，郑小琼没有再运用蝙蝠这一意象，没有延展"蝙蝠"作为觉醒了的女性意识的性别意涵，而是由单个意象的凝定走向意象群的自觉，以鱼、蛇、骨头三个意象作为主意象，辅之以各类丰富的意象，全方位、多视点地展现"完整的黑暗"世界。除了郑小琼的蝙蝠式的意象营构之外，金铃子对蛇这一意象的运用，海男在诗集《告恋人书》中对麋鹿与蚂蚁意象的阐发，等等，皆使得21世纪以来女性诗歌关于动物意象的建构逐渐丰盈饱满。反过来说，郑小琼诗歌中以蝙蝠为代表的动物意象图景，是21世纪以来的女性诗歌图景中的重要一维，为扩大21世纪以来的女性诗歌之精神气象做出了重要贡献。

二、"铁质"的共名呐喊

与诗歌中的"蝙蝠"式的性别绝叫相对应的，是郑小琼作为一个关注底层打工女性的诗人，发出了专属于打工群体的"铁质"呐喊。这种呐喊，投射到诗歌当中，就表现为对铁意象的痴迷和对火意象的频繁使用。早在

① 郑小琼：《郑小琼诗选》，花城出版社，2008年，第122页。

《生活》一诗中郑小琼就坦言粗鄙的打工经验给她造成的身心困顿,"疲倦的影子投影在机台上,它慢慢的移动/转身,弓下来,沉默如一块铸铁/啊,哑语的铁,挂满了异乡人的失望与忧伤/这些在时间中生锈的铁,在现实中战栗的铁"[1]。从机台所指代的铁之尖锐换喻到人如铁般生锈、被现实磨损,通过铁的双重象征修辞,诗人既表达了对于淹没于无名之中的打工生活的不安,又对自我不甘沉没于无名生活的刚强意志作了精神指认。

在以"铁"为诗名的篇目里,诗人对自身的精神状态做了更为深入的思考。在单调运转的生产线中,工人的姓名、性别、性格、容貌等被暂时隐匿,人变成了无差别的实体。这种暂时的自我忘却让敏感的诗人感到不安,为了驱除不安的心理感受,诗人以铁意象凝聚起一个人在不同生活场景下的生命状态,以重新辨认她自己。她是"十匹马力冲撞的铁""它轰然倒下一根骨头里的铁""在巴士与车间,汗水与回忆中/停/顿/的铁""沉默的铁。说话的铁。在加班的工卡生锈的铁""胶布捆绑的/铁架床""巨大的铁,紧挨着她的目光"(《铁》)[2]。铁意象在诗中进行多次的转喻和换喻,或是诗人孤独心态的自我指涉,或隐喻打工环境中冷淡的人际关系,或指向高压的生活给人带来的无形压力,凡此种种,铸就了"铁样的打工人生"。

在抒发切身生命的疼痛体验时,郑小琼并未一味沉溺于疼痛的自我疗伤中,而是从个人性的哀愁中抽离出来,开始思考打工女性阶层的集体命运。诗人看到那些女性有着琐碎微小的目光,以及难以消解的阴郁和愁苦。她意识到"她们是我,我是她们",因此,诗人为缄默的打工者们发出疾呼:"我们的倾诉,内心,爱情都流泪,/都有着铁一样的沉默与孤苦,或者疼痛。"(《他们》)[3]她听到那些低声的啜泣,"像一块块被切割的铁"的声音,她感叹"我们走着,奔跑着/缓慢地,不自由的命运!"(《声音》)[4]于此,郑小琼把隐匿在打工场域深处的打工者的声音重新挖掘出来,替打工女性共同体发出了"铁质"的疾呼。在由此及彼、推己及人的观照方式

---

[1] 郑小琼:《郑小琼诗选》,花城出版社,2008年,第65页。
[2] 郑小琼:《郑小琼诗选》,花城出版社,2008年,第81页。
[3] 郑小琼:《郑小琼诗选》,花城出版社,2008年,第52页。
[4] 郑小琼:《郑小琼诗选》,花城出版社,2008年,第46页。

下，诗人对自我"铁样人生"的自我审视以及对打工女性群体"铁样疼痛"的自觉体察，最终融合为一，"铁"俨然成为女性刚强意志和坚韧品质的代名词，更是女性自身不屈的精神标记。

除郑小琼之外，21世纪以来的部分女诗人也喜爱运用铁意象象征女性精神特质。比如李轻松，对她而言，铁就是她的身体属性："铁，你就是我的真理。我的历史。"（《再次遇到铁》）①对于寒烟来说，铁则象征了诗人内心痛苦的高贵历来，男性诗人总是以铁的刚硬特质隐喻男性坚强不屈的精神力量。而郑小琼、李轻松、寒烟等女诗人对于"铁"意象的不同维度的运用，则补充、延展了原本男性诗人建构起来的诗歌意象系统。

"'火'是与'铁'紧密相连的符号，它是'黑暗'的伴生物。""假如郑小琼是以'铁'为核心来理解我们这个时代的话，那么她正是以'火'来为自己的身份定位的，这不能不说是一个'隐秘的汇合'或历史的会心。"②在郑小琼的诗里，火总是与其他意象连用。当铁成为诗人疼痛生命的自我隐喻，火便是来自生活的无情灼伤，"我无法说的铁/它们沉默，我们哭泣，生活的铁锤敲着/在炉火的光焰与明亮的白昼间/我看自觉正像这些铸铁一样/一小点，一小点的，被打磨，被裁剪"（《声音》）③。当铁隐喻暗淡的生活光景时，火就成为暂时逃离这种困顿生活状态的希望，"柔软的火焰压低了钢铁的枝条/又一次伸出记忆的芽，在楼群与水泥地生长"（《火焰》）④。有时，火象征了诗人追求真理的精神意志，"夜半饮尽真理的火焰/它在肝胆之处焚烧"（《内脏》）⑤。火焰灼烈燃烧，它的生命热能就被完全释放出来，它暗示了一种力量的喷薄，也表明了一种决绝燃烧自我的精神动力，直到"火焰在体内腐烂/树枝枯萎/全部花朵在被清洗的世界中/用一种色彩一种姿势开放/它们的/单调的花蕾间/依然包裹着多彩的梦"。（《可

---

① 李轻松：《无限河山》，春风文艺出版社，2009年，第46页。
② 张清华：《语词的黑暗，抑或时代的铁》，郑小琼：《纯种植物》，花城出版社，2011年，第7页。
③ 郑小琼：《郑小琼诗选》，花城出版社，2008年，第46页。
④ 郑小琼：《纯种植物》，花城出版社，2011年，第116页。
⑤ 郑小琼：《纯种植物》，花城出版社，2011年，第9页。

疑》）[1]在这个过程当中，诗人的精神品格得到了锤炼和锻造，从而向着她所想望的心灵高度前进，等到"肝胆之火燃烧尽/那颗绿色的心灵/会似琥珀样呈现"（《内脏》）[2]。

火的属性使得它"无法摆脱这种辩证法：意识到燃烧，这等于冷却；感觉到强烈度，就是在减弱它：应当成为强度而自身不知"[3]。火的燃烧指向向上的活力和意志，火的微弱乃至冷却则指向克制、冷静、失望、灰心、衰颓等情感。有时，微弱的火蕴含着强烈度，具有强度而不自知，当诗人看到工友疲惫的眼神，"他们的目光琐碎而微小，小如渐渐的炉火/他们的阴郁与愁苦，还有一小点，一小点希望/在火光中被照亮，舒展"（《他们》）[4]。但有时，灯火的微弱显然与面孔的微寒形成同构关系。面对强大的世俗生活，诗人不免感到，"黑暗分娩出灯火/在平原上闪烁/在小镇的命里/我辨认着自己微寒的面孔"（《小镇》）[5]。诗人内心的失落并未走向寂灭，青春的意气风发之后，也会迎来中年的克制冷静，光阴带来伤害的同时，也会带来怜悯的心肠。因此在《除了》这首诗中，火是火焰本身；火焰的冷却是生命走向克制、忍耐的表现；火焰的燃烧是自我人格净化的象征，三者互相转化："除了凤凰大道的灯火，照亮我失眠的乡愁/除了银湖公园的鸟鸣，沿着制衣厂下滑的落日/除了这时升起来的宽阔的寂寞与忧伤，啊——炉火与青春一同软了下去，熄了/我说着的图纸，铁片，流浪的青春/那些有过的幸福在火中燃烧/它照亮了我内心的呓语与失恋。"[6]

在当代，不少女诗人喜爱运用火意象表达情思，呈现诗思。比如虹影，以易燃物和燃烧的大火自比身体，显示出女性身体情欲热烈的一面。比如寒烟，对火这一意象的使用，超越了女性的性别自觉，而趋向于人类本质意义的追寻。她的焦渴和忧伤，指向的是人类本质意义上的困境。而余秀

---

[1] 郑小琼：《纯种植物》，花城出版社，2011年，第144页。
[2] 郑小琼：《纯种植物》，花城出版社，2011年，第9页。
[3] [法]加斯东·巴什拉：《火的精神分析》，杜小真、顾嘉琛译，岳麓书社，2005年，第112页。
[4] 郑小琼：《郑小琼诗选》，花城出版社，2008年，第52页。
[5] 郑小琼：《郑小琼的诗》，阳光出版社，2020年，第142页。
[6] 郑小琼：《郑小琼的诗》，阳光出版社，2020年，第11页。

华则在诗中体现自身作为底层女性的生命体验，或呈现乡村女性对城市景观的某种美好憧憬与想象，对诗人而言，城市是寄托光明美好、实现爱情理想、改变自身命运的实体。而以火之意象承载打工女性的精神状态，对火之意象运用最为频繁，赋予火之意象以丰富意涵的，确实是郑小琼。

铁和火这两个意象，由有形渐趋于无形，二者共同指向郑小琼诗歌中坚韧刚强的精神意志和追求真理的无限热望。这种精神意志扭结着诗人自身、底层女性，乃至人类的漂泊经验和疼痛体验。如果说铁陶铸着诗人的精神气度，那么火则成为诗人追求自由心灵、燃烧生命热能的心灵象征。诗人运用意象思维、跳跃式地进行着存在与非存在的自我转换，在语言中织入对女性、时代、生命等的深刻思考，于此，郑小琼的诗歌逐渐走向了更为扩大的精神境界。

三、打工女性爱与痛的剖白

女性评论家桑德拉·吉尔伯特和苏珊·古芭认为，相对于女小说家，女诗人有着更深的身份焦虑。因为女诗人写诗必须意识到她自己是主体，不管是在诗中直接采用叙述者"我"，还是以第三人称或代言人的身份叙述，都必须呈现主观的"我"的发声。但是主流的诗坛一般由男诗人占据，诗坛的传统乃是阳刚的传统，这使得在社会角色上扮演第二性的女诗人要在诗坛占有一席之地变得十分困难。如果要进入男诗人所建构的象征秩序——诗坛中，女诗人不免要忽视甚至抛却自己的女性属性。同时，因为女性从小被主流社会的思想观念所规约和形塑，很难摆脱主流社会所塑造的女性气质，很难不以父权结构下女人的经验来感受事物。与男诗人的自我张扬相比，女诗人的主体性并不鲜明，她们为此十分痛苦和挣扎。[①]但是，隐喻却成为女诗人可以自由说话的绝佳面具，依着这一写作策略，郑小琼营构了蝙蝠为代表的动物意象、铁与火相联结的意象，来表达她独特的性别经验和生命体验。

---

① ［美］桑德拉·吉尔伯特、苏珊·古芭：《阁楼上的疯女人——女性作家于19世纪文献想象》，杨莉馨译，上海人民出版社，2014年，第683—699页。

如果说在郑小琼前面阶段的诗歌话语实践中，"我"之疼痛，"我"之困顿，"我"之喜怒哀乐还相当突出，诗歌呈现出的多是"书写自我"，那么在诗集《女工记》当中，则全面转向"自我的书写"。诗人摒弃任何技巧性的语言策略，也很少用复杂的隐喻及转喻，以简单的白描手法，相当克制、理性又不失温度的语言，勾勒城市中打工女性的悲情人生。郑小琼"从人群中把这些女工掏出来，把她们变成一个个具体的人，她们是一个女儿、母亲、妻子……她们的柴米油盐、喜乐哀伤、悲欢离合……她们是独立的个体，有着一个个具体名字，来自哪里，做过些什么，从人群中找出她们或者自己，让她们返回到个体独立的世界中"[①]。

郑小琼以女工们的姓名作为标题，每首诗如同是一首关于女工的爱与痛的生命自白。她们不再是"共名"时代中"无名"的大多数，而是浮出无名历史地表的真实、具体的个人。从农村进城打工的女工们，她们的爱情和婚姻也遭受到了城市伦理的挑战。打工女性既是传统乡村的出走者，又是现代城市的边缘人，处于进退失据的身份位置当中。一方面，现代城市的生存逻辑、生活方式形塑着她们，她们已经不是传统意义上的乡村女性。另一方面，现代城市却无法真正接纳她们，她们带着城市的"边缘人"之身份标签，靠繁重、肮脏、薪资低的工作维持生活，蛰居在城市中的边缘地带、城中村。同样的，打工女性原本持守的忠贞、专一的情爱观念在脱离了原生的乡村环境之后，又受到城市现代伦理中随意性、开放式的情爱观念潜移默化的影响，早已发生畸变。城市无法成为女性自我觉醒的社会场域，打工女性又缺乏自我启蒙和自我更新的能力，因此她们只能以一颗满是矛盾的心在城市中左右奔突，不断挣扎，最终在残酷的社会现实面前败下阵来。正如郑小琼的诗歌《何娜》所记叙的："你还在回忆/被磨去的纯真/从流水线到桑拿房/你重复城市中许多乡村女性的命运……这些年/你觉得疲倦/你的心灵没有完全进入所谓的新时代/还剩下乡村残存的记忆没有消解/还徘徊在时代的门槛之外。"[②]打工女性一面回忆失去的纯真本性，一面继续以色相为生，在这双重挣扎与分裂里行尸走肉般地过活。

---

① 郑小琼：《女工记》，花城出版社，2012年，第255页。
② 郑小琼：《女工记》，花城出版社，2012年，第125页。

更为惊人的是，她们开始认同，甚至俯首在取悦男人来换取金钱和社会地位的生存法则之下："从乡村姑娘到都市人/'纹眉/涂口红/穿着能体现身材的/衣裳/这些都是你能否进入城市的/资本'。"（《侯瑜》）[1]

有的乡村夫妻怀着相濡以沫的心情来城市打拼，原本美满的婚姻却被生活的重压击垮。比如《叶慧》："女工叶慧的思绪不断地在现实与回忆之间来回转换，她的情感、爱也随着记忆画面的转变而转变、翻腾、涌动。"又比如《海兰》，诗人展现为了金钱和权力不惜出卖身体的打工女性海兰，在与丈夫回乡途中的所思所想。当她靠着丈夫熟悉而陌生的身体，回忆起曾经的夫妻情深、十二年来崎岖的心路历程、被残酷现实浸泡得面目全非的婚姻，内心五味杂陈。"他们像两条迷途的蛇/摸索过去的洞穴"，在泥泞的乡村道上，"那些她盼望的爱/涌上来/像隐秘而复杂的现实"[2]。还有《周建红》，她渴望改变贫穷的生活现实，却时时感到力不从心；力图维持婚姻的幸福幻象，却无法掩盖丈夫出轨的事实。她像囚徒一样被现实捆绑，却找不到自我解脱的出口。她只能继续忙碌庸常的日常生活，却无力改变自己的未来和即将到来的悲剧：被丈夫背叛，儿子因打架进看守所。诗集中的最后一首诗《女工：忍耐的中国乡村心》可看作是女工们的时代群像。她们的人生充满了痛苦、幽暗，只能"用一颗中国乡村心忍耐"。她们"无效的人生，用返工来解构"（《丁敏》）[3]。

郑小琼为我们描摹了一幅转型时代底层女工的众生相。她们的喜怒哀乐、疼痛挣扎变得纤毫毕现，她们从共名时代中无法言说的大多数底层人民中挣脱出来，有了属于自己的声音。她在联结的意象群、原生态的叙述中呈现女工们言说的诗学空间，把现代化城市中艰难生存的她们的不幸铺展开来，感慨女工卑下命运、批判女性自身的软弱性和妥协性。她把女工们的性别经验都融合在一起，把女性的伦理经验与性别经验相联结，从而发出来属于底层女性的声音。

---

[1] 郑小琼：《女工记》，花城出版社，2012年，第122页。
[2] 郑小琼：《女工记》，花城出版社，2012年，第205页。
[3] 郑小琼：《女工记》，花城出版社，2012年，第165页。

四、结　语

　　21世纪以来，部分女诗人如翟永明的、林雪、尹丽川等，开始关注底层人民，思考社会问题，写出了像《关于雏妓的一次报道》《电话》等这样有情感温度，又有批判力度的诗歌。"与知识精英类型的女诗人们不同，作为打工诗人中的一员，郑小琼立足于言说女性的性别立场，以亲历者而不是旁观者的身份叙述打工女性的悲惨遭遇、以打工女性视角而不是知识精英视角观照时代中渺小的女性个体，思考底层女性的集体命运。"①在郑小琼底层女性生命经验的诗歌书写中，"蝙蝠"是她发出的第一声性别绝叫，"铁"则成为诗人坚韧刚强的生命意志的外在投射，"火"指向的是诗人追求真理的精神与生命之火的燃烧，由此，诗人构筑了独属于打工女性的诗歌意象以及意象群，以意象及意象群凝结诗人自身的性别经验、打工女性的伦理经验，进而传达诗人的底层伦理关怀和社会关怀。在诗集《女工记》中，意象的指称、象征作用被减弱了，关于打工女性集体的生存之思却被突出了。诗人暂时搁置以前那种复杂多变的意象技巧，开始以丰富的情感逻辑贯穿诗歌始终，在叙事场景之间进行女工的故事与内心剖白的自由转换，从而在呈现打工女性的性别经验的同时也流露出诗人可贵的性别关怀。

---

① 王怀昭、林丹娅：《前瞻后顾：21世纪女性诗歌赋活之道》，《东南学术》2019年第6期。

新诗教育研究

问题·策略·评价
——基于"创意表达"的新诗教学思考[①]

□ 韩一嘉[②]

内容摘要：作为统编语文教材的重要组成部分，新诗所占比重并不算小，但在实际教学过程中，新诗教学又面临着种种问题：精深理论下沉不多，高妙技法普及不广，先锋探索沉淀不够，经典文本阐释不足。面对这些传统问题，更新新诗作为选本篇目的存在意义，改变新诗教育的课型，从陈述性知识走向描述性甚至策略性知识，从诗无达诂的鉴赏走向终极性评价的测试，可以很好地让新诗在教材选本中激发出新的存在意义。

关键词：新诗教学；文学阅读；创意表达；写作策略

近年来，很多学者针对新诗的教学做了一些探讨，他们[③]大多认为新诗教学不同于古典诗歌教学，在帮助学生养成纯正的文学趣味、培养言语想

---

① 本文为中国教育学会规划课题"基于大概念的初中语文任务群教学实践研究"（课题编号：202200110207B）的阶段性成果。

② 韩一嘉（1989— ），男，山西长治人，文学硕士，重庆市第一中学校教师，主要研究方向为文学教育、中国现当代文学、中国新诗。

③ 赵宗梅、汲安庆在《新诗教学学生兴趣牧养摭谈》中认为，新诗教学的价值就在于能够帮助学生养成纯正的文学趣味，培养灵动的言语想象力，升华自我的人格；王家新在回答《语文建设》记者关于新诗教学的几个问题时，他认为新诗有独特的教育功能，新诗更加贴近现代人，更容易在学生心中唤起生命的觉醒；林喜杰在《现代诗歌教育的价值与课程实施》一文中提道，诗歌和戏剧是文学教育的重点，所以用优秀诗歌对青少年进行审美教育是传承文化的最佳方式。

象力以及用贴近生活的语言唤起学生生命的觉醒等方面新诗教学有着不可替代的作用。

一、新诗教育的问题及现状

虽然新诗教学有着不可替代的作用，但是，新诗教育的问题也随之出现。简单来说，主要存在以下三个方面的倾向：重背景介绍，轻内容讲解；重读后感受，轻评价分析；重概念提炼，轻能力培养。当然，这些倾向看上去是课堂所呈现出来的样态，但其实从课程制度、文体特点和学业测试板块三个方面来看，都有着更为深刻的原因。首先，新诗在教学过程中缺乏理论深度和标准，往往会把古典诗歌的语文要素、鉴赏方式和评价尺度视为阅读新诗的审美标准，所以，新诗教育首要的问题是如何建立起一整套比较完善的可被教授的学习系统，在学理上进入技艺或能力传递的谱系，而非建构起"灵感""天赋""才气"的认知迷墙，阻人于外，自得其乐；其次，就是现阶段的新诗教育要改变对于"知识"的理解方式，应从"了解"走向"欣赏"，从"接收"走向"评价"，从"学习"走向"习得"，说到底，就是从"知识传递"走向"能力转化"；最后，新诗虽然在真正的学业水平考试中所占比重不多，备受冷落，但是这带来了两方面的优势：其一是教授视野没有那么拘束，可以比较纯粹地读诗写诗，其二是可以将新诗真的当成一种工具来催动"表达"的训练。[①]

基于此，新诗与其单纯地作为一种文体镶嵌在初中语文教育的谱系里，不如转换思路，成为"创意表达"的一种语料、媒介和工具，这样才能更好地以"写"作为教学的标的，最终走向现代诗的深度教学。

当然，这样的观念转变，势必会带来"肢解"诗歌的倾向，对于有着原教旨主义的诗歌爱好者来说，这无疑是无法接受的。但是，从基础教育的教学背景来说，不论是小说、戏剧、散文，还是诗歌，都是人们的手段和工具，中文系背景下的作品中心不可放弃，但是教育系背景下的知识能

---

① 杨亮：《当代新诗教育现状及反思——论罗振亚的新诗教育》，《社会科学动态》2018年1月。

力的训练过程也很重要。尤其是在初中阶段，现代诗作为作品的阅读难度是不应回避的，所以，其中高妙的创作技法可能才更贴近学情。

从当前的诗歌教学现场来说，教学往往是把"审美"作教学主线，辅助以诗歌语言本身，把握诗歌语言特点等。新诗语言本身就是一种独立的审美，它不仅仅只是传达思想情感。教师要带领学生关注语言本身，以此增强学生的审美体验。但是目前，对于新诗的教学策略，大多集中在以下几个方面：一是反复朗读吟诵，聆听诗歌的节奏美；二是展开联想和想象，感受诗歌的形象美；三是精心咬文嚼字，体会诗歌的语言美；四是调动情感体验，感悟诗歌的情感美；五是进行审美创造，延续诗歌美。[①]但问题随之而来——这又如何区分出古诗与新诗的教学差异？

另外，诗歌篇目的占有量，一直都备受诟病，其实，统计初中语文统编本六册教材（见下表）就会发现，新诗作为单独一课，与小说、散文（包含游记、说明文、杂文、议论文、文艺鉴赏文等）、演讲和戏剧相比，并不显弱。反而从体量上来讲，新诗因其字数精练、篇幅偏小，但并不因此而减少了课时。所以，从空间和时间的占有量来说，新诗的地位并不算低。

统编本初中语文教材新诗选文

所在书册	选编数目	课文数目总数	作者	篇目	创作时间	流派/国籍等
七上	4	22	泰戈尔	金色花	近代	印度诗人
			冰心	荷叶·母亲	1922	人生派
			郭沫若	天上的街市	1921	创造社
七下	3	25	光未然	黄河颂	1939	七月诗派
			普希金	假如生活欺骗了你	1825	俄国诗人
			罗伯特·弗罗斯特	未选择的路	1915	美国诗人

---

① 吴晓琴：《中学语文现当代诗歌审美教学探究》，海南师范大学，2015年。

续表

所在书册	选编数目	课文数目总数	作者	篇目	创作时间	流派/国籍等
八上	0	25				
八下	1	24	贺敬之	回延安	1956	七月诗派
九上	5	25	毛泽东	沁园春·雪	1936	尝试派
			艾青	我爱这土地	1938	七月诗派
			林徽因	你是人间的四月天	1934	新月派
			穆旦	我看	1938	九叶诗派
			余光中	乡愁	1972	意象派
九下	8	24	舒婷	祖国啊，我亲爱的祖国	1979	朦胧派
			陈毅	梅岭三章	1936	尝试派
			沈尹默	月夜	1917	尝试派
			戴望舒	萧红墓畔口占	1944	现代派
			卞之琳	断章	1935	现代派
			芦荻	风雨吟	1941	九叶诗派
			聂鲁达	统一	20世纪70年代	智利诗人
			高尔基	海燕	1901	苏联诗人

　　虽然从新诗数量的占比情况来看[①]，新诗教学在初中教学的重要性不言而喻。但问题也相对比较明显。从篇目分布范围来看，新诗在部编本教材中的编排主要集中在九年级上下两册，这种编排方式是伴随着学生思想的

---

① 其中要特别说明的是：泰戈尔的《金色花》、普希金的《假如生活欺骗了你》、罗伯特·弗罗斯特的《未选择的路》、聂鲁达的《统一》以及高尔基的《海燕》，虽然是外国诗歌，但是我国新诗的内容和形式在某种程度上都受到了外国诗歌的影响，所以把这几篇划为新诗教学研究的范畴；还有毛泽东的《沁园春·雪》和陈毅的《梅岭三章》虽然从形式上看仍属于旧体诗词，但其内容具有现代性，因此也属于新诗教学的范畴。

成熟、审美经验的丰富、思维的活跃而来的，大量贴合学生心理特征和语言探奇的新诗，能够更深刻地理解新诗，从而塑造语言和自我人格。但是，这又是面临升学压力极大的一年。这样一来，"非功利"的文体教学相对就会受到巨大冲击。诗歌选择聚焦于20世纪70年代之前，大多反映的不是当代的生活，容易在教授过程中沉浸于"知人论世"的社会背景，忘却了诗歌作为一种语言的学习。从选编视角来看，有些诗歌的选择带有强烈的文学史拾遗的趣味，"缺少一种清晰准确的编选思想和主导意识"[①]。如果仔细观察，就会发现，新诗是根据单元不同，安插在不同要素或是主题的单元之中，整体来看，除了九年级的安排，缺少新诗这一特殊文体的内在发展逻辑。

二、新诗教学的知识与梳理

语文学科作为一门观念型学科，随着《义务教育语文课程标准（2022年版）》的颁布，也将在各个方面引起观念的变化，进而要开启新一轮的教育观念变革。《义务教育语文课程标准（2022年版）》[②]规定："义务教育语文课程内容主要以学习任务群组织与呈现。"按照内容整合程度不断提升，"文学阅读与创意表达"的学习任务群放在第二层次。此学习任务群明确给出了三个涉及语文实践活动的教学目标：其一，通过整体感知、联想想象，感受文学语言和形象的独特魅力，获得个性化的审美体验；其二，了解文学作品的基本特点，欣赏和评价语言文字作品，提高审美品位；其三，观察、感受自然与社会，表达自己独特的体验与思考，尝试创作文学作品。基于此，我们发现，通过诗歌内容来感受文学语言的独特魅力，通过诗歌赏析来提高审美品位，通过诗歌创作来表达自己的独特体验和思考，都是比较贴切的。所以，将诗歌作为一种文体来讲授是需要在传统经典和单篇精读课型中完成的任务，而基于创意表达，则可以将诗歌文本作为一

---

① 曹继强：《评初中语文教科书中的现代诗歌》，《语文建设》2008年7月。
② 中华人民共和国教育部：《义务教育语文课程标准（2022年版）》，北京师范大学出版社，2022年，第26—28页。

种语言材料。从教授的功能上来说，诗歌则有可能在初中段焕然一新。

新诗教育需要学生主体的深度参与和对比探究。所谓深度参与，是指学生基于学习情景作出真实的探究。它包括三个层面的情境[1]：个人体验情境（如初步感受），社会生活情境（如朗诵活动），学科认知情境（如鉴赏和创作）。对比探究学习，指的是学生在教学情境下的积极的认知活动。探究性学习，是人本主义心理学家提倡的一种学习和教学方法。要求教师鼓励学生自己提出问题、讨论问题、自己找出答案[2]。情境的梯度和层次，可以让文本之间的差异脱离浅显的比对，而走向更深处的异质体验。教材总主编温儒敏曾说："设计任务驱动，任务在前，提醒不能只是奔着任务去阅读，也不是单纯为了解决问题或者参加讨论去阅读。……很多课文都是经典，让学生接触经典，本身就是教学的重要目标，不应该把课文纯粹作为解决问题、完成任务的材料或者讨论问题的支架。"[3]可见，学生作为教学主体，才能避免走向工具理性带来的弊病。探究性学习是围绕培养学生发现、思考、研讨、解决问题和表达见解的能力所进行的学习与教学活动。[4]

对创意表达的学习来说，适当获得一点诗歌写作的经验，有很多好处。无论是为了学习语言还是陶冶情操，都需要阅读诗歌。高蹈凌虚的不说，新诗作为一种长期先锋的文体，可以作为打开学生语言表达的一条途径，就拿闻一多的"三美理论"来说，从凝练铺张的表达、搭配的反差统一和朗读的韵脚节奏等几个方面来进行训练，将新诗作为一种模仿的对象，而非单纯鉴赏的对象。在诗歌、散文、小说、戏剧等主要文学形式中，诗歌的篇幅最短小，语言也最为凝练，所以以创意表达为目标，对诗歌语言进行系统学习，无疑会对提高语言表达的开阔性有很大的帮助。

所以，在进行创意表达的教学之前，理应梳理一下教材内与诗歌写作

---

[1] 中华人民共和国教育部：《普通高中语文课程标准（2017年版）》，人民教育出版社，2018年，第48页。

[2] 潘新和：《发现与质疑批判与创新——探究性学习浅论》，《语文建设》2007年1月。

[3] 温儒敏：《统编高中语文教材的特色与使用建议——在统编高中语文教材国家级培训班的讲话》，《课程·教材·教法》2019年10月。

[4] 韩一嘉：《群文阅读视角下的诗歌教育——以统编本教材九年级上"诗歌单元"为例》，《诗学》2021年12月。

有关的知识。大体来说，主要有这样四类[①]：

（一）诗歌本体知识，它回答的是"诗歌是什么"；

（二）诗歌的文体知识，它回答的是"诗歌有什么"；

（三）诗歌写作技巧方面的知识，它回答的是"怎样写诗歌"；

（四）诗歌评价、鉴赏方面的知识。

初中生在面对新诗这一常年担任"先锋"的文体，最大的受益其实是"怎样写诗歌"，或是"写出有诗意的句子"。诗歌创作在社会生活中看上去是"稀有活动"和"高难动作"。但也正因如此，创意表达的教学策略就显得特别重要。

三、写作策略中的新诗教学

所谓"写作策略"，往往是经由"读"而抵达"作"的桥梁。所以，所谓策略，旨归在实践；所谓生成，落足于表达。区别于一般的写作课，写作策略下的诗歌教学往往要达到两个目标，一是对写作策略的内涵要有透彻把握，二是对写作策略的感知要有熟练掌握。这样一来，写作策略下的诗歌教学，往往包含着诗歌美感的感知，写作策略的提炼，艺术技巧的审断和创意表达的实践等阶段。

以重庆市第一中学校罗晨老师的《创造意象抒写情志——九年级上册现代诗"活动·探究"单元任务三〈尝试创作〉教学设计》为例[②]，全课以国庆献诗为情境，涉及新诗文本五个：《周总理，你在哪里?》《我爱这土地》《乡愁》《你是人间的四月天》《我看》，可谓是囊括了新诗各个阶段的经典文本，最终以创意表达为目标，通过四个活动，完成教学。课例过程如下：

[①] 郑桂华：《写作教学研究》，广西教育出版社，2018年，第253页。
[②] 该课例曾获重庆市第八届中学语文优质课大赛一等奖。

活动名称	核心问题	知识范畴	能力训练
活动一 他山之石·习作初评	速读教材《怎样写诗》，提炼要点	直抒胸臆、借助意象、语言简洁凝练、讲究韵律节奏等	知识演绎 阅读获取
活动二 他山之石·手法探究	分析诗句是如何呈现意象、抒发情感的	运用比喻进行描摹 制造反差 意象组合	技巧梳理 情感体验
活动三 点铁成金·习作修改	运用所学诗歌意象创造的基本方法，修改诗歌		反思评价 迁移运用
活动四 各美其美·升格创作	模仿例诗结构，运用所学方法，创造意象，抒写情志		创意表达 自我分析
	将诗作书写在学案上，并自述使用了哪些手法创造意象，抒发了怎样的情志		

这样的课堂实践，依然是有路径可循。

首先，聚焦技巧，降解得当。本课在学生学习的过程中发现问题，进而解决问题，并运用所探究出来的结论，指导接下来的教学活动。学生全程活动和参与，教师负责引导和点拨。这样一种任务驱动的学习过程，是课堂内在逻辑可以进行下去的保障。而且，并没有得出"学究式"的结论，而是将意象使用的技巧降解为四个通俗易懂的方法，记忆难度低，使用程度高，当堂使用便可反馈。

有不少学生在诗作中也用了不少技巧，但总觉得写出来的诗歌"诗味不够"。这是因为，有了一定的知识和技能储备，只是解决了表达入门的问题。成为一个诗人是奢侈的，写一首诗，是不容易的。所以才要转换思路，以创意表达为目的，才能兼容诗意和诗味的生成。

郑桂华教授认为[1]，决定一首诗是否有"诗味"，不外乎以下四个方面的因素：

一是情感抒发是否自然、健康、含蓄，虚情假意的、直白的口号就缺乏诗意；

---

[1] 郑桂华：《写作教学研究》，广西教育出版社，2018年，第256页。

二是在意象塑造及语言表达上是否有创造性，我们通常又把它称为"陌生化"；

三是句式、音节等方面是否有节奏感，即通过语句用韵等比较显性符号的排列规律，来体现情感的起伏变化等隐性因素；

四是语言是否简练，即以简洁的词语、跳跃的逻辑表达复杂的情感。

我们会发现，其中最重要的，其实是语言的创造性，是否打破惯常语言的逻辑，抵达新的表达感知。以意象创造为例，在新诗中，如果仅仅是借用人们已经熟悉的意象，而没有加入自己独特生命感受的或带有个性化实验风格的意象，那么一句诗或整首诗的诗味和诗意就可能是平庸的。人们熟悉的意象我们称为"公共象征"，就是"已经借助名诗流传久远，或在某种文化传统中约定俗成的、读者都明白何所指的象征。它与人的公共经验有关，指义比较明确，只要具备了一定的文化积累，便不难解读"[①]。这种"公共象征"在教学范围内，是便于知识的传递，但是要落实在创意的表达上，则需要找寻"个人象征"。这也就是人工智能在创作诗歌时，只能写作出完美的平庸的作品，习多而创少。

其次，尊重教材，落实技法。教材是学生进行写作学习的最重要文本资源。通过对教材中经典诗句的分析，探究意象创造的基本手法，并在本单元的其他课文中进一步巩固知识，加深体会。更重要的是，本课以"大单元"的视角，重新解构教材文本，使之更好地服务于写作教学，让学生在二度学习中加深对文本及写法的认识。一般说来，学生对意象的概念和本质还是比较陌生的，而从经典诗歌中汲取营养，则不失为一个好办法。仅仅在初中阶段的语文课本里，学生就能接触20多首各类优秀诗作（其中不包含《艾青诗选》整本书阅读）。在正常的教学过程中，教师可以开发现代诗资源，从各个角度进入诗歌，将这些诗歌进行二度创作和分析，那么积累下来，诗歌教学的知识谱系和能力路径就会有路可寻。

再次，情动于衷，有法可依。诗歌是抒情的艺术，只有先情动于衷才可能赋形于外。因而寻找学生的动情点，磨砺学生对生活的敏感触角，唤醒他们对生活的情感，是诗歌创作教学的第一要务。激发起学生的情感，

[①] 赵思运：《现代诗歌阅读》，华东师范大学出版社，2004年，第60—61页。

可为诗歌创作准备充分的内容基础。此外，诗歌内容还要配以适合的表达形式。对诗歌写作教学来说，基本的表达知识内容开发是重中之重：这点学生都能明白，但是把明白的知识转化为能力，还需要辅助一定的抓手，在罗老师的课例中，已经将创作的四个方法恰切地提炼了出来，学生只要情感到位，语言积累，就可以直接上手。

最后，审美训练，作品反馈。对问题诗作进行修改。初步运用所学的四种创造意象的基本手法，解决实际写作中的问题。探究真方法，解决真问题。熟练掌握四种方法，并创造出属于自己的独特意象。在创作、自述和互评中对诗歌意象创造有更深入的、兼具感情和理性的认知，落实本课教学目标。现代诗以其丰富成熟的现代汉语、静幽阔大的审美意境让很多读者为之折腰，也让一些诗人萌生改写再创作之意，所以，续写、改写成为现代诗进入学生语言系统的一个路径。但实践的意义不止于此。写出一句具有诗味和诗意的话，水平如何，美感如何，创作者自己是没有概念和准度的。所以，创意表达可以在有据可循的规范上提供尺度，帮助创作者进行元认知，对自己的诗歌创作水平进行分析判断。

四、学业测试视角下的诗歌教育

新诗教育要想深入国民的精神谱系，尤其是要深入基础教育中就要注入新诗气质，除了课堂这种过程性测试，还需要从终结性评价——考试中获得一席之地。其实让众多诗歌研究者耿耿于怀的是在写作中"文体不限，诗歌除外"，在一些重大的基础性考试中，会改头换面用更加精准的方式进行测试。

以重庆市联招考试为例，过去四年，其中三年都以"创意表达"为题测试写作策略视角下新诗教学的水平。

例一（2023年）：参照示例，从下面的备选汉字中任选一个为文化墙创作一首小诗。可从字形分析哲理，也可用意象表达情思，句式不限。（4分）

备选汉字：人　旦　云　灯

示例一 一 站着是1 倒下也是一	示例二 雨 夜中的雨 丝丝的 织就了诗人的情绪	小诗创作

例二（2022年）：富有诗意的想象，能实现有创意的表达。请自选对象，展开想象，写一句或几句话。句式不限，示例仅供参考。(4分)

示例：雪化了是水吗？不，雪化了是春天！

例三（2020年）：将情思融入景物之中，景物就成了意象。请参照示例，从备选景物中任选一个，写一句用意象表达情思的话，修辞和句式不限。(4分)

示例：月——月，一条银色的扁担。这端挑着天涯，那端挑着故乡。

备选景物：落叶　大海　夕阳

不难看出，诗歌的陌生化，意象创造，情思熔铸，甚至形象思维的哲理表达，都在试题中得以考查。应试者需要在"阅读文本—鉴赏语言—提炼技法—迁移写作"的过程中完成诗意和诗味的追寻。这无疑会倒逼新诗教育的新一轮变革。

诗歌教学的课堂，事实上可以从课型的转变开始。比如从本质上变革为属于"处方"性质的课程，其要旨在于对已知或初步感知的技巧进行"改进"，而不是停留在全方位的知识"描述"上，不是侧重于"知道某个技巧"，而是侧重"做到怎样去审美（实践）"这个技巧。

所以，诗歌教学如果放在写作策略的视野下去探讨，主要的教学环节一般包括"是什么"—"怎么做"两大环节。进一步细分，可从策略层面划分出"选择策略—分析策略—提炼策略—判断策略"等环节；可以从文本层面划分出初读策略有感知、二读策略明分类、三读策略可审美、四读策略能运用等环节。但需要注意的是，不是每一个策略都需要"运用"，也就是写作。很多策略只需要能通过理性认知抵达审美分析即可，比如"陌生化""呼告""通感"等。

在具体操作过程中，诗歌教学的困难点还不止于此，设计还是观念上的，更大的难度是在以下三个方面：

一是要满足学情。这里的满足学情，基于两个点，一个是学生需求，一个是学生兴趣。过于高大上的技巧，如波德莱尔的象征手法，食指的意识呈现、海子的心理图景等。能让学生意识到所学有所用，就已经要花费很大功夫，更不要说面对这些技巧，学生需要更深层次的阅读经历，否则一个高大上的技巧学起来，学者没兴趣，教者没动力。

二是文本是为写作策略服务的。对于文本风采的讲解，切莫掩盖策略分析的部分。教师沉溺在文本细读中，会是一堂精彩的赏析课，但技巧感知的浓度则会被冲淡不少。所以一定要明确，本课是围绕"策略"而来，文本的其余精彩之处，则不蔓不枝。

三是技巧要经由"巧"而讲出"技"。学生学习觉得巧和妙，这仅仅是感性上的倾向。教师要将"巧妙"背后的原理梳理清楚，这就需要回应前文，对"技巧"进行降解，可分为步骤，分为门类，方便学生当堂课的记忆和课堂上判断。

读文识字，人人都会，但要感知出"文"与"字"之间的"建筑"技术，则需要教师在课堂上处理更为复杂的信息。这就要求教师在课前花一些功夫：一是选取符合诗歌文本的技巧，既要能在一堂课内学习，又要在一堂课内生成。所以，所选技巧不宜过大过泛，知识层级最好有且只有子一级。比如学习意象描摹，内涵就过于宽泛。选取意象描摹的某一方面，则比较适中，比如"艾青的土地图腾""《乡愁》意象的迭代"等。二是对所选技巧的内涵把握要符合学情，保证知识传输的学理，尊重学生学情的认知，毕竟一堂课的落脚点在生成，首先是学生重新认识了所学技巧，进而能重新实践所学技巧。所以要求教师将"技巧"降解，然后再提炼；反馈在学生身上，就是先感知，再分析，最后提炼。在课堂呈现上，要先对所学知识达成共识，其次对感性材料进行理性分析，最后对旧有知识自我更新。

综上，在新的课程标准颁布以来，作为任务群的"文学阅读与创意表达"已经成为我们理解新诗教育的一个关键切口，从"教·学·评"三个角度切入的讨论，相信会成为我们理解新诗教育之存在的一个角度。新诗是否真的从"器物之用"走向"美育之用"，有待我们在真实的教育环境中不断验证。

核心素养视域下小学新诗教学的实践探索①

□ 晋彪 马文明②

内容摘要：在小学阶段，新诗教育在学生文化自信、语言运用、思维能力和审美创造等核心素养的培养上有着极其重要的作用。在新课标背景下，探究如何聚焦核心素养，更加有效地开展小学新诗教学有着现实的意义和价值。可以从聚焦核心素养，构建课程体系，开展单篇新诗经典诵读、群文新诗经典阅读、新诗整本书阅读；立足学生发展，探索教学策略，梳理新诗教学模式、丰富新诗教学内容、拓展新诗创作素材；整合多维资源，开发实践活动，进行新诗经典积累活动、新诗综合性学习活动；基于儿童本位，引导创作实践，进行主题情境等角度的新诗创作实践探索。

关键词：核心素养；小学新诗教育；实践探索

2016年9月，中国学生发展核心素养总体框架的发布标志着中国基础教育开始迈入核心素养的新时代。从"双基"到"三维目标"，再到"核心素养"，其中的变迁体现了从学科（知识）本位到人（素养）本位的转变。从知识本位走向素养本位是世界教育共同的走向。

新诗教学是诗歌教学的重要组成部分，在小学教育阶段，新诗教学在学生文化自信、语言运用、思维能力和审美创造等核心素养的培养上有着极其重要的作用。下面结合教学实践，对小学新诗教学的策略进行初步阐述。

---

① 本文为沈阳市教育科学"十三五"规划课题"立德树人视域下'原生态·正能量'小学作文教学实践研究"（课题编号：2018-216）及大连市教育科学"十四五"规划课题"基于深度学习的小学群文阅读教学实践研究"（课题编号：ND2021025）的阶段性成果。

② 晋彪（1989— ），男，山西夏县人，辽宁省实验学校语文教师，小学高级教师，研究方向为中国现代诗学、小学语文教育；马文明（1986— ），女，承德滦平人，大连市沙河口区颐和星海小学语文教师，小学高级教师，研究方向为中国现代诗学、小学语文教育。

一、聚焦核心素养，构建课程体系

为了更好地进行新诗教学的实践，基于课程整合的思维，我们提出并建构了新诗教学的"单群整"课程体系，即单篇新诗经典诵读、群文新诗经典阅读、新诗整本书经典阅读。

（一）单篇新诗经典诵读

语文的学习是一个日积月累的过程，小学新诗教育首先需要在单篇经典的积累上下功夫。在教学实践中，我们发现，经典积累的薄弱是学生语文素养发展的"瓶颈"。同时，对于小学生而言，诵读是语文学习的有效方法，可以提高理解力、记忆力和想象力，促进语文素养的提高。因此，选择经典的新诗文本进行背诵和朗读极其重要。

在实践中，我们整合中外新诗，开发并编写了新诗经典诵读的教材——《新诗启蒙》，分为一年级到六年级共六册教材，精选单篇经典包括中国经典新诗、世界经典新诗、新诗名句集锦、新诗理论精选等内容，根据年级特点进行整合，从一年级开始，学生每天早上都进行经典诵读，到六年级可以积累百余首经典新诗，让孩子熟读成诵，积累语言，提高学生语文素养，为学生诗歌的品读和赏析能力的提高奠定了基础。

（二）群文新诗经典阅读

基于学生核心素养的新诗教育课程，需要有具体的教学形态支撑。而近年来，群文阅读已成为一种卓有成效的阅读教学理念，运用多种阅读策略，构建了课内大量阅读的基本模式，在教学实践中实践了课程整合的理念，推进了学生语文核心素养的发展。目前，学界已基本形成共识：群文阅读是在语文阅读教学的范围内"群文阅读教学"的简称，是指教师引导学生围绕一个或多个议题，选择一组结构化文本，通过集体建构进行自主、合作、探究的阅读活动，最终在课堂上达成共识的多文本阅读教学过程。

群文阅读教学为学生提供了进行求同比异、整合判断等思维活动的时间与空间，有助于发展学生的高阶思维能力；其议题的开放性、选文的多元性，有益于培养学生开放的视野和包容的态度，实现个体认识和集体认知的整合与发展。

基于以上理念，我们设置了群文新诗经典阅读课程，在语文课和阅读课上，围绕一个议题，进行群文新诗经典阅读，发展学生的高阶思维能力。在群文文本的组织上，我们可以有以下思路：同主题或内容的群文新诗经典阅读，如"思乡""爱国"等主题；同作家的群文新诗经典阅读，如"艾青专题""戴望舒专题"等；同表达手法的群文新诗经典阅读，如"新诗中的对比""有趣的象征"等经典群文阅读；同文体体裁的群文新诗经典阅读，如"新月诗派""朦胧诗派"等流派的新诗经典阅读。

（三）新诗整本书经典阅读

义务教育语文课程内容主要以学习任务群组织与呈现。语文学习任务群由相互关联的系列学习任务组成，共同指向学生的核心素养发展，具有情境性、实践性、综合性。在《义务教育语文课程标准（2022年版）》中，整本书阅读作为拓展型任务群出现的，"本学习任务群旨在引导学生在语文实践活动中，根据阅读目的和兴趣选择合适的图书，制订阅读计划，综合运用多种方法阅读整本书；借助多种方式分享阅读心得，交流研讨阅读中的问题，积累整本书阅读经验，养成良好阅读习惯，提高整体认知能力，丰富精神世界"[①]。

基于核心素养的新诗教学，还需要对经典新诗著作的整本书进行阅读。在阅读课上，我们进行新诗经典著作的讲授，根据不同的年段进行内容安排，精选适合学生阅读的新诗集、新诗选本，建构各年级新诗经典阅读序列，编制新诗经典推荐书目，对新诗经典著作整本书进行阅读指导，旨在指导学生把握新诗经典阅读的规律，重视原著经典的阅读。

新诗整本书阅读在学生读书习惯的养成、情感体验的延伸、思维能力的发展等方面都具有重要的意义。素养本位的新诗整本书阅读课堂是充满乐趣与智趣的，学生在阅读文本的过程中，个性化的理解得以敞开。在教

---

① 中华人民共和国教育部：《义务教育语文课程标准（2022年版）》，北京师范大学出版社，2022年，第31—32页。

学中，学生要学会新诗的阅读方法和策略，产生浓厚的阅读兴趣，在阅读能力结构化与系统化的进阶中，成为具有高阶思维能力的阅读者。

二、立足学生发展，探索教学策略

在教学实践中，我们立足学生发展，探索出基于核心素养的新诗教学策略。

（一）梳理新诗教学模式

在实践中，我们梳理了新诗教学模式，概括为"1+X+Y"。"1"指1篇经典精讲，"X"指群文实践，"Y"指读写结合。在课程体系之下，基于课程整合的思维，针对具体的文本，我们按照先经典精讲，再群文实践，最后按照读写结合的模式进行新诗教学。

1."1"：经典精讲

对于新诗经典文本，我们首先要做的是细致精讲，学生结合具体的资料，掌握文本大意、写作手法等基础性知识，并能对文本情感、哲理等有自己的思考与见解，这是继续开展深入学习的基石。

2."X"：群文实践

新诗经典的学习还需要辅助文本的阅读实践，在经典精讲后，可以进入新诗群文阅读的阅读，围绕不同的议题，教师选择文本，进行知识的延展和思维的深化。

3."Y"：读写结合

在新诗的教学中，还要做到读写渗透，读写结合。在学习的最后环节，可以开展"读写结合"的训练，即阅读与写作的结合训练，提高学生的语言感悟能力和表达能力。对于新诗教学的"读写结合"可以有多种路径。比如主题拓展练笔，深入挖掘新诗文本的文化内涵，聚焦思想意蕴，学生根据不同的主题或境界，进行新诗续写；又如技法运用练笔，依照新诗文本的写作特点，聚焦创作手法，创设情境和主题，学生结合生活实际，创作新诗作品。

（二）丰富新诗教学内容

在新诗教学的内容和方法上，可以关注学生的生活热点，以此作为丰富新诗教学内容的重要手段。

1. 抓住课文延伸

引导学生在学习新诗时多思考，捕捉写作点，这样的写作训练既加深了学生对新诗的理解，又拓展了思维，开发了智力，综合培养了读写能力，发挥了读和写的互补作用。

2. 重视课外扩展

课外阅读欣赏是学生的爱好，鼓励学生主动热情地阅读新诗图书、报刊、杂志，不断扩充自己的知识内容，通过各种途径获得新信息，并在此基础上养成写"新诗小练笔"的习惯，使学生的听、说、读、写能力得到最大程度的锻炼，并最终为提高新诗写作水平而服务。

3. 以组建文学社团为载体，提高学生新诗创作水平

为将生活引入新诗教学，检验学生创作水平，使学生的创作得到迅速及时的反馈，我们建立了"新芽"诗歌社团，创办了"启明星"新诗社刊及"游于语文"公众号。学生投稿踊跃，有力地推动了学生整体创作水平的提高。

（三）拓展新诗创作素材

学生的情感、意志、兴趣、爱好、能力、素质等方面的培养，通过举办活动最能得到显性的表现、锻炼和检验，活动不仅激发了新诗教学者和受教育者的热情，还能留给他们永生难忘的记忆。因此，我们与学校广播站联系，成立新诗小记者站；在校内校外开展丰富多彩的新诗活动和比赛。

1. 开发学校生活

在校内开展丰富多彩的新诗班队活动和兴趣小组活动。如"新诗知识抢答赛""我爱新诗"主题队会；新诗积累大比拼、新诗超市、新诗画社、新诗音乐团等众多兴趣活动项目。另外，还开展广泛的新诗读书活动，每班设立"新诗小图书馆"，每周开展一次新诗"采蜜本"的展览会，进行交流；经常进行"新诗介绍会""新诗书评会"等活动。认真开展其他学科活

动，加强与其他学科的整合。

2.开掘家庭生活

家庭是学生生活的另一重要天地，家庭生活也有很多新诗创作材料，可以引导学生在家庭里和家庭成员或小伙伴开展新诗朗读活动，通过有意识地布置学生观察"我的家""我家的成员"或布置"我为家庭做贡献"之类的活动，促使学生关心家庭，关爱亲人，丰富诗歌创作素材。

3.开拓社会生活

组织学生参加社会实践活动，如开展小记者活动、社会调查活动、参观访问活动等。让学生在实践活动中认识社会生活的丰富多彩，也认识社会的纷繁复杂，从而写出生活气息浓厚的新诗佳作来。

4.走进大自然

大自然是多彩多姿的，大自然是奥妙无穷的，带领学生走进大自然，是学生们最欢呼雀跃的事。一年四季，大自然的景物各不相同，春天花开了，带学生赏花；冬天下雪了，带学生去堆雪人，打雪仗。秋天到恐龙园秋游，让学生们在大自然的怀抱中，用心感触，获得鲜活的新诗素材。

三、整合多维资源，开发实践活动

《义务教育语文课程标准（2022年版）》指出，语文课程要"以生活为基础，以语文实践活动为主线，以学习主题为引领，以学习任务为载体，整合学习内容、情境、方法和资源等要素，设计语文学习任务群"[①]。在新诗教学中，教师发掘和整合多维度的教学资源，设计丰富多彩的语文实践活动，提升学生的语文核心素养。

（一）新诗经典积累活动

在统编版小学语文教材课文中共选入27首新诗（见下表）。总体来看，一至三年级为儿童诗，四年级"现代诗"概念的出现，使主题更加鲜明，

---

① 中华人民共和国教育部：《义务教育语文课程标准（2022年版）》，北京师范大学出版社，2022年，第2页。

这些诗歌组成了新诗的艺术群落，彰显了新诗艺术的魅力。

统编本小学语文教材新诗选文

教材年级册书	新诗选文
一年级上册	《小小的船》《四季》《影子》《比尾巴》《青蛙写诗》《明天要远足》《雪地里的小画家》
一年级下册	《一个接一个》《怎么都快乐》《夜色》
二年级上册	《植物妈妈有办法》
二年级下册	《雷锋叔叔，你在哪里》《彩色的梦》《要是你在野外迷了路》《祖先的摇篮》
三年级上册	《听听，秋的声音》
三年级下册	《池子与河流》《童年的水墨画》
四年级上册	《现代诗二首〈秋晚的江上〉〈花牛歌〉》《延安，我把你追寻》
四年级下册	《短诗三首》《绿》《白桦》《在天晴了的时候》
六年级上册	《三黑和土地》《有的人——纪念鲁迅有感》

从教材的编写意图出发，教师可以引导学生开展新诗经典的积累活动，制作新诗诗集。在活动过程中，可以按照作者、内容、创作时期等不同分类进行小组划分，搜集相关资料。在诗集的制作过程中，还可以讨论诗集名称、目录安排、序言撰写、插图版面设计等方面，充分调动美术等跨学科知识，让学习过程真正促进学生核心素养的发展。

（二）新诗综合性学习活动

新诗在统编版小学语文教材以单元的形式出现，是在四年级下册第三单元，选取了冰心的《短诗三首》、艾青的《绿》、叶塞宁的《白桦》和戴望舒的《在天晴了的时候》，为学生的新诗阅读提供了优质素材。本单元综合性学习"轻叩诗歌的大门"，学生收集、整理资料，合作编小诗集，举办诗歌朗诵会，多元的实践活动激发了学生对于新诗阅读与创作的兴趣。从启动阶段的收集诗歌，到推进阶段的制作摘抄本、尝试写诗，再到成果展示阶段的合作编小诗集、举办诗歌朗诵会,这种整体有序的新诗综合性教学指导思路值得借鉴。值得指出的是,新诗的学习是日积月累的过程,教师可以把新诗的综合性学习作为班级的品牌文化活动持续开展下去,为优秀的诗歌作品提供发表多种平台,比如班级周报《新诗园地》、报刊校报、新诗社、广播站等,构建多维度的文化舞台,通过"新诗风云榜——我眼中的新诗人物""我是小小讲解员——讲述新诗故事""新诗小剧场——演绎新诗""我的新诗朗诵会——创作新诗"等活动的开展,让新诗学习浸润情感体验,融入日常生活。

四、基于儿童本位,引导创作实践

很长一段时间以来,受社会"快餐文化""功利文化"的影响,写作教学"应试化""形式化"倾向比较明显,学生背诵别人范文、作文写空话套话的现象始终没有得到彻底改观,对于新诗的创作依然如此。因此,我们倡导"原生态"理念下的小学新诗教学,即以儿童为主体,以儿童真实的现实生活为基础,以儿童本色的生存样态为内容的一种可持续性的新诗创作教学活动,它追求作文表情达意的积极、健康、真实、真诚、真情。

对于小学生而言,新诗创作教学应该回归到儿童的真实生活世界,使新诗选材贴合学生的生活、思想、认识、情感、志趣以及知识实际,打开写作主体的封闭式的"思维黑箱",注重写作主体个性特点的开发和培养,使写作与张扬个性、自我实现联系起来。同时,向社会生活开放,把学生的视野引向万花筒般的社会生活,使他们在关注、调查、分析、思考各种社会现象和各种社会热点中增强社会责任感,进而增智广识,提高表达力、洞察力、判断力和思维力。

新诗创作的教学,应该尊重儿童的自然本性,让他们自由地抒发对自然、社会、人生的切身感受,表达真情实感。注重从学生实际出发,进行新诗创作教学实践、考量、分析和评价,旨在激发和提高学生的写作兴趣,将写作的主动权交给学生,在引导学生形成正确、积极的价值观基础上,构建生活、写作、做人三者紧密联系的写作环境,促进学生语言、思维能力的生成和创新，同时为新诗创作教学提供可靠、真实的经验，探寻写作教学的新方向。

下面以笔者学生的作品为例，进行新诗教学的实践阐释。

（一）主题情境下的新诗创作

作为中华传统节日，中秋节蕴含着浓浓的情谊。关联此类主题情境，引导学生进行创作，激发学生创作的兴趣，提升新诗创作的能力。

新诗创作应该培养学生独到的思想，积淀文化的力量。如学生于帛冉的作品《敬·中秋月》："月 / 是留给黑夜的唯一的慰藉。/ 抬头仰望，/ 只看见它高洁的身影 // 望着望着，/ 我突然感觉，/ 月，也在看 / 让我对它产生敬畏之情 // 秋风，吹散了行人，/ 吹散了星，/ 吹散了云，/ 它静静地闪亮于一片黑暗。// 愿得年年，/ 常见中秋月。/ 愿得中秋月，/ 年年常见。"在小诗人的笔下，月亮不仅仅是传统意义上的团圆乡愁的象征之物，而且成为具有情感与思想的个体。月亮是"留给黑夜的唯一的慰藉"，月亮是孤独的，又是高洁的。在诗人的想象中，月亮具有了现代感，我们都希望月亮照耀团圆人，而忽视了月亮本身的孤独……其实，我们伴随月，月也伴随着我们。诗人结尾的反复吟唱中，引导我们寻找抚慰内心的那颗纯洁高贵月亮。

新诗创作应该锤炼诗意语言，涵养审美情趣。如学生焦子的作品《月亮，当她升起时》："月亮，/ 披着透明的纱裙，/ 显得更加寂寞，幽雅，/ 将黑夜留给了自己。// 月亮，/ 她谢绝了太阳的盛情，/ 翘首等待夜幕降临，/ 当她升起时，/ 一缕薄纱轻轻覆盖大地。/ 月亮，/ 当她升起时，有鸟儿归巢的声音，/ 有鱼儿跃出水面的碧光，好多不知怎么就飞来的眼睛，落于小树林之间。// 月亮，/ 当她升起时，/ 透出智慧和孤傲，/ 在风轻云淡中漫步，/ 是她最惬意的时刻。// 看！今夜，/ 她置身于无垠的夜空，/ 驾着连绵起伏的祥云，/ 在众星的呵护下，/ 继续她那漫长的旅程。"灵动的思绪，跳跃的景象，和谐的韵律，在诗人对"月亮"的反复呼唤中，虚实相生的意境慢慢展开，月亮，当她升起时，心灵的诗意与浪漫，也一同升起。

（二）运用传统诗词意象的新诗创作

作为中国文化艺术的瑰宝，古典诗歌凝聚着民族艺术的智慧，古典诗学经过现代的创造和转化，可以成为中国新诗有效的前进动力。正如郑敏所说："诗是一座矿，它巧妙地运用一些裸露在地面上的矿石的闪光来诱导读者去开放它。矿藏含矿质的优劣取决于诗人的'自我'的品质。伟大的诗人一定有一个含矿量十分丰富的'个性矿'，质量极高的自我之矿藏。诗人的自我丰富需要时间的悠长不亚于天然矿藏，这里他的民族的文化遗产起着决定性的作用……我们必须寻找自己的光源，它就在诗人的自我矿藏和他的文化传统，他的母语诗作宝库中。"[①]

在新诗教学中，可以引导学生运用具有文化内涵的传统诗词意象，进行新诗的创作。如学生胡晓石的《赏菊》："无数弯弯月儿簇在一起，/犹如秋日暖风。/犹如冬日艳阳。//秋天/生命开始，/她慢慢长大，傲视秋霜。/五颜六色，她簇拥着花蕾，/一瓣一瓣，小而密，/且十分优雅。//冬天，/生命结束，/她慢慢衰老，依旧坚韧。/五颜六色，土簇拥着她。/一瓣一瓣，零而散，/却十分耀眼。//菊，'花中四君子'的菊/开在陶渊明的南山东篱下/开在孟浩然的故人场圃旁/开在李清照的黄昏卷帘外//菊，从容质朴的菊/在初秋静静开放/在寒冬静静凋零/把高洁镌刻在短暂的生命中"。菊花从古典诗词中走来，"采菊东篱下，悠然见南山"（陶渊明《饮酒·其五》），"待到重阳日，还来就菊花"（孟浩然《过故人庄》），"莫道不销魂，帘卷西风，人比黄花瘦"（李清照《醉花阴》），又走进了现代诗歌的世界中……秋天到冬天，菊花的生命从开始到结束，优雅，坚韧，耀眼，在诗人的咏叹中，菊花从容质朴，有着自己的品性。

（三）革命文化语境下的新诗创作

《义务教育语文课程标准（2022年版）》在"文学阅读与创意表达"任务群指出，"阅读、欣赏革命领袖、革命先烈创作的文学作品，以及表现他们事迹的诗歌、小说、影视作品等，感受革命领袖、革命先烈伟大的精神世界和人格力量，认识生命的价值。运用讲述、评析等方式，交流自己的情感体验"[②]。革命文化教学是发挥语文培根铸魂、启智增慧作用，增强学

[①] 郑敏：《我们的新诗遇到了什么问题》，《诗探索》1994年第3期。

[②] 中华人民共和国教育部：《义务教育语文课程标准（2022年版）》，北京师范大学出版社，2022年，第27页。

生文化自信的重要途径。

因此，可以引导学生阅读革命文化主题的新诗作品，让学生走近历史，感悟革命文化，进而创作新诗。如学生韩宇翔的作品《背影》："那一年，/你和我一样年纪，/但你我不同，/脚下的大地更古老了……//你走进了风雨，/我走进了温室，/你们历经风雨的洗礼，/而我们成了温室的花朵。//我不禁心酸，/你的一生中，/是否，/见过电灯？//你用你的生命，/取得了最后的胜利。/你闭上了双眼，/我握住了接力棒。//当侵略者投降后，/你笑了，/笑得那么阳光，/那么灿烂……"这是一首感人肺腑的诗歌。小诗人穿越战乱炮火，体验到了革命烈士所经历的风雨，以及风雨过后阳光灿烂的笑容。在你我之间的对话中，我们看到了战争与和平、苦痛与幸福的对照。诗歌语言质朴，娓娓道来，却充满情感的张力。在诗歌的选材上，小诗人关注着革命历史文化，书写着自己的真切感悟，创作了多篇主题系列佳作，如《一切都因他们而改变》："一切都因他们而改变，/他们不惜一切代价。/只为让自己下一代，/不生活在硝烟之中。//登列车，炸碉堡，/在零下四十度的阵地上，/一排排'冰雕'屹立不倒！/抗美援朝的战士们，/他们是永远的英雄！"一排排志愿军战士，俯卧在零下40℃的阵地上，仿佛"冰雕"群像，这是抗美援朝战场上真实的场景，小诗人触摸历史的温度，用真情缅怀着先烈。

（四）经典新诗同题的新诗创作

中外新诗已经沉淀着很多优秀的作品。在新诗创作的教学上，还可以引导学生阅读新诗经典文本，进行同题创作，以比较阅读的方式提升学生的新诗鉴赏能力。如阅读现代诗人废名的《十二月十九日夜》："深夜一枝灯，/若高山流水，/有身外之海。"学生感受现代诗歌的语言张力和神奇的想象世界，学生高承毅创作了同题诗歌《夜》："夜，像一张巨大的黑网，/套住了人们的烦恼与忧愁。//夜，像一片无边的大海。/而风，就是海中的波浪。//夜，像巨人不小心洒下的墨迹。/好似一个错误，又错得很美。//夜，像一片雪花，一会儿又消失在了睡梦之中。"这是一首用感觉才可以触摸的诗歌。夜中的世界，意境空灵深邃。小诗人借鉴了原诗作跳跃的奇思异想，发挥了自己的联想和想象，思绪飞扬，充满着灵动的梦幻感受。

（五）发现自然地域之美的新诗创作

儿童具有感知自然风景、季节变化、地域特色等敏锐感觉，在新诗创作的教学上，还可以引导学生观察自然、感受自然，以真切的笔触书写自然之美。

如学生宋浚源创作的《秋》："秋叶的黄，/冬菊的白，/静静地呵护季节"，也呵护着人们的心灵，小诗人的情感是细腻深邃的，夏日的繁华过去，秋日风中，善良的小诗人《致·雪》："愿披一件棉袄给大地，/愿阳光久久停留，/让即将到来的冬雪，/暖一点，再暖一点……"雪，这位老朋友，为了难得的相聚，是不是把白色大衣"用染料重新润泽"？打开降落伞，雪落在孩子手心，"陪孩子们尽情玩耍，/忘了自己，/正一点点融化……""风雪声，孩子们倾听着，/那是你们在嘻嘻地笑……"时光匆匆，生命流逝，小诗人追问着，"不知明年此地，你还可再来？"仿佛晏殊"无可奈何花落去，似曾相识燕归来"，今年的雪，明年可否来到此地……给我们淡淡的愁绪和无穷的想象。从秋到冬，诗歌仿佛一组季节的哲思物语，含蓄蕴藉，渗透着爱与慈悲的生命情怀。

又如学生黄锐晗创作的《山城之梦》："高高低低，/灯光闪烁交错，/洪崖洞下的人，/换了又换……/不变的是，/山城永远充满着一群人的青春。//有心事就说给嘉陵江的晚风吧，/它会吹到那栋楼里。/没有人永远是少年，/但山城的火热永远年少。//一坡又一坡，/少年们好似一朵朵向日葵，/向着阳光，追逐自己的山城之梦。//夜幕降临，/火锅沸腾，/新的故事开始了……/朝天门码头，/嘉陵江汇入长江的地方，/灯光照耀下，/又有一群奔跑的少年。"山城重庆，这座极具特色的西部魅力之城，在小诗人的笔下焕发着浓浓的诗意。高低的地势让这座城市，灯光闪烁交错，时光匆匆，奋斗的青春铭刻在这个充满生机与活力的山城。多么善解人意的晚风，它温柔地，把你的喜悦或是悲伤让楼里的人儿静静倾听，与你一同微笑，一同流泪……山城有自己的个性，那是夏天的火热，是一个人永远的年少时光，是一群少年爬上一坡又一坡，如一朵朵向日葵，向着阳光，追逐梦想。灯光照耀下的朝天门码头,嘉陵江汇入长江的地方,奔跑的少年是新的希望,新的梦想在启航……小诗人曾与家人去山城重庆游玩,将真切的体验定格成动人的画面,写入诗歌,分享给我们耐人寻味的人生感悟。

(六)学科融合背景下的新诗创作

《义务教育语文课程标准(2022年版)》指出,义务教育语文课程按照内容整合程度的提升,分为"基础型学习任务群""发展型学习任务群""拓展型学习任务群"等三个层面的学习任务群。其中"跨学科学习"任务群是"拓展型学习任务群"的重要部分,新诗创作在开展过程中,也应该积极探索"跨学科学习"任务群的实施路径,引导学生"在语文实践活动中在综合运用多学科知识发现问题、分析问题、解决问题的过程中,提高语言文字运用能力"[①]。

例如,教育部编版六年级语文第七单元《月光曲》的教学,聚焦"借助语言文字展开想象,体会艺术之美"语文要素,设置小练笔"在《月光曲》中,皮鞋匠听着贝多芬的琴声,联想到海上明月升起的奇丽画面。请你听一听自己喜欢的音乐,展开联想和想象,用新诗的形式把想到的情景写下来"。在新诗创作的同时,培养学生的跨学科能力,提升语文核心素养。

试看学生潘星燃的作品《鹧鸪远——听〈鹧鸪飞〉有感》:"它们从上空经过,轻轻地,轻轻地,又飞走……/它们在高空中舞动起来,慢慢地,抒情地……/天空给它们做舞台,白云给它们当玩伴/一阵风吹过,它们的节奏快了起来——叮,咚,叮,咚……/像是在跳圆舞曲,在向我们表达满心的愉快/轻轻的,它们飞走了,没有一点儿踪迹……"《鹧鸪飞》是江南笛曲的主要代表曲目之一,原是湖南民间乐曲,小诗人把音符空灵起伏转换成动人的文字,勾勒出一幅淡雅的鹧鸪飞翔图。

"世纪的喧嚣/消失在夜空下,远去……/留下金属划过的伤痕/在黑大理石的桌面上/雁声过境,谁理解它的呼唤?"(郑敏《世纪的脚步》)20世

[①] 中华人民共和国教育部:《义务教育语文课程标准(2022年版)》,北京师范大学出版社,2022年,第34页。

纪的中国是变动不息的,在喧嚣的时空中,中国新诗走过了百年的历程,其中有着数不尽的泪水与欢笑。从晚清的"诗界革命",到21世纪的今天,一代代热爱新诗的人关心着新诗的发展,探索着新诗发展的可行道路。对于传承诗歌文化传统、实现课程育人价值等方面,新诗的教学有着自己的责任和使命。在新课标背景下,如何聚焦核心素养,更加有效地开展新诗教学,还需要在实践中不断探索,我们期待着更多人加入基础教育领域新诗教学和教育的研究中来。